清枫语

著

>>

两生欢喜

【上册】

青岛出版社
QINGDAO PUBLISHING HOUSE

图书在版编目（C I P）数据

两生欢喜 / 清枫语著. -- 青岛 : 青岛出版社, 2020.3

ISBN 978-7-5552-8664-6

Ⅰ. ①两… Ⅱ. ①清… Ⅲ. ①长篇小说一中国一当代 Ⅳ. ①I247.5

中国版本图书馆CIP数据核字(2019)第256650号

书　　名 两生欢喜
著　　者 清枫语
出版发行 青岛出版社
社　　址 青岛市海尔路182号（266061）
本社网址 http://www.qdpub.com
邮购电话 010-85787680-8015　13335059110
0532-85814750（传真）　0532-68068026
责任编辑 李文峰
特约编辑 郭红霞
责任校对 王苏苏
装帧设计 千　千
照　　排 李红艳
印　　刷 三河市鹏远艺兴印务有限公司
出版日期 2020年3月第1版　2020年3月第1次印刷
开　　本 32开（880mm×1230mm）
印　　张 16.5
字　　数 350千
书　　号 ISBN 978-7-5552-8664-6
定　　价 59.80元（全二册）

编校印装质量、盗版监督服务电话 4006532017 0532-68068638
建议陈列类别：畅销·青春文学

目录
CONTENTS

上 册

楔　子　001

第一章　再遇　003

第二章　共事　043

第三章　迷惘　088

第四章　困局　127

第五章　情敌　160

第六章　暧昧　189

第七章　情动　234

目录
CONTENTS

下 册

第 八 章　吃醋　269

第 九 章　守候　297

第 十 章　靠近　334

第十一章　甜蜜　373

第十二章　梦碎　414

第十三章　归来　455

番　外　484

后　记　521

楔 子

22 岁，她大学毕业，遇见 28 岁的他，相亲桌上对他一见钟情。他说结婚，她说好。

23 岁，结婚一年，他很照顾她，她的身体被调理到最佳状态。

24 岁，她想要个孩子，他不同意。这一年，她和他有了夫妻之实。

25 岁，她如愿生了个女儿，身体却亏耗到极致，他沉默了近一周。

26 岁，女儿渐长，和她不亲。她的身体时好时坏，和他的关系依旧不咸不淡。

27 岁，身体渐好，她以为她会长命。意识渐散的那一瞬，她以为，他也终于解脱。

她的婚姻，有亲情，却唯独没有爱情。

如果有一天，人生突然交错重走……

27 岁的她遇见 28 岁的他，以及 33 岁的他遇见 22 岁的她……

时光修复的，是你爱上我时的样子。

第一章 再遇

三月的安城犹如泡在水雾中，乍暖还寒的时节，空气里到处弥漫着熟悉的潮气，细密的水珠一层层地从墙面沁出，地板也是湿漉漉的，到处透着黏腻，却丝毫无损商场的热闹。

中心区里，临时搭起的舞台正被里三层外三层的人围得水泄不通。

某家电品牌促销，举办手工艺品比赛，洗碗机、面包机、烤箱等奖品让现场的大妈像打了鸡血般。

安城是座以手工艺出名的城市，尤其是编织工艺，藤编、竹编、皮编等小手工艺品在周边城市有名气。

当地人尤热衷于参加这种小比赛，商家也爱以这种活动作为噱头宣传品牌。

夏言自小擅长手工编织，大清早便被母亲徐佳玉拉着往商场跑，价值两千八百九十九元的家用洗碗机不只对现场围观群众极具吸引力，对徐佳玉也是。徐佳玉一到商场门口就拽着夏言往中心区挤，想让夏言替她去参赛。

夏言个子小，人纤瘦，力气也小，敌不住徐佳玉的力气，旁边还有爱凑热闹的夏晓推着，她挣不开，被她母亲拉着硬生生挤进人群中，然后被推着往报名处去。

参赛区已经挤满了人，全是和徐佳玉差不多年纪的大妈，一个年轻人都没有。夏言有些尴尬，脚步微微刹住，纠结地看向徐佳玉："妈，回头我给您买一个——"

她的话说到一半被徐佳玉打断："直接赢一个回来就好了，瞎花什么钱呢？"徐佳玉边说边将夏言往人群里推。

夏言反握住她的手："好了好了，妈，我去，您别急着推我。我先去下洗手间好吧？"

徐佳玉松了手："好，我先去给你占个座。"她又不放心地叮嘱她，"走路慢着点，不用赶，知道吗？"

夏言边后退边连连点头，一从人群里脱身，就赶紧往洗手间去，琢磨着找什么理由脱身，到洗手间门口时径直左拐了，没注意入口，与对面走来的人差点撞上。

一声低沉的"小心"后，一只手臂将她虚挡住："这里是男厕。"

"……"尴尬一下涌上来，夏言脚步生生顿住，"不好意——"

话还没说完，男人的脸映入眼中，夏言打了个趔趄，怔住。

沈靳眉心微拧："你没事吧？"语气疏离，是对陌生人境遇不放心的一句问候。

夏言勉强动了动嘴角："没……没事。"她挨着洗手台往旁边挪了几步，身子有些虚软，心脏跳得有些快，不是很能受得住，看沈靳还在看她，她勉强冲他挤出了个微笑，说："我真没事。谢谢您。"

夏言反手拧开了水龙头，余光看到他拧开了另一个水龙头。

除了哗哗的水流声，四下一片安静。

低垂着眼，夏言能清晰地看到水流下他修长有力却指节分明的手。

那是她见过的最好看的手，也是最巧的手，男人的手。

他很快洗完，关了水龙头。

夏言感觉身边压力骤轻。他的脚步声渐远。

夏言抬起头，只来得及看到消失在转角的高大身影。镜子里，自己的脸还很年轻稚嫩，二十出头独有的胶原蛋白和青春感还在。夏言的手迟疑地落在脸上，掐了掐，连触感也是真实的。

她突然想起一个典故：庄生梦蝶，还是蝶梦庄生?

她现在二十二岁，可是她记得，她和沈靳结婚五年了。二〇一一年九月，她和他相亲认识，三天后领证结婚。

可现在……

夏言低头看了眼洗手台上的手机，屏显背景里时间是二〇一一年三月，她还在为毕业论文焦头烂额的时期，并不认识沈靳。

“姐，好了吗？”夏晓脆嫩的声音突然响起。

夏言回头，夏晓瘦小的身子随之映入眼中，蓝白色系的运动校服套在身上显得有些长，正在长高的身体瘦得跟麻秆似的，四肢纤细，脸蛋白皙稚气。

“晓晓……”夏言轻轻叫了她一声，“童童呢？”

夏晓一脸茫然：“什么童童？”

夏言摇摇头：“没事。”

她关了水龙头，朝夏晓走过来：“走吧。”

夏言回到赛场时，徐佳玉迎了上来。

徐佳玉看她脸色有些苍白，不放心地握住她的手，问她是不是不舒服，不舒服的话先回去算了，尽管对会憾失的洗碗机还有些不舍。

夏言从小身体就不好，徐佳玉对她一向过于小心翼翼。

夏言握了握她的手：“妈，我没事。”其实她的身体也没有差到要小心翼翼对待的地步。

她回到赛场。

参赛的人很多，几百号人，以中年妇女居多。编织手工艺品这种东西，年轻人已鲜少有人再涉及，因此赛场中的夏言显得尤其引人注目。

评委席上的沈桥一眼便看到了人群里的夏言，手肘撞了下旁边的沈靳：“二哥，那个女孩好漂亮。”

沈靳正在电脑前忙，头也没抬：“有空就把我上午发你的商业计划书再好好研究一下。”

说着沈靳把一份装订成册的文件扔到了沈桥面前。

沈桥没敢再吱声。沈靳是被他半瞒半骗弄过来镇场的，没给他甩脸走人已经是容忍他了。

活动是朋友的公司主办的，家电公司搞促销，特地托沈桥找几个业内有名望的人过来做评委镇场。沈桥能想到的真正行家就沈靳一人，工艺设计出身，几年前创立的工艺品公司盛极一时，加之最近新公司筹备也需要找这方面的人才，他才想着把沈靳弄过来，也算是给他们搭条线，做生意的，以后总有合作的时候。

沈靳也没再搭理沈桥，继续忙自己的工作。

比赛进行了一个多小时的时候，终于有人率先完成了作品。

工作人员将完工作品呈上来时，沈桥呀了声，觉得那作品异常漂亮。

沈靳偏头看了眼，是一个很精致的咖啡色柳编小笔筒，确实漂亮。

比赛属于自由发挥，藤条、竹条、柳条等材料任选，另有搭配的小饰物，自由组合。

沈靳将小笔筒拿了过来，小笔筒纹理均匀细腻，却又精巧结实，搭配咖啡色色泽和黑白布条勾勒出的卡通女童形象，时尚精巧，带着几分灵动可爱。

这种细腻度和纹理沈靳只在一个人的作品上见过。

手压下笔记本电脑，沈靳抬头，看向工作人员：“谁的作品？”

“那个女孩子。”工作人员边说边转身指向休息区，半途停了下来，咦了声。

沈靳看她：“怎么了？”

“她刚还在那儿坐着的。”工作人员四下看了看，困惑地嘟哝了声，“估计是去洗手间了。”

沈靳将笔筒翻了过来，底部的贴纸上写着参赛者的名字。

他看了眼：夏言。

沈桥很快拿过报名册：“夏言，二十二岁，还是个在校大学生。”

沈靳抬头往休息区看了眼，没看到什么年轻女孩。

沈桥来回打量着柳编笔筒，爱不释手："这得拿最高分了吧？"

能不能拿到最高分沈靳不好打包票，限定时间内完成的作品均可参与评分，评选结果由评委评分和现场观众投票组成。

后续作品也都陆陆续续交了上来，沈靳和其他评委给了这个小笔筒最高分，现场观众投票环节，这个小笔筒也毫无意外地拿到了全场最高分。

颁奖时，沈靳没看到什么年轻女孩出现在舞台上，领奖的是一名中年妇女，沈靳估摸着是夏言的母亲。

主持人要将奖品拿上台时，沈靳反手压住了奖品："必须获奖者本人亲自领奖，不接受代领。"

主持人愣了下，而后迟疑地点了点头。

回到家的徐佳玉把这事和夏言说了。

因为等待时间漫长，夏言早已先行离开，没想到奖品还不能代领。

下午五点多时，主办方行政部给夏言来了电话，向她致歉，希望她能找个时间，带上身份证亲自到公司签领。

公司离学校不算远，刚好在一条地铁线上，夏言应承下来，约了第二天上午去。

第二天一大早夏言便过去了，下午还要回学校。

学校下午有宣讲会，她现在大四，即将毕业，想找份工作试试。

她从来没有上过班。许多正常人该有的生活，她都没机会体验。

自小偏严重的先天性心脏病，让她失去了许多正常人该有的生活，但她的小心翼翼，似乎也并没有让她多活太久。

现在看似重来的人生，夏言想活得正常一些。

她也不知道这算不算人生重来，自从她几天前一觉醒来，仿佛陷在了一个光怪陆离的梦里，周遭的一切都没变，她的父母，她的妹妹，她病弱的身体，一切都是她过去生活的继续。

可是她认识沈靳，她和他结婚五年了，有一个两岁的女儿，叫童童。

但他似乎并不认识她。

她所有的记忆还停留在五年后的医院重症监护室里。她托乔时把童童送回自己爸妈那儿，她知道他的母亲不是很喜欢女孩。她如果不在了，他会有新的妻子、新的家庭，她的女儿在他的家里会成为多余的存在。她不想让女儿的人生成为另一个悲剧。

门外急欲闯入的沈靳是她对他最后的记忆。那是唯一一次，她在他波澜不起的脸上看到了慌乱。

夏言不知道，她到底是死了，还是活着，是回到了过去，开始另一个五年，还是所有她和他的婚后记忆，仅仅是一场梦。

她的生活一切都没变，除了沈靳，以及她记忆里的童童。

夏言上午十点左右才到主办方公司，在前台报了名字后，前台人员让她稍等了会儿，而后带着她穿过长长的办公走廊，边走边对她说道："夏小姐，我们活动的总评审很欣赏您的作品，想见见您。我先带您去会客室，到时您直接在他那里签领奖品可以吗？"

夏言迟疑了下，点了点头："好。"她又问前台人员，"你们的总评审是谁啊？"

前台人员道："安城实业的总经理，沈靳沈先生。"

夏言脚步微微刹住，看向前台人员时已经面露难色："那个……不好意思啊……我突然想起学校有个会，可能得马上赶回去……"她歉然地鞠了个躬，转身走了。

前台人员急急叫住她："夏小姐，奖品还没领呢。"

夏言回头冲她摆了摆手："那个算了吧，我不要了。"

会客室里的沈靳隐隐听到门外的声音，推开了门，只来得及看到夏言的半个背影。

前台人员一脸困惑地转过头，看到他，手指了指夏言离去的方向："夏小姐突然有急事走了。"

沈靳抬头看了眼："你们聊什么了？"

前台人员把刚才的事大致提了下。

沈桥也在，当下皱眉看向沈靳："二哥，你们之前认识吗？"

听前台人员的意思，她的反应……像在逃避沈靳。

沈靳摇了摇头："奖品让人送到她家里吧。"

他自认不认识叫"夏言"的女孩，但她的反应确实让他心存顾虑。

沈靳估摸着与他这两年的名声有关。如今的他在外人眼中确实算不得好人，声名狼藉，别人对他有所顾虑，不想走太近是人之常情。他虽然对她的作品和作品背后的人心存困惑，但向来不是喜欢强求的人，既然她顾虑深，不愿意多接触，他也没必要给她造成困扰。

他下午要去安城大学，有个宣讲会和编织设计大赛动员会。

新公司筹备，目前正是招人的关键阶段，他需要一批年轻的工艺设计师。

新公司主营的是工艺家居，不算时尚的行业，相应地，对口的人才也不好找。

沈靳计划以设计比赛的形式来寻找一些有潜力的设计师，奖品也设置得丰厚，最低五万元起，在学生中极具吸引力。

宣讲会时间定在下午两点，沈靳吃过中饭便赶过去了，没想到人还没到学校，家里突然来了电话，他的母亲姜琴冠心病犯了，人在医院。

沈靳不得不临时改道去医院，宣讲会的事交给了沈桥。

沈桥开朗外向，对活跃气氛和鼓动人的事向来拿手，因此很痛快地应承了下来，早早去学校准备。

准备参加宣讲会的夏言刚到多媒体大楼，一眼便看到了多媒体教室门口的沈桥，他正在帮忙招呼学生。

她脚步微顿，正犹豫着要不要走时，沈桥看到了她，以及她的入场胸牌上挂着的“夏言”二字，而后很是惊喜地迎了上来。

“夏言？”他不确定地叫了她一声。

“……”夏言心脏微微提起，戒备地看着他。

沈桥将自己的胸牌一翻：“沈桥，我叫沈桥。昨天我见过你，万茂商场的手工艺比赛上。那个柳编笔筒是你做的吧？很漂亮。”

夏言提起的心微微放下，她不大自在地扯了扯唇，视线不着痕迹地从他脸上慢慢落到门口的海报不是很显眼的“安城实业”四个字上，懊恼地皱了皱眉。

沈桥没留意到这些，视线全在她手里拿着的简历上，颇意外地挑了挑眉：“夏小姐也是来应聘工作的吗？”他说着手已经伸向她，“简历给我吧，我二哥很喜欢你的作品，我直接把你推荐给他。”

夏言抱着简历的手微微收紧，她歉然地冲他笑了笑："谢谢你，我只是陪同学过来的，没要找工作。"而后她迟疑地往礼堂看了眼，问他，"你二哥也在里面啊？"

沈桥道："他估计晚点儿才能到。"

"……"夏言绷着的那口气松了下来，她和他客套了几句，拉着室友余声声进了内场。

宣讲会开始前，夏言以身体不舒服为由先行离开了，回了宿舍，没想到人刚躺下没多久，纪沉的电话就打了过来。

"听余声声说你身体又不舒服？"电话刚接通，纪沉已开门见山地道。

他是她的表哥，她姑姑抱养的儿子，大她几岁，现在是心外科医生，她的主治医生之一。

"也不算不舒服……"夏言小声说道。

纪沉一下抓住了她的语病："那就是也还是不舒服了？"

夏言："……"

"你知道今天是什么日子吗？"纪沉似随意地问。

夏言一下没反应过来，下意识地道："什么日子？"

"定期随访和定期复检。你是不是早忘干净了？"纪沉嗓音明显沉了下来，"我在医院等了你一上午，特地把交接班推迟了半天，结果你人呢？"

夏言："……"

纪沉又道："我现在在你们宿舍楼下，你衣服换好了赶紧下来。"

夏言换好衣服下楼时，纪沉还绷着张俊脸。

她是真不记得今天是复检的日子了，上了车，低眉顺目地跟他道歉。

她语气一软，纪沉就绷不住，手无奈地朝她的脑袋轻拍了一记："自己的身体都不知道上心。"

两人去了医院，她还是得在医院住一晚做个详细复查。

纪沉陪她办理入院手续，送她回病房。

病房的门刚打开，夏言一眼便看到了屋里的沈靳和姜琴，踏出去的脚硬生生收了回来。

沈靳也看到了她，平静地看了她一眼便转开了视线。

姜琴似是有些怔住，愣愣地看着她。

夏言迟疑地拽住纪沉的衣角，想转身走人。

纪沉没留意到她的小动作，沈靳看到了，视线在她那只手上停了停，又缓缓落在她脸上，微微皱眉。

纪沉当她是不愿住院，她刚转身便掐着她的肩把她转了回来，软声劝："别任性，该住院还是得老实住院。"说着他半强迫地把她推进了病房。

姜琴脸上不大自在地扯出了个笑容："你们好……"她看了看夏言，欲言又止。

夏言嘴角勉强动了下，扯不出笑容。

纪沉也客气地和姜琴打了声招呼。

姜琴指着沈靳："这是我儿子，沈靳。"她说着迟疑地看了眼夏言。

夏言低垂着头，转身整理床铺。

纪沉客气地和沈靳打了个招呼，回头帮夏言整理，叮嘱一些有的没的。

夏言弯着身，手压在床单上，沉默了会儿，轻声问纪沉："我想去花园走走，可以吗？"

纪沉终于察觉到她的不对劲，抬头看了眼沈靳和姜琴，而后轻轻点头："走吧。"

沈靳看着两人离开，瞥了眼收拾整齐的床铺，转身替姜琴将药分放好。

姜琴却只是怔怔地坐在床沿，盯着门口失神。

沈靳回头看她，叫了她一声："妈？"

姜琴抬头看了看他，像是要说什么，却终是什么也没说，只是催他先去忙他的。

他的父亲没一会儿赶了过来，沈靳嘱托了他一些注意事项便先走了，刚到楼下便看到了坐在秋千椅上的夏言，以及站在一边的纪沉。

从病房出来后，夏言便一直坐在那里不动，整个人有些放空。

她平日里也爱来这里，但不像现在这样，走神得厉害。

纪沉倚靠着旁边的树干，偏头看着她不动，等她先开口。

夏言抬眸看他："你先回去吧，值了一夜班，早点回去休息。"

纪沉道："你今天看着不太对劲。"

“……”夏言收回了落在他脸上的视线，“我没事。只是……”她的声音低了些，“突然想起个人。”

纪沉问：“谁？”

夏言抬头看他：“我女儿。”

“……”纪沉差点被呛着，上前一步，手掌轻贴在她的额头上，“没发烧啊。婚都没结，你哪儿来的女儿？”

夏言嘴角动了下，弯出个小弧度，没应。

纪沉收回贴在她额头的手掌，一抬眼看到了刚好下楼的沈靳，和他打了声招呼：“沈先生。”

夏言下意识地回头，视线与沈靳相撞时，沈靳冲她微微颔首，是陌生人间不至于尴尬也不显唐突的招呼方式。

她勉强弯起嘴角回应。

他打过招呼便走了。

夏言看着他渐远的背影，大概是见面的次数多了，心脏再没有那天乍见到他时的挤压感和闷疼感，感觉很平静。

“你认识他？”纪沉突然出声。

夏言抬头看他，他正在看她，眼神带着探究。

夏言摇了摇头：“不认识。”

看纪沉明显不信，她仰头看他：“我整天闷在家里，哪有机会认识人啊？”这是事实。

纪沉也没过多追问，陪她坐了会儿，被她催回去休息了。

夏言在花园里坐到很晚才回去，姜琴已经睡下了。

夏言背对姜琴睡了一晚，她从不知道这个世界会这么小。

第二天一早，她母亲徐佳玉过来看她，她要去做检查，徐佳玉留在病房里等她。

她的身体没什么大问题，纪沉准许她下午出院。

他今天值班，抽空过来看看。

“纪医生是你家亲戚吗？长得挺不错的。”夏言换下病号服回来时，姜琴突然拉住她的袖口尴尬地开口。

夏言抬头看了眼正捧着病历本低头记录的纪沉，白大褂将他高挺的身形衬得英俊帅气，是挺不错的。

“结婚了吗？”姜琴压低了声音问。

夏言不知道她问这话何意，摇了摇头：“我不知道。”

纪沉抬头看她：“好了吗？”

夏言轻点头，朝他走了过去。

姜琴收拾了桌上的一堆补品递给夏言，让她拿回去。

夏言视线沿着那一袋礼品一点点往上，慢慢地落在姜琴脸上。

姜琴脸上堆满笑容，带着几分尴尬和不自在，不见半分虚假和尖酸。

“谢谢您。”她轻声道谢，将东西推了回去，“不用了。”

沈靳刚好进屋，姜琴将手中的补品递给他：“阿靳，你送送夏小姐吧。”

“……”沈靳视线从她脸上移到夏言脸上，眼神是一贯的无波无澜。

那是她见过的最沉敛淡定的一双眼，她几乎没在那双黑眸中见过任何的情绪起伏，哪怕是夜里最亲密的肌肤相亲时，那双眼眸中漾起的涟漪也是克制的。

她也习惯于这种平静，因此抬眸迎上那片墨色时，她已轻声拒绝：“不用了，谢谢。”

姜琴看着她和纪沉一道离去，有些急，将东西塞入沈靳手中：“你倒是去送送人家啊。”

沈靳将那袋东西轻搁在桌上，这才看着她道：“妈，你怎么了？”

姜琴道：“她是夏言。”

沈靳动作微顿，看向姜琴：“她叫夏言？”

他回头看了眼门外，他记得，那个柳编笔筒的参赛者的名字也是夏言。

“我出去一下。”留下话，沈靳转身出了门，快步下了楼梯。

沈靳在医院大门口看到了正准备上车离去的夏言和纪沉。

“夏小姐！”沈靳远远地叫了她一声。

夏言诧异地回头。

沈靳道：“夏小姐，方便借一步说话吗？”

纪沉和徐佳玉都愣了愣，互看了眼，又都看向夏言。

夏言也怔了下，抬头看沈靳时已歉然地拒绝：“不好意思，我有点赶时间。”说完她拉开车门上车了。

徐佳玉不大好意思地冲沈靳笑了笑，上车走了。

姜琴也已跟了出来，迟疑地看着沈靳：“要不回头我帮你问问夏言的妈妈……”

沈靳听她这话的意思不对，扭头看她：“妈，你别瞎掺和，我找她只是一些工作上的事。”

沈靳扶姜琴回了病房。

姜琴犹在迟疑：“阿靳，你也快三十岁了。”

沈靳回头看她：“然后呢？”

姜琴不语。

沈靳明白她的意思，对她道：“妈，我现在是什么情况你是最清楚的。我也没有结婚的打算。你别去祸害人家。”

姜琴没说话，私下里还是联系了徐佳玉。

夏言是在几天后才知道她母亲想撮合她和沈靳的。

吃饭时，餐桌另一头的徐佳玉支支吾吾地问她觉得沈靳怎么样，惊得她以为要历史重演。

她没想到真的历史重演了，连理由也和当初的差不了多少。

“言言，你也知道自己的身体。我们的身体你也是知道的，指不定哪天就……家里又只有晓晓一个女孩，总还是要找个人照顾你的，不如趁现在还年轻多留意，能选择的机会也会多一些。”对于她不太健康的身体，徐佳玉向来悲观。

夏言沉默了会儿：“妈，说实话，您觉得这种相亲，一眼能相出感情吗？像我这样的，肩不能挑，手不能提，不能工作，不能给丈夫减轻经济压力，照顾不了孩子、家庭，隔三岔五得去医院，娶回家跟娶个祖宗似的，得日夜供着，如果不是感情深厚割舍不下，娶回家做什么呢，是吧？”

她的声音是一贯的柔和平缓，不急不躁。她能轻易说服她的母亲。

夏言看到了她母亲眼神里的动摇。

“妈，我照顾得了自己的。”她的声音很轻，“咱别去祸害人家了好不好？”

徐佳玉看了她一眼，嘴张了张，终是迟疑地点了点头。

夏言原以为这事就这么过去了，没想到一周后的饭局上，她还是遇到了沈靳。

和他一起的还有他的母亲姜琴。

夏言是和她母亲及纪沉的母亲一起过来的。纪沉的母亲刚从外地回来，约吃饭。

她没想到这顿饭是变相的相亲。刚推开包间大门，远远地看到餐桌前的沈靳时，她挽在徐佳玉手臂上的手抽了回来，转身想走，被徐佳玉反手拽住。

沈靳也看到了她，回头瞥了眼姜琴。

姜琴有些心虚，避开了他的眼神，起身和徐佳玉等人打招呼。

徐佳玉偷偷拽了拽夏言的手。

夏言抿了抿嘴角，到底没让徐佳玉在人前失了面子，抬头看沈靳和姜琴时勉强弯了弯嘴角，一声不吭地在餐桌前坐了下来，没怎么说话。

沈靳也没怎么说话，但作为现场唯一的男士，还是很懂得照顾人的，餐桌前的他礼数周全，温和客气，不至于过度热络，也不会显得冷淡。

徐佳玉和纪沉的母亲对沈靳很满意，几个长辈饭吃到一半便都借口有事先走了，只留下夏言和沈靳。

包间一下子陷入沉默。

夏言不是很会活跃气氛的人，尤其面对的人是沈靳。

她只是低垂着头，有一下没一下地搅动着汤匙，没有说话。

“夏小姐。”沈靳先打破了沉默，声音是一贯的平和。

夏言抬眸看他：“嗯？”

“今天的事——”

“那个不好意思……”她软声打断他的话，“我不知道今天是相亲。我没有和沈先生在一起的意思，也没有和您结婚的打算。我们也不适合在一起。”

沈靳一直没插话，只平静地看着她，等她说完了，才沉吟着开口："夏小姐可能误会了，我也是不知情方，也没有交往的打算。"

"……"夏言大脑有那么一瞬间是空白的，反应过来后，丝丝热气从耳后蹿起，慢慢烧红至整张脸。

她这番话预设的前提是，他和她说是否愿意在一起，那是他曾经干过的事，她以为历史会重演到这一步。

显然并没有。

"夏小姐前一阵是不是参加了万茂商场的手工艺编织大赛？"沈靳出声打破了她的尴尬。

夏言困惑地看他。

沈靳拿出手机，打开相册，点开了一张柳编笔筒的照片，是她几天前交出去的作品。

"是夏小姐的作品吗？"

夏言缓缓摇头："不是。"

沈靳道："夏小姐那天出现在商场的洗手间只是巧合吗？"

夏言："……"

沈靳换了个话题："夏小姐认识曹华老前辈吗？"

夏言回他的依然只是轻轻地摇头："不认识。"

沈靳盯着她的眼睛看了会儿："夏小姐似乎对我有敌意。"

夏言："……"

夏言抿了抿嘴，不说话了，默默地端过茶杯，两手捧着，低头一口一口地轻啜。

沈靳也没再追问，端起茶杯，缓缓喝了口茶，动作是一贯的优雅从容，一如过去五年。

他沉静看书的样子，低眉敛眸看她的样子，十指紧扣轻轻吻她的样子，抱着童童软声哄童童的样子……无数个画面在脑中交替出现，夏言偏开了头，她在，沈靳在，可是童童呢?

迟疑了下，夏言抬眸看他："沈先生，你知道童童吗？"

他平静的眼眸对上她的："童童是谁？"

“一个……很小很小的小女孩。”夏言比了比，“这么点大，脸圆圆的，眼睛大大的，有点嘟嘟嘴，头发又黑又直，才两岁，长得很可爱。”说着她从包里取出笔和纸，唰唰几下便将童童勾勒了出来。

那是她闲着无聊时画过无数次的小人儿，每一个神韵她都捕捉得分毫不差。

沈靳将纸拿起，看了会儿，抬头看向她：“夏小姐绘画功底不错。”

夏言嘴角动了动，没应，看他：“认识吗？”

沈靳没直接给她答案：“她是你什么人？”

“一个……”夏言停顿了下，“经常会梦到的小女孩。”

沈靳道：“很可爱。”

夏言道：“谢谢。”

手机在这时响起，她冲他歉然地颔首，稍稍侧身，将电话接了起来。

是纪沉的电话。

“还在相亲？”

他直接的话让夏言脸颊微烫，她不大自在地轻咳了声：“也不算……相亲……吧。”

电话那头的纪沉似是轻笑了声：“还在餐厅吧？”

夏言嗯了声。

“等我几分钟，我也在附近。”

挂了电话，夏言抬头，与沈靳的视线相撞，她不大自在地牵了牵唇。

沈靳面色平静，给她添了杯茶：“男朋友？”

夏言轻轻摇头，没答。

沈靳也没追问，看到她搁在桌上的画像，换了个话题：“夏小姐似乎很懂绘画。科班出身吗？”

夏言道：“算是吧，我是学艺术设计的。”

沈靳问：“懂工艺设计吗？”

夏言摇头：“不懂。”

沈靳点点头，没再多言。

纪沉很快过来，刚推开门便看到了餐桌前的夏言，远远地叫了她一声。

夏言回头冲他招了招手。

纪沉走到近前，和沈靳打了声招呼。

沈靳也微微颔首："你好。"

纪沉的视线在沈靳和夏言间停了停。

纪沉就站在夏言身侧，站位和动作，对她有种护犊子的情绪在，以及对他带着种男人对男人的防备，那是想将一个女人纳在羽翼下时，对另一个男人侵入领地的本能防备。

沈靳没有夺人所爱的习惯，站起身，客气地和夏言道了个别，买了单后便先行离开，顺手拿走了夏言画的童童的画像。

沈靳回到家时已经晚上八点多，刚进屋，他母亲姜琴便迎了上来。

"和夏言谈得怎么样？"

沈靳正在换鞋，闻言回头看了她一眼："妈，我以为我已经表达得很清楚。我暂时没有结婚的打算。"

他的声音是一贯的平稳，但夹着的紧绷，透着他对这次安排的不悦。

姜琴气势不觉弱了下来："只是去见一见。"

"以后别再给我安排这些没意义的饭局。"

沈靳转身进了书房，将外套脱下挂在衣帽架上，从兜里掏手机时，连同童童的画像也被带了出来。

很漂亮的小姑娘。她的画技很好。

沈靳盯着画像看了会儿，画上的小姑娘的眉眼和她有几分相似。

他对夏言印象不深，简单的几次见面都只是匆匆打个照面，就连刚才那顿饭的时间里，两人的交流也不多。

她给他的感觉，一直都是柔弱安静的，气质干净，带着书卷气，对他很抵触，防备心重，不爱说话。

一个漂亮得只适合远观的年轻女孩。

身体似乎也不是很好。

她的主治医生显然更懂得照顾她。

将童童的画像搁在书桌上，沈靳顺手拿起了桌上的商业计划书，在一边的沙发上坐了下来。

新公司刚进入筹备期，正是最忙碌的时期。

几个兄弟一起组建的公司，沈遇牵的头，他是警察出身，商场经验有限，公司运作和把控还是全权交给沈靳负责。

沈靳刚经历一段失败的创业时期，从一无所有到巅峰，再到低谷，在牢里待了两年，刚出来，他也需要从头开始，将他的东西一一拿回来。

沈靳连着几日都在为新公司奔波忙碌，又赶上姜琴生病，身体早已疲惫到极致，翻着计划书，看着看着就靠着沙发睡了过去。

半夜里，沈靳突然惊醒。

他睁开眼，暗色的墙纸，黑胡桃色的实木书架、书桌，黑色的皮质沙发，他的书房，曾经的……书房。

视线缓缓地从实木书架上移过，落在同色系的书桌上，白色的纸在深色木质桌上显得尤为打眼。他一把将画拿起，只一眼，眸中波涛渐起。

"沈先生，你知道童童吗？"

"童童是谁？"

"一个……很小很小的小女孩。"

……

他倏然起身，转身拉开了书房的门。

姜琴还在客厅，正准备回房休息，看到急促拉开书房门的沈靳，奇怪地叫了他一声："阿靳？"

沈靳扫了眼客厅："童童呢？"

姜琴："……"

沈靳将手中的纸转向她："这东西哪儿来的？"

姜琴茫然地摇头。

沈靳抬头，打量着屋子。

"我……今天做什么了？"他低沉的嗓音沙哑，略显迟疑，他像被掐住了声带。

"和夏言相亲。"姜琴轻声回。

他倏地看向她。

"夏言……吗？"他的嗓音越发低哑。

她点头。

果然……

他的视线落在客厅挂着的钟面上，脑中有片刻的空白，但也只是一瞬，他突然弯腰拿起茶几上的车钥匙，转身出门。

深夜的马路上车辆稀少，流光依旧。夜风随着飙升至顶点的车速，从车窗灌入，吹得他大脑越发清醒。

他长大的城市，他送她时来回走过的路，每一段都像刻在记忆里，不需要依凭导航，轻易便能找到她的家。

平时将近一个小时的路程，他三十分钟走完。

掩映在夜色中的两层小洋楼，这个点儿已经熄了灯火。正是深夜入梦的时间。

沈靳甚至等不及将车停稳，匆匆推开车门下了车，去按门铃，一下一下重重地连按，伴着拍门板声。

屋里灯光很快亮起，脚步声渐近，门很快被从内拉开，是夏言的母亲徐佳玉。

看到沈靳时她愣了好一会儿："沈先生？"

"夏言呢？"他问。视线急切地穿过她的肩膀，看向里屋。

"她去学校了啊。"徐佳玉面色茫然，"沈先生，出什么事了吗？"

却见他眉心拧起："学校？安城大学吗？"

徐佳玉愣愣地点头："出什么事了吗？"

"没事。"沈靳拿出手机，"她的电话还是138……"

他念了串电话号码。

徐佳玉愣愣地嗯了声。

"谢谢。"一声谢后，沈靳已转身上了车，一边启动车子一边给夏言打电话。

手机贴到耳边时，他的心脏也鼓噪着，跳得又快又急，乱了节奏。

但电话没打通，她已经关机了。

她一直都有关机睡觉的习惯，他知道。

她身体不好，所以很懂得爱惜身体，饮食、作息都安排得很科学，这个点儿她早已入睡。

沈靳缓缓地将手机收回，心脏的跳动慢慢趋于平静。

他看着掌中的手机，锁屏背景的时间显示是二〇一一年三月底，季节是春天。而他认识夏言，是在秋天，相亲桌上。

她是他的妻子，结婚五年、朝夕相处了五年的妻子。

“老二，赶紧来医院，夏言可能不行了。”

他昏迷前，沈遇低哑的话语炸出的空白还在继续，纪沉失控地将他推抵在墙角，目眦欲裂地告诉他夏言没了的画面还刺得他额头一阵一阵地抽疼。

沈靳不知道他为什么会在这儿，也不想探究，哪怕是在梦里，他只求能再看她一眼。

一眼，也好。

车子很快在安大校门口停了下来。

校门已上锁，宿舍楼也早已熄了灯。

门卫室的灯还亮着，年轻的门卫尽责地守着大门。

沈靳驶近的车子在门卫停车的手势下停了下来。

车窗摇下时，门卫已经走了过来。

“你好，请问——”话到嘴边，沈靳又皱眉停了下来，他不知道夏言是哪个学院，哪个系，哪个班。

“先生，不好意思，现在是晚上，外人不能随便进出。”门卫出声提醒。

“抱歉。”沈靳轻声道了歉，抬头看了眼黑漆漆的学生宿舍楼，脑中慢慢翻腾而过的，是她学生证上的文字。

“2007级……艺术设计……四班……”几个字呢喃而出时，沈靳已看向门卫，“不好意思，能帮我找一下2007级艺术设计系四班的夏言吗？我有急事找她。”

门卫指着腕间的表转向他：“这都深夜一点了，学生早睡了，宿舍楼也都锁了，进不去。你有事明早再过来。”

沈靳抬头往宿舍楼看了看，十几栋大楼，他分辨不出她住哪一栋，哪个房间。

扣着方向盘的手掌紧了又松，他低低应了声："好。"

他没强行要进去，但也没离去，放低了座椅，坐在车里等她。

连日来的辛劳让他很容易在这种放松里陷入沉睡。

夏言第二天刚开机便接到了徐佳玉的电话。

"言言，你和沈先生怎么了？"

"……"夏言一头雾水，"什么怎么了？昨天不是说了吗？吃完饭各自回家了啊。"

徐佳玉道："那他怎么会大半夜跑到我们家指名要见你？"

夏言："……"

"大半夜的，人都睡了，他突然跑过来拍门，问我你在不在。"

夏言："……"

寝室的座机突然响起，其他舍友有的在洗手间，有的出去了，她转身拿起话筒，对电话那头的徐佳玉道了声别："妈，我先接个电话。"

夏言挂了徐佳玉的电话，接起了寝室电话。

是宿管阿姨打过来的电话，告诉她有人找她，在大门口，从昨晚等到现在了。

夏言满心困惑，挂了电话便下了楼，人刚走到门卫室，年轻的门卫便打量着她道："你是夏言？"

夏言迟疑地点头，目光稍转，轻易便看到了大门口停着的黑色车子。

门卫也顺着她的视线望去："那位先生昨晚过来说要找你，在这里守了一夜。"

"……"夏言迟疑地走了过去，刚走到车前便透过车窗玻璃看到了驾驶座上的沈靳。

他似乎刚醒来，正揉着眉心，但揉眉的动作仅是一瞬，很快停了下来，四下望了望，微拧起的眉心和动作里的迟滞透着和她同样困惑的讯息。他似乎并不知道他为什么会在这里，就如同她不明白，他怎么会在这里般。

他也看到了她，摇下车窗。

“夏小姐？”沈靳低沉的嗓音还带着晨起的沙哑，但平缓的声音带着困惑，显然还记得她。

夏言也微笑着和他打招呼：“沈先生。”

夏言慢吞吞地回头看了眼门卫，视线落在沈靳身上：“刚刚门卫大哥说你找我，有……事吗？”

“……”沈靳抬头看了看门卫，皱眉看她，“我找你？”

夏言愣愣地点头，指了指门卫：“他说的。”

沈靳又四下看了看，似乎也没怎么从眼下的状况中理出头绪。

“沈先生怎么了？”夏言问。

沈靳摇摇头，轻嘘了口气后，人已冷静地看着她道：“没事。可能是门卫搞错了，抱歉，打扰了。”

夏言微笑：“没事。”

从安大离开，沈靳先回了趟家。

他刚进屋，他母亲姜琴便着急地迎了上来：“怎么样？”

沈靳想起自己莫名其妙出现在大学校门前，眉心微拧：“什么怎么样？”

姜琴道：“你昨晚不是去找夏言了吗？”

沈靳眉心弯起的褶皱更深：“我……去找夏言？”

他余光瞥见桌上揉皱的纸，是童童的画像，肉嘟嘟的小脸，大大的眼睛，眼神无辜而安静，一下让他想起稍早时困惑地站在车前的夏言。

她很漂亮他知道，气质也干净动人，但也仅是个漂亮的女孩，没特别到让人记忆深刻，甚至一面之后为她癫狂。

但他在她的学校等了她一夜的举动，却似乎透着股为她癫狂的古怪。

是因为她的作品吗？

沈靳想到她那日的柳编笔筒，视线重回桌面上童童的画像上。

他将它拿了起来，画像线条的勾勒确实恰到好处，神韵也捕捉得分毫不差。画是活的，有灵魂，显然画工深厚，但到底还不是设计作品，也不是工艺设计，他无法从这幅画里判断她的设计功底，但美术功底确实在的。

那天的柳编笔筒也是市面上常见的造型，工艺是细腻，但并非原创。

他对她这种毫无道理的执拗，是因为她作品里透着的潜质吗？

沈靳不确定。

沈靳上午九点到了公司，沈桥抱着厚厚一摞文件搁在他的办公桌上，全是近期的编织工艺设计大赛参赛作品。

沈桥亲自跑到各大高校动员，五万元起的奖金，学生参赛热情很高。

这次比赛是沈靳和沈遇以新公司安城实业的名义在全省范围内举办的一个赛事，试图从中挖掘出一批有潜力的工艺设计师。

安城实业与沈靳当年一手创办的软宸集团一样，主营竹编、藤编等家居工艺品。

年轻人里已鲜少再有从事手工艺设计相关的，人才不好找，又是新公司，沈靳这才考虑以比赛的形式找人。

沈桥线上、线下宣传得好，参赛作品很多。沈桥负责搜集整理，沈靳来审核。

沈靳看着他抱进来的厚厚一摞参赛作品图片，随手翻了翻："有不错的吗？"

沈桥挠头："我是外行，哪里懂这个啊！"

沈靳点点头，没再追问。

他花了一天时间看完了所有参赛作品，没有特别亮眼的，还不如夏言随手给他画的小女孩画像传神。

"夏言"两个字从脑中闪过时，沈靳又想到了莫名其妙守在她校门口等她的事，动作有片刻停顿，而后很快开了电脑，打开参赛作者名单，在搜索栏输入"夏言"，搜索结果为0。

沈靳记得那天她说过，她学的是艺术设计，算半对口。

他想到了她亲手制作的柳编笔筒，沉吟了会儿，给沈遇打了个电话："老五，现在距离比赛结束还有一周，有没有可能将自愿参与变成强制参与？"

省外的大学沈遇办不到，但省内的，沈遇的声望和人脉在那儿摆着，处理起来还是比较容易的，直接联系各学校艺术系的领导，将藤编工艺设计作品以课外作业的形式布置了下去。

当宿舍长余声声推门进来时，夏言正在电脑前忙着。

“妞儿们，辅导员作业，藤编工艺设计作品，不限主题，自由发挥，算专业课期末平时分。作品会统一送往那个藤编工艺设计大赛参赛，奖金五万元起。”

伴着她落下的嗓音，一份 A4 纸大的作业要求已落在桌上，“安城实业”几个字映入夏言眼中。

那是沈靳的公司，刚刚成立，但夏言知道，五年后它将会怎样夺目耀眼。

它是沈靳携手沈遇一步步打造起来的商业王国。那是沈靳的五年，也是她的五年。

他在这五年里，舞台越来越大，她却犹困在她的小天地里，从当初结婚时外人口中的“天造地设”慢慢沦为“她配不上他”。

如今这个五年，仿似滚了一圈，又滚回了原点，从零开始的时候。但一切又不再是原来的样子，就比如她和他，提前了半年认识，相亲桌上的见面，也不再是你情我愿。

夏言不知道到底哪里出了问题，觉得她就像陷在了一个过去的梦里，醒不过来了。

也可能是她的生命真的已经结束了。

偶尔夜深人静想起这个时，她心里其实有些难过。

也因为这种难过，她并不想与沈靳有太多的接触，过去也好，梦境也好，她想知道，一个没有沈靳的人生，最后会走向哪里。

因此对于这份与期末成绩挂钩的作业，夏言抗拒到随手涂抹了个吊篮就交上去了。

沈桥将所有作品交给沈靳时，沈靳特意先看了夏言的作品，并没有太大特色，反而在这一批作品里找到了几个看着不错的有潜力的设计师。

颁奖设在四月的院庆晚会上，专门设了个环节进行颁奖，连带着宣讲招聘。

沈靳作为公司的主要负责人出席。

他出现在台上时，夏言就坐在观众席，她没想到沈靳会来。

今晚的他穿了套纯黑色西装，搭配同色系的黑色衬衫。一米八几的个儿，常年健身练出的身材，随便往那儿一站，便已惹得全场学生尖叫。

他一向偏爱深色系衣服，人也一直是好看的，不是少年气的清秀俊美，是成熟男人特有的沉敛深邃。

这种男人在小女生中一向受欢迎。

夏言曾经也是被他迷倒的小女生之一。

他从不需要过多的言语，那双异常深邃的眼眸平静地看过来时，轻易便能让人沦陷。

哪怕是现在。

当他的视线穿过重重人海，落在她身上，眼神交会的瞬间，夏言的心跳还是乱了一下。

沈靳似乎也没想到会在人群里看到她，视线在她身上停了停，而后平静地移开。

夏言也平静地将视线移往别处，并没有很排斥这种感觉，她从来没有谈过恋爱，能有机会感受这种因一个眼神而来的心跳感，她是心存感激的。

她和沈靳其实没有那么糟糕，那五年他很照顾她，对她很好，每天准时下班，尽管两人大半时间都是沉默地各忙各的，也没像别的夫妻般浓情蜜意，但家庭气氛一向平和。她和他……只是没有爱情而已。所以哪怕再见，她对他也不至于心生怨恨。

好聚好散是这段婚姻最好的结果。

也许是因为这份感激，也或许是将自己当成“已死人”的心态，现在她坐在台下远远地看他，就像欣赏一个漂亮的艺术品，会惊叹，会心跳加速，但心境是平和的。

他的发言很简短，嗓音是有磁性的低音，带着淡淡的性感和迷离。

沈靳身上，她最爱的除了他的眼睛、他的手，就是他的嗓音。

他从不知道，当他伏在她身上，以渐低渐哑的嗓音问她“可以吗”时，那样的他曾让她多迷恋。

没有人见过那样性感温柔的他，但台下年轻的女孩们对现在的他有着同样的迷恋。

掌声、喝彩声、欢呼声和尖叫声……是对他受欢迎程度的最直接表示。

现场气氛很热烈，一切原本进行得很顺利，直到突如其来的尖锐男声响起：“别听他放屁，他就是个骗子，刽子手。”

“沈靳，你敢不敢当着所有人的面告诉大家，两年前你骗了多少人，害得多少家庭家破人亡？”

现场的热闹戛然而止，一个个惊愕地看向出声的男生。

他就坐在夏言旁边，人长得高瘦，情绪看着很激动，一只脚站到了座椅上，声嘶力竭地冲着台上的沈靳嘶吼，清秀的脸因愤恨而扭曲着。

“大家不信的话可以去搜软宸集资的新闻，他就是当年软宸集团的幕后老板，被判过刑，没想到这么快就出来了。又想重操旧业骗我们大学生是吧？”

现场一下哗然。

安城本地的或多或少都听说过软宸集团，以家居工艺起家，前期不温不火，后期突然凭借精湛的技艺和精准的市场定位，火箭般发展。曾风光一时，但只如昙花一现，风光没几个月便接连陷入拖欠员工工资、拖欠供应商货款、集资诈骗等丑闻，迅速没落，最终以破产结束了那一场风光。

当年的集资诈骗在安城这方寸之地是大事，受骗的都是当地擅长手工艺的农民，被忽悠以“代加工＋保证金”的形式入股公司，许以高额利润分红，最后落得个血本无归的下场。

大家都被这一戏剧性的变化闹得有些蒙，一个个看向台上的沈靳。

沈靳手还握着话筒，站在原地，眼睑微敛，额前垂下的乌黑发丝在眉眼间落下一层淡淡的阴影。夏言看不清他眸中的情绪，只看到他脸上的平和。

她并不是很能看得这个曾经在她心里纤尘不染的高大男人陷入这种窘境，但也没办法心无芥蒂地重新站到他身边，着急地为他解释，说他不是那样的人。

夏言选择了起身离开。

沈靳也看到了她，视线在她身上停了停。

男生的嘶吼还在继续。现场从沉寂到嘈杂，声音越来越大，不知道是谁率先打破了沉默，吼了声：“垃圾，滚下去！”

现场很快被带起了节奏，一阵高过一阵的呼声响彻礼堂上空。

学院领导怕出事，双手连连下压示意学生冷静，一边急急地上台，让沈靳先下去。

沈靳收回落在夏言身上的视线，手握着话筒，嘴微抿起，看向众人。

“在我来这里之前，我曾问我自己，我能不能以沈靳的身份，以安城实业负责人的身份出现在公众面前。答案是否定的。我曾坐过两年牢，曾创办过软宸集团，看着它在我手上一步步壮大，又像扎气球一样，迅速干瘪，还牵连了一群曾对我百般信任的亲人、朋友，至今，我仍欠他们一个完整的交代。

“我现在其实不适合再高调地出现在人群中。安城实业是几个兄弟和我联手创办的，他们任何一个人都比我适合走到台前，而且比我更具号召力和吸引力。但我不希望，你们进入公司后才发现，老板原来是个诈骗犯，你们不应该接受这样的欺瞒。而我，也不是诈骗犯。

“两年前的事我会给所有受害者一个交代，包括我自己。”

一声低沉的“谢谢”后，沈靳将话筒交给了旁边的领导，转身下了舞台。

台下角落里响起稀稀拉拉的掌声。

一声微微带怯又无比坚定的女声突然响起：“我相信沈老师。”

话落，一个高挑的女孩已经站到了舞台上。

现场再次哗然。

声音很熟悉，夏言回头看了一眼，脚步微滞，她认得这个女孩，林小姐，林雨。

如果她没记错，一年以后，林雨会成为沈靳的助理。

夏言没想到自己和她原来是校友。

心脏又开始涌起熟悉的挤压感，不是很舒服，夏言收回视线，转身走了。

夜还不太深，微风正好，校道上也没什么人。

她手里还抱着厚厚一本画册，本想直接回宿舍，没想到经过后门时，遇到了刚从后门出来的沈靳。

她没想到会在这里遇见他，一下子有些怔。

沈靳面色很平静，脸上丝毫没有被轰下台的尴尬。

“夏小姐。”他客气地打了声招呼。

夏言也客气地回了声：“沈先生。”说完她绕过他想先走。

擦身而过时，沈靳看到了她手里捧着的画册，封面上精心勾勒的笔筒模型映入眼中。沈靳叫住了她：“夏小姐。”

夏言诧异地回头。

沈靳往她手中的画册看了眼：“方便看看吗？”

夏言道：“不好意思，可能不太方便。”

沈靳点点头，没强求，视线平静地落在她脸上：“我和夏小姐……以前有过节？”

夏言愣了愣：“没有啊，沈先生为什么会这么说啊？”

沈靳道：“每次见面，夏小姐都似乎对我有很重的防备和抵触。”

夏言道：“……沈先生可能想多了。”

沈靳沉默地看了她一会儿，手掌却伸向了她，意思很明显，他想借她的画册。

他明明没有说话，但眼神里的压迫感十足。

夏言不太想给。

“不好意思。”歉然颔首后，夏言转身往宿舍走。

沈靳没拦她，也没再强求，只是随着她一道往前，与她保持着不远不近的距离，也不说话。

路灯将两人的身影拉出长长的影子，一前一后，错落交叠在一起。

微风习习的校道，牵手笑闹而过的情侣，昏黄的路灯，透着疏离的熟悉身影，陌生的时空……种种意象糅在一起，夏言莫名其妙生出些伤感情绪。

夏言脚步慢慢停了下来。

沈靳侧头看她。

夏言没有回头，只轻声说：“你不要再跟着我了。”

沈靳脚步微顿，看向她，她半张脸隐在夜色下，从他的角度只看得到她柔美的侧脸，很年轻、很温软恬静的一张脸，面色是平静的，却总像透着些什么，沈靳说不上来。

“抱歉。”他温声道歉。

她没应，转身走了。

他也没再跟上。

夏言的宿舍在五楼，门口正对着校道。

她走出楼梯时，一扭头便看到了还站在校道上的高大身影，他单手插在兜里，微微仰着头，在看对面教学楼的 LED 大屏幕上滚动跳出的学生设计作品。

这是他们学院的特色，会不定期将学生采风或者设计的优秀作品通过大屏幕展示出来。

林雨已经从礼堂追了出来，叫了他一声，朝他跑了过去。

这个点儿晚会已经接近尾声，学生们正陆陆续续地散场，校道上人渐多。很多都是刚在礼堂里目睹他是怎么从被万人追捧到被万人唾骂的，看着他的眼神不免就带了些意味深长，三三两两的人都刻意绕开他站着的地方，不时回头偷偷看他。夏言从楼上往下看的视野，能看得出那种突然凑近又悄悄回头的身影里藏着的指指点点。

他是个声名狼藉的男人。

当年她认识他时就是，现在转了一圈，还是一样。

他似乎已经习惯于这种唾弃，从不辩驳，也不跟人红脸，对任何指责、任何目光，他向来是平静接受的。

后来冤屈洗净时，面对众人的谄媚讨好，他也始终是平静的，没有欣喜也没有得意。

这样的他，曾让她误以为所有的情绪到他那里似乎都会被收归成徐缓的平和。爱恨嗔痴贪恋狂，所有普通人该有的情绪在他身上都仿似不存在。后来她才知道，他骨子里还蛰伏着只猛兽，他的不动声色里藏着抽筋拔骨式的狠绝。

夏言不知道这重走的五年会走向一个怎样的结果，她和他都没有依循那五年的轨迹相识、结婚，他的公司和他现在面临的困境，都不是她能依凭那五年的记忆下定论的。夏言只知道，以沈靳现在的名声，他这一段创业路会走得异常艰辛。

在三三两两刻意绕开他行走的学生里，朝他走近的林雨显得尤其引人注目。

舍友余声声和陈姗姗也刚好上楼，一眼便看到了楼下的沈靳和林雨。

余声声呀了声："那不是刚才被轰下台的男人和替他说话的女生吗？"

"那女生脑子有问题吧，这种人也敢公开挺。"陈姗姗愤愤地接话，"这种男人就靠着张脸坑蒙拐骗，这明摆着骗财骗色的。"

夏言回头看了眼陈姗姗，陈姗姗对沈靳的鄙夷毫不掩饰。

"他……说不定是被陷害的呢……"迟疑了下，夏言还是忍不住为沈靳说了句话。

换来陈姗姗照着她脑门一记轻拍。

"对哦，长得太帅，被设计陷害了……"说完陈姗姗自己先笑了，又拍了夏言的脑袋一记，"电视剧看多了，你？你以为全世界就他无辜啊？"

夏言揉着被拍疼的脑袋不说话了。

这一次的事虽然没有在学校掀起太大的风波，但是还是对安城实业的招聘造成了不小的阻碍，获奖的学生没几个敢签在安城实业，其他岗位也招不到人。

这些后续是夏言几天后听余声声八卦的，回家时也听她母亲徐佳玉提了一些。

那天住院后，徐佳玉和姜琴莫名其妙就看对眼了，不只暗地里撮合两人相亲，最近几天都开始相互串门了。

夏言不太喜欢徐佳玉和沈靳那边的人走太近，因此回家撞见来串门的姜琴时，她心情有些复杂，但二十多年来接受的教育让她没办法对着一个完全不知情的老人摆脸色，因此客气地打过招呼后，便借口学校还有事从家里逃离了。

今天是周末，余声声和其他室友都去了 KTV 放松，她心脏不太好，本来想回家休息的，现在家里回不去，一个人在外面晃得有些茫然，干脆给余声声打了个电话，也去了她们那儿。

余声声和陈姗姗等人唱歌正热闹着，夏言刚推门进来，几人就把她拉到了屏幕前，塞了支话筒给她。

夏言出于身体的原因，加上父母一直在耳边念叨，为了不让他们担心，过去二十多年一直活得小心谨慎，二十多年没离开过这座城市不说，连这种宿舍的集体活动都几乎没有参加过。

她在重症监护室时，那种弥留之际的感觉很强烈，那时她是有些遗憾的，二十多年，她从来没有好好活过。

如今对于这种似梦非梦的处境，夏言除了坦然接受，其实是有生出尝试不一样的人生的念头的，所有曾经来不及体验的人生，她都想好好感受一遍，工作、恋爱、旅游、冒险……以及没有沈靳的生活。

因此当余声声把话筒塞到她手上时，从没开过嗓的夏言在小小的紧张后，还是跟着节奏唱了起来，而且唱得还很不错，身体也没有想象中的难受，这让夏言有些意外。

角落突然响起鼓掌声，一下一下，带着几分漫不经心。

夏言诧异地回头，没想到包厢里除了室友还有别的人在。

鼓掌的是程让，正靠坐在角落的沙发上，眉目慵懒。

夏言认得他，算是同班同学，他在学院里小有名气，但不是国民校草式的名气，是声名狼藉的小富N代。狂傲、放荡不羁、豪车美女等字眼是他所有的标签，但人长得帅气是事实，也有些小才华，是玩音乐、玩摄影的人，歌唱得不错，是学校舞台上的常客。

夏言和他虽然同班，但并不熟。程让是大三下学期才插班进来的，原是高他们一届，大三时据说出于某些不可说的原因让人给砍了，休学养了一年伤，才作为插班生进了他们班。但到底不是同届的学生了，加之他的圈子与他们这些普通学生也不大一样，大家也就混不到一块儿去。他平日里也狂妄惯了，逃课是常态，因此平时除非是重点课，能见到他的机会并不多。

夏言不知道余声声她们怎么和程让搭上边了，刚进来时也没留意，如今看他鼓掌的模样，到底是还不太习惯和人相处，总有些尴尬，看了他一眼后便假装淡定地转开了视线。

程让反倒倾身拎了罐啤酒，朝她坐了过来。

“唱得不错。”他说，拔了拉环，将啤酒递给她。

包间里另有两个男生，看他献殷勤，都跟着起哄。

夏言把啤酒推了回去：“不好意思，我不喝酒。”

那几个男生不是同一个班的，大概是没见过程让被女生拒绝，起哄声更大了。

夏言不太习惯这种作为焦点的感觉，默默地往旁边坐了坐，眼睛转向电视屏幕，看陈姗姗她们唱歌。

余声声抽空回了下头：“程让你瞎闹什么呢？我们言言身体不好，不能随便喝酒。”

程让挑眉：“哦？”他扫了夏言一眼。

夏言不太习惯，客气地道：“没有啦，我只是不太习惯喝酒。”

程让却是偏头盯着她打量。

他略显轻佻的目光让夏言有些不喜欢。

“不好意思，我去个洗手间。”歉然地扔下一句话，夏言起身离开，没想到刚拉开房门，便和几个凶神恶煞的男人撞上。

“程让呢？躲哪儿去了？”为首的男人粗声开口，用力推开了房门。

屋里的音乐声戛然而止。

夏言下意识地后退，刚挪了一小步，冷不丁被那人掐住了肩膀，拽到身前。

程让倏地站起身：“放开她。”

“哟，怜香惜玉了？”那人轻笑，像拎沙包般将夏言拎到了身前。

他力气大，夏言被拎得猝不及防，一口气喘不上来，难受得直咳嗽。

程让冷下脸：“有事冲我来，挟持一个女生算什么男人？”

余声声也搁下麦克风，拿过手机："你再不放开她，我就报警了。"

"怎么回事？"

突然插入的男声让对峙的画面暂缓，夏言本能地回头，沈靳高大的身影映入她眼中，一起的还有沈桥。

沈靳也看到了她，视线在她脸上停顿了下后，看向拎着她的男人。

夏言有些窘迫，她被人拎小鸡似的拎着胸口，还无法反抗，看着有些㞞。

拎着她的男人狠狠地瞪向沈靳："和你没关系，识相的话就滚远点。"

沈靳看了他一眼，目光慢慢地转向她。

夏言不觉站直身。

沈靳的手掌突然就伸向她。

夏言垂眸看着横在眼前的手掌，眼神一时有些复杂。

拎着她的人恶狠狠地啐了声："你别多管……嗯……"

那人下巴突然吃了一拳。

夏言甚至没看清沈靳是怎么出的拳，肩膀骤轻时，她被沈靳拽着手臂拉到了身后。

挨了拳头的男人瞬间就炸了，挥着拳头朝沈靳扑了过来，沈靳身体稍稍往后一侧便避开了他的拳头。他再挥过来时沈靳扣住了他的手臂，稍稍一用力便将那只手臂反扣在了他的后背上，而且似乎力道不轻，夏言看到了他骤然变白的脸色。

她站在沈靳身后，默不吭声。

沈家几个兄弟都是练家子，只不过除了沈遇是警察出身，沈桥曾是个小流氓，沈靳……年少时也算不得什么好人。

闹事的几个人看着头儿被制服了，也不敢轻易上前找事。

沈桥麻溜地给 KTV 前台打电话。

工作人员很快派了保安过来。

沈靳放开了那人，扭头看夏言："你是要继续留在这里还是跟我一起走？"

夏言不敢再留在这里。

程让这人比小流氓出身的沈桥还复杂，被人砍到要休学，如今唱个歌都能撞上寻仇的。她只是想体验正常人的生活，没想领便当或者进医院，因此在危险和沈靳之间，她选择了沈靳，跟他一块儿出了KTV，上了他的车。

“刚刚谢谢你。”车门关上，夏言轻声道谢。

沈靳语气是一贯的平静：“不客气。”

他抬头看了眼路况，问她：“要去哪儿？我顺道送你一程。”

“前面的路口放我下来就好。”夏言指了指前面。

沈靳点点头。

“你怎么会惹上那些人？”车子行驶了会儿，沈靳突然问道，侧头看了她一眼，“看你不像是会和那些人混的。”

“……我只是和同学去唱个歌而已。”

电话在这时响起，是她母亲打过来的。

夏言刚接起，徐佳玉偏大的嗓音已经从电话那头传了过来：“言言，回来了吗？你姜阿姨今晚留在家里吃饭，你也一块儿回来吃个饭吧。”

电话那头隐约还夹杂着姜琴的声音。

沈靳突然扭头看她：“我妈在你家？”

夏言迟疑了下，微微点头：“好像是。”

沈靳道：“我顺路送你回去吧。”

他也不管夏言点没点头，到前方路口时已经自觉掉转车头。开了半个多小时，快到夏言家时，沈靳才隐约察觉到不对劲。

夏言没告诉过他地址。

但这一路走来，他几乎是依着本能在行驶，明明没走过的路，却又轻车熟路般，异常熟悉。

车速慢慢缓了下来。

夏言下意识地指了指前面的三岔路口：“那里放我下来就好了，我家就在——”

“前面”两个字一下停在了舌尖——她忘记告诉他地址了。

或许是潜意识里还是将他当成了那五年记忆里的沈靳，所以她完全没有要告诉他住址的意识。

可是他这一路走来，走的确实是她回家的路。

“你……”她心绪一时复杂，不觉看向他。

他也正在看她，瞳孔里有她看不懂的困惑。

他在困惑，为什么会认得路。

夏言轻咳着收回视线，没再说话。

沈靳也已恢复正常：“前面右转是吧？”

夏言微微点头，嗯了声。

车子再次上路，他直接把她送到了她家门口。

夏言和他道了声谢后推门下车。

沈靳也跟着下车，单手撑在车门上，四下看了眼，视线突然落在她身上：“夏小姐。”

夏言困惑地回头。

沈靳道：“夏小姐刚才似乎没告诉过我地址。”

夏言道：“啊？是吗？”

沈靳道：“夏小姐似乎很笃定我认得到你家的路？”

夏言很是困惑地挠头：“怎么会！我真没说过吗？那沈先生是怎么知道我家地址的？”

沈靳看着她不动，又是那种带着压力的逼视眼神。

夏言招架不住，转身想走。

她家大门被推开，听到引擎声却迟迟没看到她进屋的徐佳玉出来查看情况，一眼便看到了立在车子两边的夏言和沈靳。

“沈先生？”她诧异地叫了他一声，对他那天晚上半夜敲门找夏言记忆犹新。

沈靳客气地打招呼：“阿姨。”

夏言挥手和他告别：“谢谢你送我回来。我先回去了，你路上注意安全。”

她转身想走，徐佳玉已低低地斥了声：“这孩子怎么这么不懂事，人家沈先生特地送你回来，也不请人进来喝杯茶。”徐佳玉说完看向沈靳，邀他进屋坐坐。

沈靳看到夏言的背影一下子有些僵，他略一沉吟，轻轻点头：“打扰阿姨了。”

进屋后，姜琴也在，看到夏言时略显局促地迎了上来。

夏言面对她时心境总有些复杂，客气地打了声招呼后便回了房。

姜琴看到了随后进屋的沈靳，诧异地看了看他，又看了看夏言的背影。

“妈，你怎么会在这儿？”沈靳问。

“我和你徐阿姨最近一块儿学舞蹈，过来坐坐。”姜琴说，又问他，“你又怎么会在这儿？”

“顺路接你。”沈靳淡淡地应着，注意力被墙上挂着的手工草编挎包吸引，盯着看了会儿，扭头问徐佳玉：“徐姨，这包哪儿买的？”

徐佳玉道：“夏言自己做的。她平时闲着无聊，就爱瞎弄些手工编织包，或者做些皮包印花。她房间里还有一堆呢。”

沈靳抬头看了眼楼上：“方便上去看看吗？”

徐佳玉自然是同意，她对沈靳向来满意，能有机会让夏言和他多接触，她再乐意不过，直接领着沈靳上楼了，去敲夏言的房门。

夏言一打开门便看到了站在门口的沈靳。

徐佳玉在一边笑着道：“言言，沈先生很喜欢你楼下的手工编织挎包，想上来看看。”

沈靳的视线已穿过她的肩膀看向屋里，一眼便看到了屋里衣帽架上摆着的各式包包，有原木色与棕色交织的编条托特包，有三色错落的手袋，以及纯色牛皮编织包等。精细的做工让他不觉偏头看她：“你自己做的？”

夏言回头看了眼，略显迟疑，但还是点了点头：“嗯。”

沈靳问：“方便进去看看吗？”

“可能不太方便——”

夏言拒绝的话还没说完，沈靳已推开了门：“不好意思。”

人已进屋。

夏言握在门把上的手垂了下来，一口气轻轻吐出后，回头看他。

沈靳对她房间里这些小摆件很感兴趣，也确实有些惊艳感。

她的房间很大，除去里头屏风隔开的卧房，外头俨然是一个小型工作室。偌大的落地衣帽架上，摆满了各式手工编织包，有纯色编织，也有印染图案，还有未完工的作品，藤编、布编和皮条编都有。

衣帽架另一头的长桌上，摆满了各色设计图纸和印染材料。

沈靳伸手去拿，夏言下意识地压住。

两人的动作几乎同步，夏言更显急切一些。

沈靳转眸看她。

夏言抿了抿唇，松开了手。

沈靳拿起看了会儿，扭头看她："这里的所有东西都是你设计和手工制作的？"

夏言迟疑了下，而后点点头："对啊。"

沈靳道："怎么会想到做这些？"

"家里祖祖辈辈就是做这东西的。"接话的是夏言的母亲徐佳玉，"但这东西现在不好挣钱了，言言的爸爸要养家，还要负担言言的医药费，不能死守着这东西，就改行了。言言从小身体——"

"妈。"夏言不想徐佳玉说太多，打断了她的话。

徐佳玉以为她是担心沈靳知道她身体不好嫌弃她，给了她一个了然的眼神，而后笑着转向沈靳："你们先聊，我先下去准备晚餐。"

她那一眼看得夏言心情有点复杂，夏言压根没这么想，干脆顺了她的话往下说："我从小身体不太好，常年在家养病，有点无聊，就捣鼓这些东西了，顺便挣点医药费。这东西利用互联网包装一下，还是能挣点钱的。"

沈靳看向她："什么病？"

夏言扭头避开了他的眼神，随手拿起一个包，转开了话题："沈先生知道 Bn 吗？一个来自意大利的世界顶级奢侈品牌，他们的产品最大的特色就是纯手工工艺制作的编织包。"

沈靳看向她，点点头。Bn 是一个以皮革编织工艺享誉世界的意大利奢侈品牌。

“我们有几千年的编织工艺品历史，早在六七千年前的河姆渡文化时期就有了以二经二纬法编织的苇席。这么长的历史积淀下来的民族工艺，沈先生觉得有没有可能打造一个具有我国元素的 Bn 品牌？Bn 是由最初的皮包慢慢扩展到服装、香水、家居等领域的，沈先生既然也是以高端家居为起点，为什么不尝试开辟两条产品线，两个品牌，将编织工艺与家居和时尚鞋包融合，在家居皮具市场中另辟蹊径？以沈遇父母家的明星资源，这应该是很好的一个推广平台。”

沈靳平静的眼眸终于有了波动：“你怎么知道我们以高端家居为起点？又是怎么知道沈遇父母的情况的？”

“……”夏言一下哑口无言。

那几年里她从没有参与过沈靳的工作，但多少有些了解。那时的安城实业也是主营高端家居，并没有开辟时尚皮具的生产线。时尚皮具品牌是她自己的构想，只是由于身体原因一直没机会付诸行动，她多少是有些遗憾的。

以前所有人都劝她小心爱护身体，她活得过分谨慎了，但她的谨小慎微也没能给她带来什么好结果，反倒成为她和沈靳间渐拉渐深的鸿沟，让她成为所有人眼中的“不匹配”，但其实，除了健康，夏言从没觉得自己有多差劲。

至少和姜琴口中上得厅堂、下得厨房，各方面能力俱优的林雨比，除了身体，她自认是不差的。

从她十三岁开始，她的医药费便由她一人承担。

常年的卧病在床让她有足够的时间和耐心琢磨她擅长的手工艺以及泡在网络上，她知道怎么利用互联网包装她的作品，也曾经做得小有成就，她只是没有那么好的体力和精力撑起她的梦想。

她父母对她身体的担心，对她灌输的观念，也让她不敢透支自己的健康，她总以为，安于现下就够了。

这本没什么不好，只是她对生活还有野心。她无法坦然接受人人眼中的“她配不上沈靳”，“她拖累了他”，也无法接受人人冠冕堂皇地劝她安于一隅，把沈靳本该承担的责任变成他的恩赐。所有人都觉得，她这样一个拖油瓶的存在，沈靳去找别的女人是应该被体谅的，他没有要求离婚已经是天大的恩赐了。

但女人的弱势不该成为男人出轨的理由，更不能被当成一种被原谅的理所应当。

夏言不知道沈靳到底有没有出轨，但每一个人对她怜悯的眼神，姜琴劝她的“要理解沈靳”，都对她抱持着最大的恶意，没有人考虑过，她病弱的身体里也藏着一个灵魂，有她的思想和情感。

每一个生命，或强或弱，都是应该被尊重的。

沈靳还在看她，平静而自然地看着，他眼眸里的古井无波和深邃，让夏言很难相信他是个会出轨的男人，他甚至是个看似连七情六欲都不曾有过的男人。

就连两人最亲密的时刻，那种肌肤交融的时候，他压在她身上，与她十指紧扣、低头吻她时，他眼眸里泛起的涟漪也是克制和温柔的。

夏言不知道真相到底是什么，或许她终其一生都不会再有机会知道。只是或许是因为对他骨子里的了解，哪怕听到不少他与林雨的流言蜚语，哪怕临死前亲眼撞见他与林雨一起时林雨送过来的挑衅眼神，哪怕他的母亲明明白白地告诉她他和林雨在一起了希望她别去打扰他们，再看到他时，她也并没有生出什么厌恶感或是恶心感，只是单纯地想过一种没有沈靳，也没有任何恶意揣摩和不被尊重的人生，一种她过得起的人生。

“夏小姐？”她的走神让沈靳微微提高了音量。

夏言抬头看他，他还在执着于刚才的问题。

“猜的。”她轻应，将包放回原处，道，“沈先生还没吃饭吧？先下去吃饭吧。”

沈靳看着她没动，眼神里带着研判。

夏言没再多言，转身想出门。

沈靳突然伸出手，手臂横在了她面前，拦住了她的去路。

夏言脚步硬生生停下。

他没说话，也没看她，依然是倚桌而立，黑眸半敛，看着她刚才站立的方向，连脸上的表情也是平静得看不出丝毫变化，像尊佛似的。

夏言微微抿唇，手指轻拈住他衣袖上的一小片布料，想将他的手拉开。

他终于扭头看她，视线却是落在她两根手指小心翼翼夹着的那一小片布料上。

“……”夏言面色自如地收回了手。

“夏小姐不只对我防备心重，敌意似乎也很重。”他终于开口，“却又无条件地信任。”

夏言：“……”

她想到了刚才在 KTV 里，他伸向她的手，以及问她要不要和他一起走。

沈靳缓缓侧过身，看着她：“莫名的防备，莫名的敌意，莫名的信任，对我的公司，以及朋友莫名的了解……夏小姐不解释一下吗？”

夏言：“……”

沈靳看着她不动：“夏小姐？”

“……”夏言视线缓缓对上他的，“我做梦梦到的。”

沈靳：“……”

夏言看着他继续道：“我梦见我和沈先生结婚了，然后沈先生出轨了，我不太痛快。现在看到沈先生，觉得有点渣，所以……可能情绪化了点，沈先生别介意。”

沈靳：“……”

夏言歉然地冲他颔了颔首，轻轻推开他的手，走了。

吃饭时沈靳就坐在她对面，一整晚面色虽平静依旧，但不时看向她的眼神，总有些幽深。

夏言心情莫名地很好，总有种大仇得报的小痛快感，面上却也是乖巧依旧的。

晚餐后徐佳玉让她送送沈靳。

夏言送他出门。

徐佳玉送姜琴，两人在前面边走边聊，她和沈靳在后面。

夜色正好，身边的男人已经恢复正常。

“夏小姐的梦……”他停顿了下，偏头看了她一眼，“很清奇。”

夏言轻轻点头：“嗯，梦里的沈先生……”她也停顿了下，“也很清奇。”

两人在车前停下，沈靳转身看她：“夏小姐找到工作了吗？有没有兴趣加入安城实业？”

“……”夏言有那么两秒的愣神，眼眸缓缓对上他的，“谢谢沈先生。不过不好意思，我有点迷信，对那种梦有点耿耿于怀，和沈先生共事可能不太适合。”

沈靳点了点头：“所以童童也是你梦到的？你和我的女儿？”

夏言怔了下，没应。

沈靳道：“那么夏小姐的梦有没有具体到……”他看了她一眼，“造人的过程？”

夏言：“……”

沈靳已经拉开车门，回身看她：“我很欣赏夏小姐的想法和才华，也很有诚意邀请夏小姐加入我们的团队，希望夏小姐好好考虑。”

与她挥手道了个别，沈靳弯身上车离去。

第二章 共事

沈靳说希望她好好考虑，并没有告诉她给她几天时间考虑，也没有问她要联系方式。

夏言过了一夜便忘了这事，KTV 的事也没太往心里去，没想到周日刚回到学校，远远地便看到了停在宿舍楼下的兰博基尼敞篷跑车，戴着黑超的程让正稳稳地坐在驾驶座上，长指正随着手机外放的音乐一下一下地敲着方向盘，很是悠闲。

这样的画面夏言以前没少见，但因为程让的目光从没在她身上停留过，她也就觉得没必要刻意打招呼。这次她本来也是打算直接走过去的，没想到还没走到程让的车前，程让已经看到了她，主动冲她招手："夏言。"

夏言不得不停下脚步和他打了声招呼。

程让关了音乐，推门下车，朝她走来："昨天的事实在对不住，一个朋友喝多了，瞎闹事。"

夏言微笑着看他："没关系。"

"这事怎么说也是我的错，赔礼道歉什么的还是要有的。"程让手臂搭在了车盖上，偏头看她，“什么时候有空，一起吃个饭？”

夏言客气地拒绝：“不用了，这事和你也没关系，如果不是我刚好出去也撞不上。”

“那也是因我而起的。”程让掏出手机，“这顿饭还是得赔你。”说话间他已拨了余声声的电话，约了余声声和宿舍的其他人。

余声声很快下楼。昨晚余声声代程让给夏言打过电话，询问她的情况，知道她没什么事，不过也不知道她就在楼下，看到她时还诧异地挑了挑眉，挤眉弄眼地看向程让：“程让，干吗呢，要向我们言言道歉还得拉上我们几个凑数啊？”

“这不是夏言不肯去，怕引起误会，把你们几个一起叫上嘛。”

他的话直白得让夏言有些尴尬，狂妄惯了的人，从来不懂怎么照顾别人的感受，况且他平时接触的人也都是直来直去的，估计没人像她这么扭捏。

夏言也不好再拒绝，不得不跟着一块儿去吃饭。

程让是真心对她抱歉，诚意也大，特地带她们去了城里最好的五星级餐厅。只是他这人是真的招祸体质，也可能是夏言和他八字不合，吃饭的时候又遇上闹事的了，还是个很漂亮的女孩子，气势汹汹地过来……捉奸的。

女孩一到餐桌前手里拎着的包便轻轻甩到了肩后，侧头看程让：“程让，听说昨天你为了个女孩子连命都不要了？”她说完还冷冷地瞥了夏言一眼。

夏言识趣地默默吃饭，不吱声，谣言果然猛于虎，程让不过隔空喊了句话，把她变成靶子不说，这会儿就成为了她连命都不要了。

好在桌上的手机很适时地响起，夏言偷偷看了眼，是沈靳的电话。

她的手机上虽然没存他的电话号码，但他的电话号码从没变过，那串数字她早已烂熟于心。

如果是平时，夏言是不打算接的，但眼下那女孩子有找她算账的趋势，为免又演变成前一晚的失控态势，夏言很识时务地拿手机起身：“不好意思，我接个电话。”

按下通话键，夏言离开了餐桌。

“是我，沈靳。”沈靳低沉的嗓音随着贴近她的耳朵的手机从电话那头徐徐传来，伴着脚步声，以及车子的遥控开车声。

夏言握着手机：“沈先生怎么会有我的电话？”

“可能……”沈靳嗓音略停顿，“也是梦到的。”

“……”夏言无言，“沈先生真幽默。”

沈靳道：“比不上夏小姐。”

夏言不说话。

沈靳上了车：“怎么样，夏小姐考虑好了吗？”

夏言道：“谢谢沈先生抬爱，但我经验和能力有限，恐怕胜任不了。”

“夏小姐客气了。”沈靳启动了车子，“夏小姐能告诉我拒绝的真正原因吗？薪资待遇不满意？或者平台太小没有发展空间？”

夏言道：“我不喜欢老板，算吗？”

沈靳沉默了会儿：“算。”

“祝沈先生早日招到适合的人才。”说完夏言挂了电话。

沈靳听着电话里头的嘟嘟忙音，没摘下耳机。

沈遇就坐在副驾驶座上，鲜少看到他这种面色空茫的时候，不觉看了他一眼：“怎么？”

“最近发现个编织工艺方面很有天赋的女孩子，设计、绘图、印染和手工艺都不错，想把她招过来。”沈靳侧头看他，“不过似乎有些棘手。”他的手有一下没一下地轻叩方向盘，“我在想，要怎么让她心甘情愿地过来。”

刚回到餐桌前的夏言莫名其妙地打了个喷嚏。

一张纸巾被递了过来。

“擦擦吧。”程让的声音，那女孩已经被打发走。

夏言道谢接过。

“刚才对不住了，朋友间的风言风语，你别放在心上。”程让道歉。

夏言怕他下一句又是要赔她一顿饭，赶紧接过话：“没事，刚刚我接电话去了。”

好在他也没说要再请她一顿饭，只是转了话锋：“对了，你怎么会认识沈靳？”

夏言讶异地看他：“你也认识他啊？”

程让道："他是我哥一个认识多年的朋友。"

夏言更诧异，她认识沈靳这么多年，从不知道沈靳和程让还有这层关系在，本想问他哥是谁，但念头一转又觉得不清楚也正常，在她和沈靳的五年婚姻里，她和沈靳最亲近的几个兄弟都算不得熟，更何况沈靳外边的朋友。

"你呢，怎么认识的？"程让追问，似乎对她认识沈靳很感兴趣。

"就……"夏言想了想，"也……不算认识吧。昨天那种情况他出手帮忙，又是学校领导邀请过来的人，总不会是坏人，我那时有点被吓到了，就想赶紧离开现场，所以就跟着他出去了。"

"昨天也幸亏他救了你。"陈姗姗瞥了她一眼，"不过这种人你还是少接触，谁知道心里转的什么花花肠子。"

陈姗姗对"诈骗犯"沈靳深恶痛绝，说话毫不遮掩。

夏言不好吱声，也没以为会有和沈靳再有交集的可能——沈靳没有缠人的习惯，他向来尊重任何人的任何决定，从不会为难人。

她本以为自己已经拒绝得很明显了，这事到此结束了，没想到第二天下午刚从图书馆出来，还没走到宿舍楼下，远远地便看到了等在宿舍楼下的沈靳停在校道上的车。

他人已下车，正背靠着车子站在那儿，双臂抱胸，两条大长腿随意地交叠着，眉眼微敛，像在沉思，看着已经来了有一段时间了。

夏言不知道他是不是来找她的，寻思着是要直接走过去，回宿舍，还是转身，继续在图书馆泡一阵时。沈靳偏头看到了她，但只是看了她一眼，并没有直接叫她，而是掏出了手机。

没一会儿，夏言的手机响起。

是沈靳打过来的。

他把手机贴在耳边，依然保持着倚车而立的悠闲姿势，人也没看她。

"夏小姐，有时间吗？想和你谈谈。你不用走过来，你同意的话，我在外面等你。"

夏言看了看周围三三两两走过的学生，他们看向沈靳的眼神多少还带着几分鄙夷和防备。

他虽亲自来找她，却并没有给她造成困扰的意思。

他一向是思虑周全的人。

“不好意思，我可能没时间。”夏言拒绝了他。

他头微微垂下，姿势悠闲依旧，面色并无波动：“什么时候有时间？我等你。”

“沈先生，我昨天——”

她话还没说完，他突然朝她看过来，目光是一贯的幽静平和，又带着隐隐的强势。

他选择直接在宿舍楼下等她而不是打电话确认她有没有时间，显然并没有给她拒绝机会的打算。

夏言知道他骨子里藏着强势狠绝的一面，只是他从来没将这一份强势用到她身上，他对她一向是温和客气，且尊重的。

夏言握紧了手机，偏开头，避开了他的视线：“沈先生有时间，就慢慢等吧。”她说完转身重新回了图书馆。

她在图书馆泡到了晚上八点，原以为沈靳已经走了，没想到还是看到了他的车，以及驾驶座上的他。

他也看到了她，隔着风挡玻璃远远地看她，并没有直接下车走向她。

他深知自己的声名狼藉，等她归等她，但不会在众目睽睽下和她有任何牵扯。

夏言突然说不上是什么感觉。

沈靳这次没给她打电话，而是发了条短信：“我在学校大门右边的路口等你。”

车子缓缓驶离。

夏言站在原地静默了会儿，朝校门外走去。

沈靳的车子停在前方的树荫下，半隐在夜色下，没有人会留意到那边。

夏言走了过去，上了他的车。

沈靳扭头看她：“谢谢夏小姐赏脸。”

夏言眼眸对上他的：“客气话就免了吧，沈先生有话直说就好。”

沈靳似是笑了下，身子微倾，伴着突然压向中控锁的手指，车门传来落锁声。

夏言："……"

沈靳收回手，面目依然是平静的："抱歉，基于夏小姐对我的习惯性拒绝，为了保证我们的面谈顺利，只能先采取些非必要手段。"

而后他启动了车子。

夏言看着疾驰的车子，好一会儿才反应过来，不可置信地看着他："沈先生，这不太厚道吧？"

"从夏小姐让我白等的这几个小时看，与夏小姐打交道，显然更适合先礼后兵。"沈靳扭头看她，"夏小姐不用担心个人安全问题，谈完了我会送你回来。"

夏言："……"

她半天挤不出一句话，干脆不说话了，手肘撑着车窗，单手支颐，看窗外的风景。

沈靳也没再说话，专注地开车。

车上也没放音乐，车厢里安静得过分，却并没有沉闷感。

夏言不觉扭头看了眼沈靳，他并没有看她，目光正专注地看着前方的路况，神色是一贯的波澜不起，但脸是好看的，棱角分明，侧脸线条深邃立体。

她是个颜控过分严重的人，当初对沈靳的一见钟情，一开始钟情的也只是这张脸，以及他的眼神而已；爱上他，是在日久天长的相处中慢慢滋生出来的。

"怎么了？"他突然出声，扭头看了她一眼。

"没事。"夏言转开了视线，"沈先生长了副好皮囊。"

沈靳道："这话听着像贬义。"

夏言道："本来就是贬义。"

沈靳不说话，夏言也没再理他，头轻倚着车窗，看窗外满地流光。

街景从熟悉到陌生，再从陌生到渐渐熟悉时，夏言本来慵懒地倚靠着车门的身子慢慢坐直。

沈靳看到她本就平静的脸上越发沉静，还隐隐带着些恍惚感。

"夏小姐认得这里？"他问，将车子缓缓驶向安城实业园区大门。

夏言抿了抿嘴，没有说话。

他的公司，她来过许多次，只是一次也没进去过。

那几年她每隔一段时间就要去医院检查或者拿药，但凡要去医院，他都坚持陪她去。

夏言知道他工作特别忙，不想太耽搁他的时间。这里距离他们家走路也就十几分钟，因此每次去医院前，她都是先到公司楼下再给他打电话，然后就在不远处的八角亭等他。

这里藏着她等他出现时的记忆和心情。

她很喜欢他每次走向她时的样子，脸上是熟悉的平稳无波，走近时手会自然而然地落在她肩上，替她整理头发，或是弯身握住她的手，将她拉站起身，然后温声问她是不是等很久了。

他和她一直都是这种细水长流式的平和相处，从没有像热恋中的情侣般，走近时情难自禁地拥抱、亲吻、相互嬉笑嗔闹。

她没有那么活泼的性子，他也没有那种外露的情感。婚姻里的两个人，一个过于拘谨，一个过于内敛，又没有感情基础，怎么可能把生活过出花来？

过度的走神，夏言没发现车子早已停了下来，等回过神时，一扭头便撞入了沈靳那双幽沉的眸子。

他不知道已盯着她看了多久，眼眸里的深思让夏言有些不自在，她轻咳了声：“到了？”

她解开安全带，推门下车。

沈靳也跟着下了车，与她并排站着，抬头看向已经熄了大半灯光的办公楼。

“夏小姐的眼神告诉我，你对这里很熟悉。”他扭头看她，“也是梦见的吗？”

“……”夏言维持着脸上的自如，“对啊。”

“所以对这里也不太有好感。”夏言补充，说完转身想走。

手腕突然被扣住，夏言回头，视线顺着小臂上那只修长的手掌一点点往上，落在他平静的脸上。

“沈先生……”她抿了抿嘴，“昨晚你问我……有没有梦到具体的造人过程……”

她的视线徐徐对上他的：“其实……是有梦到的。”

他眼睛的焦距也与她的对上，他很平静地问道：“和谐吗？”

夏言：“……”和谐，特别和谐，他某方面的能力很好。

她认输，轻咳着避开了他的眼神，抽回了手：“走吧。”她说完就先走了。

沈靳带夏言去了他的办公室。

陈列架上摆满了模型和设计图，都是他亲自设计的。

“夏小姐，就如你看到的，这是个新团队，而且异常缺人。”他给她倒了杯水，“能成为夏小姐梦中的男主角，是我的荣幸，想来夏小姐对我个人也早已了如指掌，我就不过多介绍了。但夏小姐应该也清楚，由于我的个人原因，我们团队几乎招不到人。所以对于夏小姐这样有艺术天赋的人才，我向来是不愿错过的。如果因此给夏小姐造成了困扰，我很抱歉。”

他转身从书架上抽了份劳动合同：“这里面有最详细的薪资待遇，而且对于首批入职的设计师，我们会给予相当可观的股份分红。我保证，一年内实现公司赢利。至于我个人的名声问题，我保证会在半年内洗刷清楚，不会让夏小姐因为入职安城实业陷入舆论攻击。”

“你可以选择先签意向合同，等我清清白白地出现在公众面前后再正式入职。”他将劳动合同递给了她，“这不会影响夏小姐的声誉，这半年里，薪资照付。”

夏言没接：“可是沈先生，我说过我不喜欢老板。”

沈靳点点头：“所以我的条件里，不包括要求夏小姐喜欢我。”

夏言：“……”

“夏小姐是有想法的人，不应该囿于健康问题。我承诺会给予你最大的自由空间。你是工艺世家出身，对传统工艺品有着特殊的情感，我也是，理论上，我们属于一类人。单靠我一个人，做不起一个品牌，单靠夏小姐的小打小闹，也只是挣点零花。现在我负责搭建这样一个平台，把所有像夏小姐这样的人才都拉拢到这个平台，显然更容易得到一个一加一大于二的结果。不知道夏小姐是否愿意跟着我一起试试？”

夏言看向他，不语。

如果这个人不是沈靳，她会很心动，很想尝试，但就因为他是沈靳，她没办法像没事人一样跟在他身边。

他现在之于她的意义，更像前夫，“一别两宽，各生欢喜”后的前夫。

他和她也不属于和平分手。

她是临时发病，突然病危，和他说的最后一句话，是他早上离家时，她习惯性的轻声叮嘱：“注意安全。”

只是从他离家到她病危的十几个小时里，发生了诸多不愉快，这种不愉快导致了她本就不健康的心脏完全失去了承受力。

她从昏迷中醒来时便知道，她可能真的撑不过去了。

她托纪沉帮她叫乔时。乔时是沈遇的妻子，那个时候她唯一想到的能安排好童童未来的人。

当时纪沉俯身在她耳边问她，沈靳来了，要不要见见他。

她想见他，想知道，在一起五年了，他会不会因为她的死有一丝丝难过，有没有爱过她，有没有……出轨。

可是她又觉得人都要死了，这种问题也没什么可追究的意义了，她也害怕在他脸上看到解脱的神色，一边矛盾地觉得他不爱她挺好的，可以不用因为她的死难过了，一边又觉得很难过，她怕那个时候她会难过得连交代后事的机会都没有。

因此权衡之后她最终选择了不见。

也再没机会见，假如她真的已经死了的话。

夏言心里一下有些难受，将他递过来的合同推了回去：“谢谢沈先生，那天那番话只是我一个人的异想天开而已，我其实没那么大的野心和能力，就只适合那种小打小闹。”

沈靳盯着那份合同看了许久，这才缓缓抬眸看她：“谢谢夏小姐，是我强求了。”

新团队组建需要人才，对于每个他看中的人，他向来是极力争取。如果尽力了，争取不到，只能说缘分不够，他也不会过分强求。

招人和找工作一样，都讲究一个缘分。

他将东西搁在桌上，看了眼表："我先送夏小姐回去吧。"

这个点儿回学校，宿舍楼已经锁门了，不好进去，明天没课，夏言直接让他送她回她家。

"夏小姐如果还愿意尝试，欢迎随时找我。"临分别时，沈靳看着她道。

夏言客气地点头："谢谢沈先生。"

沈靳看着她进了屋，这才开车离开，直接回了家。

车子在地下车库停下时，他却没下车，背靠着椅背闭目休息。

游说失败。

结果算是在他的预料之中。

沈靳轻揉着眉心，寻思着怎么尽快把团队组建起来。

忙碌了一天的身体正疲惫着，精神状态一放松他就很容易睡过去。

他小睡了会儿，睡得正沉时，被对面突然打过来的远光灯刺醒了。

他手挡着眼睛避开了那束强光，脑袋还有些混沌不清，手下意识地拔下车钥匙，拿过手机，推门下车，脚刚踏出去半步便隐隐觉得不对，掌心里的手机体积和分量也不对。

他的脚步略微一滞，他缓缓垂眸，看向手里握着的摩托罗拉手机，大脑有那么一瞬的空白。

"莫名的防备，莫名的敌意，莫名的信任，对我的公司，以及朋友莫名的了解……夏小姐不解释一下吗？"

"……我做梦梦到的。"

"我梦见我和沈先生结婚了，然后沈先生出轨了，我不太痛快。现在看到沈先生，觉得有点渣，所以……可能情绪化了点，沈先生别介意。"

……

沈靳踉跄了下，手下意识地扶住车子，缓缓抬眸，入目处是满布黑斑的白色墙柱和稀稀拉拉的老旧轿车，没有打磨过的水泥地板还透着古旧的年代感。

掌心里手机的分量感还在，屏幕随着他压下的手指缓缓点亮，锁屏背景里的时间是二〇一一年四月底。

他想起不久前的梦境，同样的老房子，同样的摩托罗拉手机，以及锁屏背景里的二〇一一年三月，还有记忆里相亲桌上的夏言，她递给他的童童的画像，问他知不知道童童。

夏言……

喉结微微滚动，沈靳打开了手机，屏幕上，最新通话记录里，是她的电话。

他还能记起给她打电话时的样子，以及办公室里她推开他的合同的模样，一幕幕清晰连贯，却又遥远得像一个梦境，分不清真假。

握着手机的手微颤，沈靳闭了闭眼睛，试着拨了夏言的电话，依然和上次一样，关机。

在他连贯的记忆里，他记得送她回了家，而不是学校。

眼眸再睁开时，沈靳拉开了车门，弯身上车。

车子破开夜风，飞驰在深夜的安城马路上。

沈靳脑袋里像绷了根弦，绷得他额角一阵阵地抽疼，一起疼着的，还有心脏。

嘴角似乎还藏着纪沉砸下来的拳头，以及他沙哑的嘶吼："夏言没了，你满意了吗？"

大片大片的惨白刺得他眼睛发烫，像淬了火，什么叫……夏言没了？

他不过出去谈了场生意，早上出门时，她还轻声叮嘱他路上注意安全，不过一个白天，怎么就突然……没了……

沈遇低沉的嗓音仿似还在耳边："老二，赶紧来医院，夏言……可能不行了。"

一句话砸得他大脑一片空白，直至现在都还没恢复过来。

满屏的惨白里，他看着手术室的灯由亮变暗。她被推出手术室，又被推入重症监护室，她短暂的清醒时，纪沉说她想见见乔时，她……不想见他。

他强行推开纪沉，却生生看着机器上的心电图一点点拉平，看着她的双眼一点点无力地合上。

连最后一眼，她都吝于给他。

沈靳从不知道，这个看似柔弱没有脾气的女人，骨子里藏着这样的决绝，甚至连一句为什么都没留给他。

胸口像被利刃生生剜开，连皮带骨，连着血。他恨她恨得想死死掐住她细小的脖子，逼她睁眼，再看一看他，心脏又疼得想抱紧她，轻声哄着她，让她睁一睁眼，看看他，然后告诉他，他哪里做得不好，他一定改，只要她活着，只要她还活着就好。

沈靳就在这种反复炙烤的情绪中来到了夏言家，他甚至等不及将车全熄，用力踩下刹车，拔了钥匙便一把推开了车门，跑上前，用力拍着门板。

屋内很快传来动静，门被人从里面拉开，徐佳玉站在门口，打着哈欠。

“妈，夏言……”沉哑的嗓音在徐佳玉陡然张大嘴巴时生生顿住，沈靳想起手机里显示的二〇一一年四月，艰涩地改了口，“我找夏言。”

徐佳玉好半天才找回自己的声音：“她刚睡下了。”

“我就找她几分钟。”沈靳甚至等不及她同意或者拒绝，手臂往门板一压，推开了门，绕过她。进了屋，直往楼梯而去，脚步急且快，三步并作两步地上了楼梯，往左一拐，径直走向夏言的房间。

她的房门紧闭着，沈靳抬手敲了敲，左手已旋着门锁拧开了，右手也跟着压向门口的开关。

满室的黑暗骤然散去，惊得被窝里的人捂着被子急急坐起身，目光惊惶地投来。

一样的眉眼，一样的脸蛋，一样的神韵，一样的……夏言。

喉头像被突然碾滚而过的气流堵住，从喉咙深处带出沉沉的哽息，他无法开口，只死死地、紧紧地盯着她。

她眼睛里的惊惶还在，但已没有刚才浓郁，紧绷的身体也在慢慢放松，她一点点下了床，戒备地看着他。

徐佳玉已急急跟着上楼，他能清晰地听到她急促的脚步声，却什么也不想管不想顾，只想看着夏言，活生生站在眼前的夏言。

“夏言。”沙哑的嗓音从喉咙深处缓缓滚出，然后他看到了她眼睛里慢慢涌起的困惑。

“你……你是谁啊？”她迟疑地出声，视线穿过他的肩膀，看向他身后的徐佳玉，“妈……这人……哪儿来的啊？”

微颤的柔软嗓音如一盆冰水兜头淋下，浇得他胸口刚蹿起的炙烫渐熄。

她眼神里藏着惊惧，还有一丝怯生生，不太敢迎向他的目光，全无记忆中的熟稔，或是另一份记忆里，眼神里藏着的敌意。

徐佳玉也有些蒙，看向她：“是沈先生啊，刚刚……不是他送你回来的吗？”

“……”夏言回她一脸茫然。

沈靳没漏看她脸上细微的表情变化，那样的眼神，那样的神色，分明是他当年认识她时她青涩的样子。

他想起了他手机里显示的二〇一一年四月，他现在是在初认识她时的二〇一一年，不是她猝逝的二〇一六年。

“夏言。”他轻声叫她的名字，嗓音微哑，“还记得童童吗？”

她依旧一脸茫然：“什么童童啊？”

她果然是没有与他在一起的五年婚后记忆。

沈靳手掌轻压在眉骨上，平复胸口滚搅着的情绪。

垂下眼睑，沈靳看到陈列架上摆着的各式编织包：

“沈先生知道 Bn 吗？一个来自意大利的世界顶级奢侈品牌，他们的产品最大的特色就是纯手工工艺制作的编织包。”

“Bn 是由最初的皮包慢慢扩展到服装、香水、家居等领域的，沈先生既然也是以高端家居为起点，为什么不尝试开辟两条产品线，两个品牌，将编织工艺与家居和时尚鞋包融合，在家居皮具市场中另辟蹊径？以沈遇父母家的明星资源，这应该是很好的一个推广平台。”

“你怎么知道我们以高端家居为起点？又是怎么知道沈遇父母的情况的？”

……

大脑里慢慢浮现的记忆让沈靳揉眉的动作渐渐停住，抬眸看她。

她眼神里还带着局促和困惑，但已经没有初始时的惊惧，与方才那段似梦似真的记忆里的她不太一样。

“沈先生？”徐佳玉担心地看着他，虽然已经算得上熟悉，但大半夜的，他突然这么闯入，她心里总有些忐忑。

沈靳回头看她，脸上已换上平日的温和。

“阿姨，不好意思。”他客气地道歉，顺手拿过陈列架上的托特包，强行找了个理由，“刚刚和同事开会讨论新产品线，一下想起夏言设计的产品，比较惊艳，一时情绪激动，迫切地想再确定一下，忘了现在是深夜，打扰您了。”

“……”徐佳玉干笑，这理由听着有些牵强，她看着他倒像是专程为夏言而来。

因着最近和他母亲姜琴走得近，沈靳也没什么出格的举动，徐佳玉也不好直接轰人，委婉地道：“沈先生要不先到楼下的客厅坐会儿吧？我去泡壶茶。”

沈靳点点头：“好。”

他举着包看向夏言，确实是聊工作的模样：“都是你亲手设计的吗？都是什么材质做的？”

夏言：“……”

她偷偷瞥了眼她母亲，又迟疑地看他：“我能问个问题吗？你……是谁啊？”

“他是沈靳啊。”徐佳玉奇怪地看了她一眼，“你姜姨的儿子，昨天才来家里吃了饭，睡傻了，你？”

夏言：“……”

她好像没印象了，但对于眼前莫名其妙闯入的高大男人，却奇怪地没有恐惧感，只是有些不知所措，以及衣衫不整的窘迫。

沈靳并没有逗留太久，因为这个点儿是她的休息时间。

他将包轻放回原处，看了眼表：“你先好好休息，我明早再过来。天色也不早了，打扰了，实在对不住。”

下楼时和徐佳玉道了个别，沈靳便先出去了。

人在车里，沈靳却没离开，也不敢合眼，他担心这不过是一场梦，一觉醒来后，就如前次一样，一睁眼入目的还是一片惨白的病房。

他在夏言家楼下坐了一夜，一夜未眠。

夏言也一夜没睡，这个突然闯入的男人扰乱了她的睡眠，对他的困惑和猜测让她一夜没睡着，在床上辗转反侧到了天明，看天空微亮，干脆起身洗漱。

她吃完早点想要出门时，门外响起敲门声。

徐佳玉去开门，看到了站在门口的沈靳，他提着一袋礼物，看着温和有礼，不似前一夜的急迫。

“阿姨，夏言起来了吗？”他问。

徐佳玉点点头，侧开身，回头看夏言：“言言，沈先生找你。”

沈靳抬头，看到了闻声回头的夏言。她正在吃面包，嘴里还塞着半片面包，看到他时眼神依然是困惑和陌生的。

沈靳冲她微微颔首，算是打招呼。

徐佳玉把他让进了屋，对于沈靳大清早的出现多少有些莫名其妙，但想到他昨晚说的看中夏言的作品，他大清早登门又似乎解释得通。也可能是醉翁之意不在酒，他根本就是冲着夏言来的。

徐佳玉不排斥这样的目的性，两人能走到一起她是乐见其成的，因此也没去拆穿沈靳的醉翁之意不在酒，只是顺着他昨晚找的借口笑道：“言言房间里那些东西都是她随便弄的，沈先生喜欢的话打个电话就好了，何必这样跑来跑去的？”

“没事，就过来看看。”沈靳平静地回她，看向夏言，“夏言，一会儿有空吗？”

夏言脸上还是那种空茫的状态：“……我一会儿要去学校了，上午十点多有课。”

沈靳道：“我送你过去吧。”

徐佳玉有些不好意思：“怎么好麻烦……”

沈靳道：“没事，刚好我也要顺路去趟学校。”

夏言最终还是上了沈靳的车，在她母亲的叮嘱下被送到了沈靳车上，但和沈靳到底不熟，人坐在车里有些拘谨，规规矩矩地坐着，也不太说话。

沈靳也平静地开着车，他看得出她对他的防备。

“你屋里的包都是你亲手设计和制作的吗？”他随意地开口。

她扭头看他，点点头，嗯了声。

沈靳道：“设计和做工都很漂亮。”

她尴尬地牵了牵唇：“谢谢啊。”

“你知道Bn吗？一个来自意大利的世界顶级奢侈品牌，他们最经典的产品也是手工编织包。”沈靳开口，挑的话题完全针对她的喜好而来。

她防备的眼神里果然涌出丝丝光亮：“你也知道它啊，我也好喜欢他们的编织包。”她又忍不住好奇地问他，“你是做什么的啊，怎么也会知道这些？”

“我也是做工艺设计的。”沈靳从车载箱里抽了张名片递给她，“这是我的名片。”

将车载箱合上时，沈靳瞥见了塞在里面的合同草件。

“夏小姐找到工作了吗？有没有兴趣加入安城实业？”

脑海里掠过的记忆让他动作微顿，不觉扭头看了夏言一眼。

她正打量着他的名片，他同为工艺品从业者的身份让她对他的防备少了许多，名片上的总经理头衔甚至让她对他生出几分崇拜。

她生活圈子单纯，阅历有限，对社会工作、生活还带着她身为学生的一份向往。

沈靳看着她年轻依旧的脸，又瞥了眼那份合同，那种名正言顺将她绑回身边的念头更强烈了。

他不管她有没有与他有关的记忆，她是夏言，这就够了。

“夏言。”他徐徐开口，专挑记忆中她曾眼眸生动地描绘过的东西，“我们有几千年的编织工艺品历史，早在六七千年前的河姆渡文化时期就有了以二经二纬法编织的苇席。这么长的历史积淀下来的民族工艺，你觉得，我们有没有可能打造一个具有我国元素的Bn品牌？如果将编织工艺与时尚鞋包融合在一起，有没有可能在家居皮具市场另辟蹊径？”

她惊喜地看他：“你也觉得可以吗？我之前也这么想过，可是又觉得好像太异想天开了。”

“目前我们公司在做这方面的尝试，所以想找一些有这方面经验的设计师和绘图印染师。”沈靳扭头看她，隐隐有种在诱拐无知少女的卑鄙感，“我看过你的作品，很有想法。”他停顿了下，问她，“不知道你有没有兴趣加入？”

夏言有些犹豫，工作机会她很心动，还是她热爱的东西，但和沈靳到底不太熟，这种天上掉馅饼的事让她有些忐忑。

“没关系，你可以先了解一下，不用急着答复我。”沈靳看了眼外面渐近的大学校门，“我下午再过来接你，你方便的话，可以先去公司看看。”

夏言迟疑地点头，回到宿舍后开了电脑查“安城实业”，是新公司，没查出什么东西，又给她母亲打电话，询问她母亲的意见。

徐佳玉和沈靳熟，如果徐佳玉认可，夏言觉得应该是没什么问题的。

徐佳玉原没想着让夏言出去工作，夏言身体不好，她只是希望夏言早点找个人嫁了就够了。但那人是沈靳，想着工作是两人进一步相处的机会，不免就生了几分促成的心思，电话里快把沈靳和安城实业夸上了天，但到底是自己的女儿，她还是将选择权交给了夏言。

夏言刚和室友聊过，室友对沈靳的评价不太好，她有些担心他真是个骗子。

“言言，他是和沈遇一道的。沈遇是大伙新推举出来的族长，以前还是个警察，如果沈靳真是个骗子，你觉得沈遇会和沈靳混一块儿，还站出来为他说话吗？”徐佳玉语重心长，有些东西看得还是比较透的，“我们不能总人云亦云，有些东西还是要靠自己用眼睛去看的。当年软宸集团是什么样的存在大伙都看在眼里，他们资助了多少家庭和学校也都看得到，突然就倒了，还被扣了个集资诈骗的罪名，这中间不可能没有猫儿腻的。沈靳人是没问题的，公司也是没问题的。但新公司刚起步，谁也说不好以后会发展成什么样，但沈靳当年既然能将一个软宸集团做起来，再造一个软宸集团应该也只是时间早晚的问题。你喜欢这个工作你就去做，多出去看看也好，就是别让自己累着了。”

夏言轻轻嗯了声，徐佳玉说的什么软宸集团那些她不懂，那时她还年轻，心思都在学习和琢磨手工艺上，社会离她还很遥远，但她母亲既然说没问题，那就是没问题的。

挂了电话后她给沈靳回了个电话，说她想去试试，问他能不能先去公司看看。

沈靳原是打算找沈遇出面的，没想到夏言自己先答应了。

他下午去学校接她，夏言上车时还有些局促。

她面对他时总有些局促，一如当年。

“怎么不多考虑两天？”关上车门，沈靳扭头问她。

“我妈说你人品和能力靠得住。”她看着他，很认真。

沈靳莞尔，这时的夏言单纯得让他……

他的手掌不自觉地伸向她，想揉她的头发，伸到一半又生生顿住。理智回拢，他现在之于她还只是个陌生人，任何僭越普通人的举动都可能吓到她。

他不能把她吓跑了。

他收回了手。

车子很快在公司园区停了下来。

沈靳带她去了办公室。

沈遇、沈桥、沈肆、沈奇等几个都在，老五、老六、老四、老七，平日里大伙儿都这么称呼。

前台也陆续招了人进来，公司慢慢有了些人气。

老六沈桥和老七沈奇年纪最轻，平日最爱闹，看到沈靳带了个年轻女孩过来，都好奇地围了过来。

“老六，沈桥。”

“老七，沈奇。”

沈靳指着他们一个个给夏言介绍，而后把夏言介绍给大家：“设计部的新同事，夏言。”

沈桥愣愣地眨了眨眼睛，看了沈靳一眼，带头鼓起了掌：“欢迎欢迎。”

沈靳带夏言回了办公室，和她介绍了公司的发展规划后，从书桌上压着的文件里抽出了那份劳动合同，递给了她。

夏言很认真地看完了合同，薪资待遇都很好，最重要的是，这一行是她喜爱的，沈靳的许多想法也和她不谋而合。公司办公环境很好，同事氛围也很好，她很喜欢，因此很快在合同上签了字。

她还没毕业，沈靳让她顺便签了个三方协议，一份交给学校就业中心。

签完合同办理入职，要身份证复印件，夏言把身份证给了沈靳。

那小小的卡片在指尖划过时，记忆里她拒绝与他有牵扯的画面突然涌入脑中，沈靳不觉看了她一眼。

夏言被他这一眼看得有些莫名其妙。

“怎么了？”她轻声问。

沈靳摇摇头：“没事。”

视线缓缓落在桌上的公司（企业）法定代表人登记表上，这是前一阵申请公司法人代表时打印多了的表格，被弃置在了桌上。

嘴微抿起，沈靳顺手拿走了那份表格。

从打印室回来，将身份证交给她时，沈靳拿着其中一份劳动合同，翻到末页，指尖压着：“在这里签个字。”

夏言很爽快地拿过笔签了，而后抬头看他：“可以了吗？”

沈靳眼神有些复杂，轻轻点头。

沈桥在这时来敲门：“二哥，开会了。”

沈靳嗯了声，将装订好的合同和三方协议交给夏言：“你先在这儿熟悉一下公司环境，随意就好，不用太拘谨，我先去开个会。”

夏言点点头，一个人留在了办公室。但毕竟是下属，她总还是有些拘谨，不敢随便碰沈靳的东西，又不好不打招呼就走人，一个人待着有些无聊，加之昨晚一夜没睡，整个人困得不行，没一会儿就靠着沙发睡了过去。

沈靳开完会回到办公室就看到了趴在沙发扶手上睡过去的夏言，她睡得很沉，但似乎也不太舒服，这样的睡姿压迫到了心脏，她的心脏本就不太好。

沈靳过去将她轻轻放平在沙发上，没惊醒她。

她微微翻了个身又沉沉睡去，年轻的脸上还有着他熟悉的安静乖巧，小奶猫一样。

胸口翻滚了一夜又被狠狠压下的情绪又开始闹腾，翻搅得他胸口一阵阵发疼。他的手忍不住伸向她的脸颊，有些颤，但指尖下的触感是真实的，带着熟悉的温度。

喉咙深处又滚起陌生的哽咽感，沈靳嘴一点点抿紧，手情难自禁地滑入她柔软的发丝，头微低，想吻她。

沈桥刚好抱了会议资料过来，这一幕刚好落入他眼中，惊得他一头撞在玻璃门上，手中的资料也跟着落地。

沈靳循声回头。

“二哥你……”沈桥捂着撞疼的脑袋，一脸震惊，看了看他，又看了看躺在沙发上的夏言。

沈靳身子微微一侧便隔开了他的目光。

夏言还没醒，沈靳朝沈桥比了个“嘘”的手势，而后面色自若地站起身，走向门口，弯身捡起掉落在地的资料。

“你先去忙吧。”他轻声说。

“……”沈桥一脸震惊地走了。

沈靳回头看了眼犹睡得香甜的夏言，轻轻将门关上，回到办公桌前，处理手中的文件。到底是夏言还在这儿，他也有些分神，忙了会儿又不觉抬头看她。

人在眼前的踏实感，让他的心思也渐渐放松，连日来的冲击和昨晚的一夜未眠，他整个身体已经困倦到极点，不觉就手撑着额打了个小盹，神思刚游离又猝然想起上一次的梦境，惊得一下睁眼，弹坐起身，叫了声“夏言”。

一只温热的手掌轻轻压在他肩上。

视野渐渐清晰，雪白的墙壁，雪白的床单，以及站在床前，一张张担心地看着他的脸，沈遇、乔时、沈桥、老三……唯独没有夏言。

空气里隐约还弥漫着消毒水的味道。

床头搁着的苹果手机上，锁屏背景里时间是二〇一六年四月十七号。

沈靳的大脑有那么一瞬是完全空白的，视线茫然，只听到自己嘶哑的嗓音：“夏言呢？”

沈遇看着他的眼神藏着欲言又止：“她……今天下葬。”

沈靳一下跌坐在床头，直至夏言抬眸看他，困惑地问他怎么了的样子一点点蹿入脑中。

“不可能！”他一下掀了被子，一把抓过床头的大衣，转身便往门外冲。

沈桥急急拽住了他：“听说已经送回了乡下老家，二哥你……”

沈靳用力甩开了他的手，出了门，上了车，车子疾驰而去。

沈遇、乔时和沈桥担心他，也跟了过去。

沈靳绕路去了夏言家，远远地便看到紧锁的大门。

车头一转，沈靳将车驶往出城马路。

一路上他胸口疼得厉害，双眸被刺得一阵阵发红发烫，握在方向盘上的手青筋浮动，几欲徒手掰了方向盘。

他认得去夏言乡下老家的路，他曾陪她回去过，一个多小时的路程。

未及驶近他便远远地看到大榕树下停放着的简易木板和帐篷，以及早已燃尽的香烛。

安城是一座宗族气息浓郁的城市，乡下还保留着祠堂，家里老人去世后遗体一般会在祠堂停放三天，但风俗里年轻女人去世遗体是不让进祠堂的，多是在村头的大榕树下停放办法事。

那一堆未燃尽的香烛刺得沈靳心头剧痛再起，尤其是视线往前，触及不远处的新墓，坟包是由混着青草的黄土堆成的。昏迷前纪沉的拳头重重地砸向他嘴角的那一幕再次凶狠地袭来。

他说，夏言没了，你满意了吗?

刹车板上的脚硬生生一脚踩下，疾驰的车子突然停止。

沈靳用力推开车门，手臂有些颤，走路有些飘，踉踉跄跄地走到了那座新坟前。

坟前没有刻字的墓碑，只有一小块儿平滑石头立起来的小石碑。安城的风俗，除非当地名人或自家修建的水泥冢，一般坟墓都没有刻字的习惯。自家亲人葬哪儿，谁人的墓穴，都是自家人记得清清楚楚，一代代交代下去。

沈靳站在坟前，眼睛死死地盯着那个新的土堆。

沈遇、乔时和沈桥几人也下了车，走向他。

沈靳脸上出奇地平静，又出奇地狠。

他看向那座新坟的眼眸，赤红着，兽一般，蛰伏着嗜血的残暴。

沈桥从没见过这样的沈靳，那样的眼神，似是恨不得把那座坟给挑了。

他看得心惊肉跳，小心地叫了沈靳一声：“二哥？”

没想到沈靳真把手伸向了他：“给我把铲子！”

沈桥：“……”

沈靳突然扭头，手直直地指着那座新坟，嗓音极平静：“把它给我挖了。”

“……”沈桥惊惧地看向沈遇。

沈遇也拧眉看向沈靳，见他突然弯身拾起地上的树枝，另一只手用力抽掉了那块碑，徒手就开始挖了起来。

“你疯了！”沈遇上前想将他拉起来。

“我没疯！”沈靳直直地回头看他，嗓子干哑得几乎发不出声，“夏言不可能死了，她不可能不在了。”

他的眼眸依然是赤红的，平静的嗓音里已隐隐带了哽意，他却固执地认为夏言没死。

哪怕他和他们所有人一样，眼睁睁地看着夏言从急救室转重症监护室，再从重症监护室转手术室，哪怕摘下手术帽的纪沉失控地将他推抵在墙上，目眦欲裂地告诉他，抢救失败，他犹不相信夏言死在了手术台上。

他没能见到她最后一面，从她紧急入院到她在重症监护室短暂清醒时的交代遗言，再到她被推出手术室，他始终没能再见她一面，纪沉阻止了他所有靠近她的机会。

这是他唯一能靠近她的时候，在她的墓前。

他的眼神告诉沈遇，就是把她的墓给刨了，他也一定要见一见她。

沈遇盯着他看了许久，缓缓松了手：“如果我是你，我就不会去打扰她最后的安宁。”

“人死如灯灭，如果人都没了，还有什么安不安宁的？”呢喃里，沈靳盯着那座新坟失神了会儿，嘴再次抿起时，眸中狠色渐起，牙齿几乎咬碎，他凭什么要让她安宁？

十指直直地插入松软的黄土，手背青筋浮起时，一大抔黄土随着渐弯的手指飞散而出，手又再次插入，刨开……隆起的黄土堆一角渐渐凹陷，他脚边堆积的黄土越来越多，纯粹的泥黄色慢慢染上深红的血色。

沈遇的目光从他脚边的黄土慢慢移向他的十指，原本修长好看的一双手已被黄土沾满，混着血，看着触目惊心。他的动作犹没有半分停滞，直至棺木暗红一角渐渐显露，他的动作终于稍顿。

看着那暗红的棺木，沈靳怔了许久，手掌迟疑着慢慢地触碰棺木。

沈遇能清晰地看到他手掌的颤抖。他小心翼翼地抚摸，又一点一点地狠狠收紧，他的嘴抿成了一道深锐的直线，眼睛死死地盯着掌心下暗红的棺木，但只是一瞬，他的手掌贴着棺木再次直直地插入黄土中，狠狠收拢，青筋尽显。

沈靳正欲将那一抔黄土推开时，背后突然传来暴喝声："干什么？"

而后是高昂的嗓音："有人挖坟了，有人挖坟了……"

纷乱的脚步声由远而近，伴着嘈杂的人声。

沈靳没回头，动也不动地跪在原处，一只手紧紧地扣着棺木一角，另一只手紧扣着那一抔黄土，浮动的青筋里能看出他发狠的力道。

有人靠近，拽住了他的手臂，阻止了他所有的动作。

"你在干什么啊？这……"是夏言的父亲气急败坏的嗓音。

沈靳闭了闭眼睛，回头看他，喉头微哽："夏言呢？"

"她……"

"她就在里面。"说话的是纪沉，纪沉在他面前蹲了下来，看他，"你这么做有意义吗？把她挖出来又能怎样？你能让她活过来？"

沈靳抿唇不应。

纪沉微微回头，冲身后拿铲的人吩咐了声："把土填上吧。"

"谁都不许动！"干哑的嗓音骤然变冷，沈靳手指死死地扣着棺木一角，鲜血淋漓的长指上，指节泛白，指骨用力得几乎扭曲。

纪沉面色也跟着一冷，倏地拿过旁边人手中的铁锹，站起身，铲了抔黄土，径直朝他的方向抛去。

沈靳反手便握住了挥动的铁锹，还是最锋利的铁制部分，鲜血随着他的用力抓握翻涌而出。

"沈靳！"沈遇也冷下脸，直接叫他的名字。

沈靳却恍若未察觉，手发狠地一拽，铁锹从纪沉手中脱落。

夏言的父亲看得心惊，上前拉他："回去吧，夏言她……迟早得走的，你应该早有心理准备了，现在又何必……"

沈靳道："我……想再见见她。"沈靳说着回头看他，"我一定要见她！"

夏言的父亲扭头看纪沉。

纪沉突然又一把拽过另一人手中的铁锹，铁锹柄直直地便朝沈靳的后颈砸去。沈靳下意识地反手挡，没想到那不过是纪沉虚晃的一枪，纪沉的脚尖轻挑起了另一把铁锹，他直接一闷棍敲了下去。

他是医生，深谙人体穴道，一击即中。

沈靳软倒，最后留给纪沉的眼神，像要撕了他。

纪沉把他交给了沈遇，将他挖开的坟重新填了回去。

“人家刚入土为安，好好的墓就这么让他给刨了，夏言，你说这种人缺不缺德？”纪沉呢喃，却不是对墓里的人说的，里面葬的不是夏言。

沈靳挖错坟了。

夏言好像做了个长长的梦，梦到纪沉站在她的病床前，以戏谑又似无奈的语气告诉她，沈靳刨了别人的坟。

她想象不出来，那个从不与人计较的男人对坟墓的主人是有多大的恨，才这样不管不顾地把人家的坟都给挖了。

她想问纪沉，沈靳刨人家的坟时是不是依然是那副眉眼淡淡的模样，可是未及开口，她被手机铃声惊醒了，手下意识地抓过手机，按掉，扔开，翻了个身，想抓个抱枕继续睡，手在半空中胡乱抓了半天，隐隐感觉不对。

她动作有那么一瞬的僵住，紧闭的眼眸缓缓张开，黑色的皮质沙发一点点落入眼中，大脑有那么一瞬的空白，视线从眼前的黑色一点点往前延，黑胡桃色的实木办公桌，再一点点往上，桌子边沿、电脑……最后落入一双幽沉的黑眸中。

哐啷……夏言险些一头从沙发上栽到地上。

“夏小姐，睡得还好吗？”办公桌那头的男人两手缓缓交叉环胸，看着她，徐徐出声。

“……”夏言的手无意识地从被压乱的刘海儿上划过，“沈……沈先生？”

“你知道 Bn 吗？一个来自意大利的世界顶级奢侈品牌……”

“你也知道它啊，我也好喜欢他们的编织包。”

“我们有几千年的编织工艺品历史……你觉得，我们有没有可能打造一个具有我国元素……”

“你也觉得可以吗？我之前也这么想过……”

“我看过你的作品，很有想法……不知道你有没有兴趣加入？”

……

脑中突然蹿入的画面，惊得夏言一把拎过沙发上的包，还没来得及翻开，便见沈靳不紧不慢地将桌上压着的文件拿起，用指尖压着，文件正面的文字缓缓转向她。

“找这个吗？”

夏言：“……”

“劳动合同”四个竖排大字扎得夏言脑袋一阵发晕。

“夏小姐。”他看着她，徐徐开口，“欢迎加入安城实业！”

“不是，我没有……”语无伦次中，夏言的手本能地伸向那份文件，没碰到，沈靳的手微微一动，移开了。

夏言眼睁睁地看着那份劳动合同从自己眼前远离，而后随着他手指的轻轻捻动，落在桌上，一份三方协议随之映入眼中。

“三方协议我已经让人送到了学校就业中心。”

夏言：“……”

而后，是再次轻轻飘落的白色纸页，他手上还有一份，是公司（企业）法定代表人登记表。

纸页下，还有一份。

全部……签了她的大名。

“夏小姐。”沈靳看着她不动，“你在公司法定代表人变更同意书和登记表上签了字。”

夏言：“……”

在大脑一片空白时，她看着沈靳缓缓起身，走向沙发。

等她意识到他的目的时，她的包已经落入他手中。外层套袋里随意塞入的身份证的一角露了出来。

“等等，那是我的……”

夏言伸向包包的手只来得及抢回她的包，身份证落入沈靳手中。

他指尖夹着她的身份证，冲她晃了晃：“忘了告诉夏小姐，公司现在是负债经营。如果夏小姐不幸成为公司法人代表，公司在后续运营过程中一旦出现法律问题，夏小姐可能会有些麻烦。”

夏言：“……”

“沈……沈先生……”好半天，夏言终于找回了自己的声音，“你这样不太厚道吧？”

沈靳眉梢微挑：“我似乎不记得我有逼夏小姐签过任何文件。既然这份劳动合同和法人代表登记表是夏小姐出于完全自愿原则签下的，夏小姐作为成年人，应该有对自己行为负责的能力和态度。”

夏言：“……”

“……沈先生……”夏言好半天才道，“这中间……可能有误会。”

夏言的手迟疑地伸向他，轻轻捏住了他手上的身份证的一角，尝试性地、小小地拽了下，没拽动，又偷偷用了几分力气，还是……纹丝不动。

沈靳看着她不动：“夏小姐，你知道，我只是希望你能加入我们团队。

“把公司法人代表的重任压到夏小姐身上，我其实也不太放心。

“但如果夏小姐不乐意，恐怕我不得不考虑，让夏小姐和公司共存亡了。

“你知道，安城实业现在也不过是一家空壳公司，赔了就赔了，我另注册一家就是了。

“但夏小姐不一样，公司现在是负债中，我要是跑没影了，夏小姐身为公司法人代表，恐怕会不好脱身。”

“……”夏言和沈靳做了那么多年夫妻，从没想过，这个看似无欲无求的男人也有这么卑鄙的一面。但他看着依然是眉眼淡淡的模样，望向她的目光也是沉稳而平静的，就事论事地跟她分析利弊。

“沈先生……真抬举我。”夏言嘴角不大牵得出笑容。

沈靳道：“其实我也不太喜欢强迫人，只是夏小姐也知道，我们行业特殊，相关方面的人才稀缺，对口公司也少。人才不好找，夏小姐想要的平台也不好找，既然我们的供求关系刚好契合，完全可以减少不必要的时间成本和机会成本。”

“对口公司是少了点，但还是有的。”夏言手指了指窗口方向，“比如那边的紫盛工艺，行业龙头，发展前景似乎更好一些。”

沈靳点点头："夏小姐可以先去紫盛试试。"

他转身回办公椅上坐下："不过先给夏小姐提个醒，紫盛的前身是软宸集团，我的公司、我的技术团队。"他眼眸对上她的，"迟早有一天，我是要全部拿回来的。"

夏言没说话了，他那几年事业的事，她知之甚少。

沈靳也没再步步紧逼，拿过她那份劳动合同，翻了翻："夏小姐，按合同约定，下周一恐怕你就得来报到了。没问题吧？"

"……"夏言看着他不想说话，脑子里翻滚着的，是深夜里他突然闯入她的房间，动也不动地看着她的画面。她还能清晰地记得他喉结上下滚动的样子，以及他眼眸里浓沉的墨色，他叫她夏言，问她……还记得童童吗？

那一幕幕翻过的画面，让她感觉像做了一场梦，恍恍惚惚的感觉。

她抬眸，不觉看向办公桌前的他，他眉目沉静依旧，眼眸中依然是她熟悉的波澜不起，也正在看她。

"对了，夏小姐。"双手缓缓交叉落在桌上，沈靳平静地出声，"你似乎并不奇怪你为什么会在这里。"

夏言："……"

"我倒是纳闷了，你为什么会在这儿？以及……"他扬了扬手中的合同，"这东西上怎么会有你的签字？"

夏言："……"

她伸手就想去拿，动作还是没沈靳快，他手一侧便避开了她伸过来的手。

"你都不知道这东西哪儿来的，怎么能——"夏言振振有词地道。

"我只是想确定一下，这上面的签名是否为夏小姐亲笔签名。"沈靳将合同收好，"从夏小姐刚才的反应看，确实是夏小姐亲自签下的，而且是心甘情愿。这让我放心很多。"

夏言："……"

沈靳将东西收好后，看向她气鼓鼓又有些憋屈的双眼："夏小姐还是没告诉我，你为什么会在这里？我为什么会在这儿？"

"大概是……"夏言抿了抿嘴，"梦游过来的。"

"……"沈靳克制地看她，"夏小姐的遭遇……很梦幻。"

“不过，自从认识夏小姐后，我开始有了失忆症状。”长指有一下没一下地在桌上轻叩了叩，沈靳沉吟地看她，“夏小姐能解释一下为什么吗？”

“……”夏言缓缓抬眸，慢吞吞地开口，“可能是……有人太渣了，老天想收拾他。”

沈靳点点头，冲她晃了晃手中的合同：“但眼下的情况，夏小姐似乎只能任我宰割。”

他抬腕看了眼表，已经是饭点时间。他收拾桌子起身：“为了对夏小姐的加入表示诚挚的欢迎，今晚我请夏小姐吃饭。”

“谢谢沈先生，不用——”

夏言拒绝的话还没说完，门外已经响起敲门声，沈遇和沈桥几个人站在办公室门口。

“老二，一起吃饭吧。”沈遇开口，看到了还在办公室里的夏言，“夏言，你也没吃吧？一起吧。”

夏言一下没法拒绝。

新公司招到的人还不多，基本都还没正式入职，一起吃饭的也只是沈靳、沈遇几个兄弟。

夏言嫁给沈靳这么多年，多半是宅居在家，和沈靳的朋友算不得亲近，因此和大伙儿一起吃饭时，还是有些小拘谨，但已经不像以前，过于拘束。

她就坐在沈靳身侧，很正常的距离，但对面沈桥投过来的眼神总像是带着几分好奇，眼光不时地来回在她和沈靳身上打转。他欲言又止。

“老六，有事？”沈靳抬眸看他。

“没……没事。”沈桥看夏言在，没好意思问，怕小姑娘害羞。但额头下午撞门上起的包还在，沈靳吻夏言那一幕给他的冲击太大，他至今没缓过来。

好在夏言中途有电话进来，出去接电话了。

沈桥好不容易把夏言盼走了，她的身影刚自餐厅旋转门出去，他已经压低了声音，贼兮兮地看向沈靳：“二哥，我还说你怎么非得把一小姑娘弄进来，原来是想近水楼台呢。”

“……”沈靳很莫名其妙地看了他一眼。

其他人也纷纷看向沈靳，有些还回头看了眼门外的夏言，看向沈靳的眼神都带着询问。

老三和沈桥关系好，手臂直接搭在他的肩上问：“老六，有内幕？”

“这不是在问嘛。”沈桥将他的手拉下，又看向沈靳，“二哥，老实交代，你和二嫂什么时候开始的？怎么不声不响的？”

沈靳瞥了他一眼：“什么二嫂？别胡说八道。”

轻斥声中，沈靳手已不紧不慢地端起酒杯。

“二哥，装什么正经呢，你下午偷吻夏言时我可都——”

“咳……”沈靳一口酒呛进了喉咙。

呛咳声中，还伴着轻轻的撞门声，沈靳抬头，看到玻璃旋转门前，夏言正捂着额头站在那儿，一脸被惊吓的表情。

沈桥也看到了站在旋转门前的夏言，看她一脸受惊吓的模样，他有些尴尬，又忍不住偷偷看沈靳。沈靳比夏言好不到哪儿去，但到底是精于敛藏情绪的人，轻咳了一声后，人已恢复平日里八风不动的模样。

夏言捂着被撞疼的额头，面色如常地回到座位前。

沈桥偷偷看了眼她额头上撞红的那一小片，又偷偷看了眼沈靳。

沈靳面色自如地举筷，夹菜，仿若什么也没发生。

老三和老七偷偷给沈桥使眼色：怎么回事？

沈桥回了个耸肩，他也蒙了。

他撞见沈靳偷亲夏言的事沈靳是知道的，还很镇定地帮他捡起了会议资料，然后把他打发走了，现在看沈靳的反应……

沈桥想到了他刚才的呛咳，像是……饱受惊吓。

沈桥又忍不住偷偷往沈靳那儿一瞥，沈靳看着面色如常。

沈桥和沈靳不像和沈遇那么熟。他是被沈遇收拾过的，被收拾久了脸皮也厚了，又常年跟在沈遇身边，在沈遇面前嬉皮笑脸没脸没皮惯了，什么玩笑都敢开。但和沈靳不同，沈靳刚坐了两年牢出来。在沈靳坐牢之前，他也曾因为年少不懂事在里面被教育了两年，所以和沈靳接触的机会并不多。沈靳平日里又总给人一种距离感，不是那种生人勿近的戾气感，相反，是一种周身气场沉淀过后的平和和悠远感，又是少言的，像清修的行者，让他在沈靳面前不太敢造次。更何况还有一个看着同样没烟火气的夏言在，因此沈桥心里虽然困惑得厉害，也不太敢追问。

这一顿饭沈靳和夏言吃得很是平静和谐。

沈桥心里猫挠似的憋得难受，吃完饭借着沈靳去取车时，蹭了过去。

他一进电梯就小心翼翼地看沈靳："二哥……"

沈靳按下电梯，这才扭头看他："你都看到什么了？"

"就下午开完会，我拿会议资料给你，看到你坐在沙发上看睡着的二……夏……夏言，然后你慢慢低头去……"沈桥小心看他的神色，"亲她……你当时看她的那种感觉，就像……捧在手心里的珍宝……"

沈靳："……"

"二哥……"沈桥又偷偷觑了他一眼，"你们什么时候谈的？"

沈靳轻咳了声，面色如常地看向电梯口："最近公司刚开业，大家都忙得没日没夜的，难免会神思恍惚出现看花眼的情况。"说着沈靳拍了拍他的肩，"一会儿早点回去休息，别累垮了。"

沈桥："……"

他哪里看花眼了！

随着沈靳取车回到餐厅门口，沈桥一脸郁闷。沈遇和老三、老七几个上车，却见沈桥眼睛不时瞟向窗外的沈靳和夏言。

沈靳的车刚刚在夏言面前停下，他开了副驾驶座的车门，正平静地看着夏言，让她上车，他送她回去。

"六哥，二哥这到底是什么情况？"从沈桥争着和沈靳一块儿去取车，老七就知道沈桥心里有话，早已迫不及待。

沈桥憋了一顿饭的时间早已憋得难受，把下午在办公室撞见沈靳吻夏言的事全说了，包括刚才和沈靳求证的事。

"二哥说是我最近太忙出现幻觉看花眼了。"沈桥扭头看后座的几人，两手一摊，"我拿会议资料给二哥你们都是知道的，我就是再眼花，也不会眼花成看到他吻夏言吧？"

老七和老三颇默契地看了眼他额头上的包。

“老二不是藏着掖着的人，更不是敢做不敢当的人……”老三委婉地劝他，“老六，你看你这大白天的走个路都能撞墙上，可能真的是……最近的工作强度太大了。”

沈桥道：“……我是当时受到的冲击太大才不小心撞到的。”

一直没说话的沈遇看了他一眼：“老二出来后一直忙着筹备公司，一天到晚和我腻在一起，哪儿来的时间谈恋爱？”

“这小姑娘他也才认识没几天，那种一见钟情再见倾心的事发生不到老二身上，见了几面就难分难舍的更不会，偷亲不认更不是他干得出来的事。”身子微倾，沈遇拍了他的脑袋一记，“你一个大男人，少管点男人女人那点事，多把心思放在工作上。”

沈桥不敢吱声了，额头的包还在隐隐作痛，他们一个个振振有词，让他也忍不住怀疑，是不是自己看花眼了，眼睛又不自觉地瞥向沈靳的车。

夏言已拉开了车门，正挥手和他们道别，脸上没有任何不自然。

沈桥也隔着风挡玻璃和她道了声别，满心困惑地启动了引擎，车子与沈靳的车擦身而过时，还颇纳闷地弯身看了沈靳一眼。

沈靳看到了他投过来的眼神，他的话也跟着在脑中浮现，不觉看了夏言一眼。

夏言正端端正正地坐在座位上，后背挺直，目不斜视，长刘海儿别在耳后，将额头被撞红那一处露了出来，那一片淡淡的红色在白皙的肌肤上显得尤其醒目。

沈靳缓缓启动了车子：“夏小姐刚刚怎么撞门上了？”

夏言的手不太自在地撩了撩头发：“走路看手机，不小心撞到了。”

沈靳道：“下次小心点。”

夏言嗯了声，没再说话。沈靳也没再说话，认真开车。

夏言一直保持着背部挺直目不斜视的坐姿，面上的平静压着心底翻滚的尴尬和困惑。

沈桥贼兮兮的那句“装什么正经呢，你下午偷吻夏言时……”和沈靳呛咳的样子还在脑中不断重复，她无法从他八风不动的模样里看出丝毫端倪。这件事在他那里就像水过无痕般，连同似梦非梦的记忆里，他半夜闯入她的房间那一幕。

夏言想着他当时的眼神，不觉偷偷看了他一眼。

他的侧脸平静依旧，双目平和而专注，让她越发看不透。

“沈先生……”嘴微微抿起，夏言小心地叫他，“失忆是什么感觉啊？”

车子突然轻微震了下。

夏言再细看时，他依然面色如常。借着等红灯时他扭头看了她一眼：“夏小姐，做梦是什么感觉？”

“……”夏言偏头想了想，“大概就是……当你以为被狗啃了一口的时候，你分不清是真的还是假的。”

沈靳点点头：“失忆的感觉，大概就是对于所有记不清的事，都可以理直气壮地拒绝承认。”

夏言：“……”

她什么也没问出来。

车子很快在夏言家楼前停了下来。

夏言拉开车门下车，走了两步，迟疑了下，又回头，弯下身看他：“沈先生，昨晚凌晨两点你闯进我的房间，你想干吗？”

沈靳：“……”

而后沈靳平静地看着她：“夏小姐为什么没报警，反而和我签了劳动合同和法人代表登记表？”

夏言：“……”

她站直身，和他挥手道别：“沈先生好走。”

沈靳挥了挥手：“夏小姐周一记得准时报到。”他说完车子驶了出去。

夏言绷着的肩膀一下耷拉了下来，她转身回屋，一抬眸被门口站着的徐佳玉吓得心脏差点又受不住。

徐佳玉正困惑地看着沈靳离去的方向，问她：“刚那是沈先生吧，怎么不请他回屋坐坐？”

“……”夏言看了她一眼，有些幽怨，“妈……你昨晚怎么大半夜的还让他进屋啊？”

“是他自己突然闯进来的。突然来了一句要找夏言就绕过我闯进去了，拦也拦不住。”徐佳玉抱怨了声，抬眸看她时还有些困惑，“你和沈先生什么时候发展这么快了？”

夏言：“……”

她觉得有点有理说不清。

她能记得所有的过程和心情，但不知道为什么，那个时候的她对沈靳完全没有防备，甚至有种……崇拜感。

他把她和他说的一字一句全还给了她，然后她还欣喜地觉得他的想法竟然和她不谋而合，屁颠颠地和他签合同了。

那份合同还在她的包里，压得包沉甸甸的。

夏言心思有些混乱，他昨晚突然闯入时看她的眼神，他叫她的样子，以及问她的童童，分明就是她认识的沈靳。

夏言还记得他当时死死地盯着她的眼神里那种喜痛交加，想确定又不敢确定的复杂情绪，那是她从没在沈靳眼睛里看到过的。

他当时看她的眼神……让她有种那是失而复得的错觉。

但下午时的他……深沉又有点难以捉摸，似乎是她认识的五年前的沈靳，又似乎不全然是。

夏言说不上来，在这种困扰中过了个周末，周一一大早，她母亲徐佳玉特地提醒她早点去上班，别迟到了。

夏言想到沈靳心情就略复杂，把合同往桌上一搁，去学校了。

周一没课，大四最后两个月，基本是找工作时间。

安城不大，他们这个专业工作说好找也不好找，说不好找但也没那么困难。

除了她，宿舍的其他人都已签好了工作。但除了余声声和陈姗姗留在本市，其他人都去了S市，论文答辩结束后，前几天都去公司实习了，如今宿舍里只剩下余声声和陈姗姗。

余声声是家里安排了工作，不急着报到。陈姗姗是考了教师资格证，被本地一中学录用，做美术老师去了，九月才开学，也不急。

整个宿舍就夏言一人没找到工作，沈靳让人送回学校的三方协议也没在就业中心应届生就业情况一栏公布，看着就她一人没找到工作。

夏言以前其实有投过简历，但人老实，每次面试时都主动坦诚自己有先天性心脏病，是那种不能做手术、会越来越严重的类型，因此面试后用人单位都对她的情况表示遗憾，没敢录用。

余声声和夏言同学四年，知道夏言的情况还好，只要她坚持吃药，控制得当，注意休息和避免情绪波动，其实对生活影响不会太大。他们这一行主要是伏案工作，夏言也一向平和和懂得自我调节，工作上的压力不会给她的身体造成太大的负担。因此余声声眼看着其他同学一个个都签了工作，担心夏言心里有落差，和程让也熟，知道程让家是开公司的，托他帮忙安排一下，还偷偷把夏言设计的作品给了程让。

程让办事效率高，很快给了余声声答复，说基本没问题了，就是他哥想先见见夏言，面谈一下。

余声声心里高兴，特地压下了这件事，周一夏言刚到便给了她这么一个大惊喜。

夏言知道程让是个小富N代，但不知道他家是开什么公司的，听余声声说完诧异地看她："什么公司啊？"

"好像也是工艺家居方向。"余声声推着她坐下，"约了中午十二点，就一起吃个饭，程让的哥哥挺好的，你不用担心。"

夏言啊了声："可是……我已经找到工作了。"

余声声动作停下："哪家公司啊？"

陈姗姗也在，也诧异地看她："什么时候的事啊？公司怎么样啊？"

夏言想起陈姗姗提起沈靳时的深恶痛绝，没敢明说是沈靳的公司："一家……刚起步的小公司。"

"小公司哪里比得上成熟大公司啊？"余声声把她重新压坐回了椅子上，"还是去程让家的公司吧，都是同班同学，会照应一些。"

余声声拿起化妆包，没几下便给夏言化了个淡妆。

"不过你要真喜欢那家小公司，就去呗，但程让卖了我们这么大一个面子，现在饭局都约好了，放他的鸽子不太好。"余声声边打量她脸上的妆容边道，"就当去见识一下大人物，扩展点人脉好了。如果你真不想去他们公司，到时再随便诌个借口推了就好了。"

夏言不好拒绝，余声声帮她完全是出于好意，她不能让余声声在程让那边失了面子。她对沈靳的情绪也有些复杂，因此也就任由余声声倒腾，快中午时才一起打了车过去。

在车上时沈靳突然就给她来了电话。

三个人一起坐在后排，夏言坐里面，怕旁边的陈姗姗听出了沈靳的声音，不得不捂着手机压低了身子，对着电话那头喂了声。

“我记得今天似乎是夏小姐报到的日子？”电话那头的沈靳嗓音一如既往地平静，夹着翻动文件的声音，从电话里能轻易听出那头的忙碌。

夏言轻咳了声，陈姗姗在一边，也不好说太明白：“那个……我现在有点事，回头我再给你打电话。”她说完挂了沈靳的电话。

嘟嘟的忙音传来，沈靳将手机随手扔在了桌上。

沈遇也在办公室，正在翻阅资料，抬头看了他一眼：“怎么，那个女孩子不愿意过来？”

“估计是。”淡淡的应声里，沈靳已继续翻阅文件。

夏言拒绝报到算是在他的预料之中。

明明交集不深，但她对他的抗拒是显而易见的。

沈靳想起和夏言的几次短暂的打交道，她并没有将这份抗拒表现得过于赤裸裸，只是刻意拉开的距离透着抗拒。

沈靳还记得那天突然醒来，看到对面沙发上躺着的夏言时心头的剧烈震惊，他想不起来她为什么会在那里，以及他的桌上为什么会压着她签了字的劳动合同。

那种感觉就像他做了一个长长的梦，隐约记着点什么东西，但又回忆不起来到底做了一个怎样的梦。

沈桥说，撞见他偷吻夏言。

沈靳手指不自觉地落在唇上，他想象不出来，是怎样的一种情况，会让他想去吻一个女人。

夏言的脸在脑中浮现时，沈靳皱了皱眉，微抬起的眼眸里，他看到了沈遇看向他的眼神。沈遇眼神里的古怪让他不自觉地垂眸看了眼，便看到了自己无意识弯起落在唇上的手指。

“……”沈靳面色自若地收回手，将桌上的文件一收，站起身，“我去王叔那儿一趟，有什么事电话联系就好。”

王叔是一名老藤编工艺师傅，在安城老城区的古巷子里开了家很小的门面店，几十年如一日地守着那个小铺面，做些编织小挂件卖给过往旅客。

就如同南京的夫子庙、杭州的河坊街一样，安城的古巷也是它千年历史沉淀后留下的文化一条街，任凭外面如何日新月异现代化，走入这条小街巷，罅隙里长满青苔的青石板街，斑驳的白墙黑瓦，掉了漆的赤红柱子，以及巷子里不时传出的民间小调和自行车铃铛声，扑面而来的是浓郁的年代气息。

从街头漫步走入，能看到路口坐着的纳鞋老人，灰布衣深蓝围裙，金边老花眼镜，一张半臂高的小木凳，开合中的老式剪刀，以及他们膝盖上摊着的绣花的鞋垫和随着长长的针线熟练穿梭的手……那不紧不慢的一针一线里，就是一个时代。更不提糖人摊前那一锅冒着热气的金灿灿的糖稀，以及那只满是皱纹的手下，一个个栩栩如生的糖人。

似乎所有失传的，或者濒临失传的传统手工艺，那些慢慢只能在大脑深处寻找的记忆，都能在这条古巷里找到。

沈靳闲暇时很爱来这里，一个小摊前，一张矮旧小板凳，一位身怀匠心的古稀老人，他常常陪着一坐，一聊就是一整天。

他今天过来是专程找巷子深处的王叔的。

他刚下车，夏言的电话就打了过来。

她是个很重承诺的人，在车上说回头再给他打电话，下了车后，进了包厢，看程让和他哥还没过来，借口去洗手间给沈靳回了电话。

沈靳没想到夏言会主动给他打电话，接到电话时眉梢还不自觉地微挑了下：“夏小姐是打算回来上班了吗？”

“那个……不好意思啊，刚刚在车上，接电话不太方便。”夏言轻咳了声，压低了声音，“沈先生刚才打电话给我有事吗？”

“没事，只是确认一下夏小姐的安危。”沈靳嗓音平静，“夏小姐如果不能过来，我以为，至少应该打个电话说明一下情况。”

夏言声音低了下来：“是我的问题，实在对不住。”

沈靳道："那夏小姐现在的意思呢？"

夏言有些迟疑："那个……法人代表登记表……"

她想问他是不是就这么作废了，还没问出口，沈靳已淡淡地回她："嗯，还在办公室里压着。"

他也没明说是不是一定得她去报到才作罢。

夏言以前就摸不透沈靳的心思，现在更加摸不透，只要他不明说的事，她从来就无法靠自己揣摩得出结果。

"夏小姐还有事吗？"沈靳依旧是平淡的嗓音。

夏言看了眼从门外过来冲她招手的陈姗姗："没事了。"

挂了电话，她朝陈姗姗走了过去。

"和谁打电话呢？偷偷摸摸的。"陈姗姗拉过她，"程让和他哥过来了，走吧，别让人家等太久了。"

回到包厢，夏言一眼便看到了面对门口坐着的高大男人，五官和程让有几分相似，只是更成熟稳重一些；穿着套铁灰色的西装，看着和沈靳差不多的年纪；面容有些冷峻和严肃，看着不是容易相处的人。

程让就坐在他旁边，远远地看到了她和陈姗姗，起身冲她们招了招手，而后指着旁边的高大男人给两人介绍："这是我哥，程谦。这是我们班同学，夏言。"

"你好。"程谦站起身，和她打了声招呼，"这是我的名片。"

一张名片递了过来，烫金的"紫盛"两个字在白底的映衬下显得尤为醒目。

夏言不觉看了眼程谦。

他也正在看她，目光平静。

"谢谢程总。"夏言收下了名片，在他的招呼下入座。

程让笑着道："大家随意就好，不用太拘束，我哥这人就是看着严肃了点，人其实挺好。"

程谦也招呼："随意就好，不用拘束。"

但这并没有让夏言、余声声几个放松多少，到底是不太熟，程谦的气场和社会地位也在那儿摆着，她们总没办法像面对同龄人般自在。

“夏小姐做工艺设计多久了？”程谦看向夏言，问道。

夏言道：“很多年了。其实也不算什么设计，就是有空的时候瞎折腾而已。”

程谦道：“是自学成才吗？还是跟着谁学的？”

“我爷爷和我爸爸都是做这一块儿的，我从小跟着他们学过一些。”

程谦点点头：“风格挺独特的。”

夏言牵了牵唇：“谢谢程总。”

“我们公司设计部目前缺一名工艺设计师助理，主要是家居方向，我看过你的设计作品，挺不错的。”程谦看向她，“你可以过来试试，先从助理做起，以后有经验了再转正。部门里都是经验丰富的设计师，跟着他们，对你未来的发展和成长会比较有利。”

“谢谢程总。”夏言指尖摩挲着名片的边缘，迟疑地看他，“程总，我能先考虑一下再给您答复吗？”

程谦似乎没想到夏言会先考虑，不觉看了程让一眼。是程让托他安排工作，说是同学，身体不好，不好找工作，怪可怜的，让他无论如何也给她安排个闲职。顺便给他看了她的作品，确实还不错，对于一个还没毕业的学生来说，那样的作品完全是一般水准之上了，刚好公司设计部门还缺个助理，他就想着把夏言安排进去。只是听程让的意思，夏言身体不太好，他也要考虑到成本问题，担心花钱养了闲人，加之从没见程让这么热心帮过一个女孩，才想着约夏言见一面。

就他目前的感觉，对夏言观感还不错，人比较安静乖巧，不爱闹，气质看着也舒服，不像平时和程让混在一块儿的女孩，这点他比较满意，只是没想到夏言会拒绝。

程让也没想到夏言会拒绝，不觉看了眼余声声。

几人的眼神这么一转，夏言就觉得有些对不住余声声，怕余声声不好下台，赶紧道：“谢谢程总愿意给我这个工作机会，我也很喜欢这份工作，只是我身体不太好，担心做不好，辜负了大家的好意，想先好好考虑一下再做决定。”

程谦道：“没事，是应该先考虑清楚。”他又道，“考虑清楚了直接给我打电话就好，或者给程让打电话。”

说着程谦看了眼表：“一会儿我得去古巷找一下王叔，他的藤编工艺品在市面上很畅销，很多外地游客慕名而来。”而后他看向夏言和余声声几个人，“你们感兴趣的话可以一起过去看看。尤其是夏言，你以后是要从事这方面的工作的，有机会多和这方面的大师级人物接触一下，对你以后的发展会很有帮助。”

余声声和陈姗姗不好拒绝，互相看了眼后，点点头：“好啊……”

夏言更不好拒绝了，也迟疑地点点头：“谢谢程总。”

古巷距离餐厅只有十多分钟车程，饭后程谦亲自载他们一起过去。

古巷里没什么人，这里在小巷子深处，一向冷清。

巷口内外，完全是两个世界。

夏言平时有空很爱来这里逛，每每走进去，总有些时空穿越的恍惚感。就像回到了二十世纪九十年代初的安城，那个每到傍晚时光，夕阳穿过的狭长巷子里，能听到孩童的笑闹声和自行车铃声的年代。

夏言是怀旧的人，很喜欢这条巷子给她的亲切感，似乎所有濒临消失的传统文化都能在这里找到它的影迹，曲艺、器物、各类手工艺等等。

程谦直接将车开到了巷子口。

他是个商人，商人都注重效率。

平时过来夏言会慢慢闲逛，但今天有程谦在，除了巷子口那个白墙黑瓦堆砌的低矮瓦房，其他景致都只是走马观花时的陪衬。

王叔的摊位很小，房子古旧，门口两根白柱早已布满青苔；白柱到门槛位置是石块砌起来的平地，石块与石块间的缝隙里长满了杂草和青苔；铁灰色的木制门槛和门板早已被虫蚁蛀得凹凸不平；屋里光线不强，依稀能看到厅中间摆着的八仙桌和长条凳，以及坐在凳子上的男人——沈靳。

看到沈靳的那一瞬，夏言刚要跨入门槛的脚生生收回。

沈靳并没有留意门口的人群，正拿着只藤编小花篮细细打量，长指从花篮的条纹上抚过，神色专注，像正精心打磨的匠人。

夏言记得，他是个极其热爱传统文化和传统工艺的人，也是个热衷收藏又极爱读书的男人。以前家里的书房整整一屋的藏书，他一有空便坐在古木书桌前，或是藤椅上，捧着砖头似的古著，一坐就是一下午。那个时候的他多是褪去西装，只穿件白衬衫和黑西裤，敛去了所有商场上的凌厉和锋芒，人变得沉稳。

认真的女人最好看，男人也一样。

夏言以前最爱的就是他从外面回来，褪去西装后，在书桌前读书的样子。

现在看着同样专注的沈靳，她心里竟隐隐涌起些对那些日子的怀念。

王叔刚好泡了茶从里屋出来，一眼便看到了门口的程谦，当下客气地打了声招呼："程老板。"然后看到了站在程谦身侧的夏言，他和夏言很熟，当下愣了下，"夏丫头？"

沈靳闻声抬头，看到了夏言，视线在她脸上顿了顿，而后慢慢移到她身侧的程谦身上，又平静地收回来，慢慢放下手中的花篮。

程谦嘴角勾笑，和沈靳客气地打了声招呼："沈先生，好久不见。"

沈靳淡淡地回了声："好久不见。"

沈靳的视线从夏言身上平静地移过。

程谦注意力已经转向王叔，人变得热情许多："王叔，好久不见了，最近身体怎么样？"

"好，挺好的。"招呼着他们几人入屋，王叔却是看向夏言，"夏丫头，好久没见你过来了，最近身体怎么样？"

"夏丫头"几个字叫得夏言有些窘迫，平时私下里听惯了只觉得亲切，但现在沈靳、程谦、程让等人都在，听在耳里就带了些不自在。

沈靳也因这声"夏丫头"看了她一眼。程谦更是诧异地看她："原来你们也认识啊。"

王叔笑道："她喜欢我这里的小东西，平时有空就过来摆弄几下。"他说着下巴往角落的陈列架微微一点，"里面不少东西还是她做的。"

程谦往陈列架看了看，而后笑看向她："看不出来，你手也挺巧的。"

夏言不大自在地牵了牵唇："都是王叔把造型做得差不多了我才接手，其实就是打个下手而已。"

王叔笑道："咱这儿可不兴谦虚这一套。"

程谦看了夏言一眼。

程让直接冲夏言比了根大拇指："夏言，大家都是老同学了，没什么好谦虚的。"他说着眼角偷偷往一边静坐着的沈靳看了眼，迟疑了下，拖着凳子坐了过去，"沈哥，上次 KTV 的事还没谢你呢，什么时候有空我请你吃饭？"

"不用了，顺手而已。"沈靳抬腕看了眼表，"我还有事，得先走了，你们慢聊，有机会再一起聚聚。"

说完他和王叔道了声别便走了。

夏言不觉扭头看了他一眼，他的背影被阳光拉得有些长，在狭长的巷子里，莫名其妙带了些形单影只的怆然感。也可能是她的心境问题，她一下想起了那天半夜他突然闯入时，死死地看着她的眼神。

收回视线时发现屋里的其他人都在看她，面色各异，夏言略尴尬地端起茶杯，借着喝茶的动作掩饰这种不自在。

程谦过来是想邀请王叔出山，请他去公司挂职，但没能说服他，算是意料之中的结果。程谦也没强求，客气地喝了杯茶后，便先走了。

出了屋，程谦若有所思地看向夏言："夏言，你和王叔似乎关系不错？"

"还好吧……"夏言迟疑地看他，"程总，怎么了？"

程谦摇摇头："没事。"

他看了眼表，交代程让送她们几个回学校后便先走了。

夏言还想再逛逛，没一起回去，没想到沈靳也没走，在隔壁的编织店又遇上了。

沈靳正打量墙上的设计图纸和成品，神色是一贯的专注和认真，不时回头和店铺老板交流。

沈靳和程谦不同，程谦是个商人，想着怎么把利润最大化，沈靳是个工艺师，更多时候他倾向于传承和发扬。

所以程谦倾向于直接挖人，而沈靳倾向于交流。

作为一个同样喜欢传统文化的人，夏言是更倾向于沈靳这样的老板的。

她走神的时间里，沈靳看到了她，动作微顿："夏小姐？"

"沈先生。"客气地回了声，夏言走了进去。

沈靳目光转向墙上的设计图纸："夏小姐什么时候和程总结识的？"

夏言没应。

沈靳转头看她："真打算去紫盛上班了？"

夏言道："可以去吗？"

沈靳瞥了眼她的腿："脚不长在夏小姐身上吗？"

夏言："……"

她看向他："那法人代表的问题……"

沈靳视线重新落向墙上的图纸："很感谢夏小姐愿与公司共存亡的奉献精神。"

夏言："……"

沈靳没再理她，只是认真地盯着墙上的图纸看。

夏言视线不觉跟着转向图纸，是一幅仿的金银错孔雀杖首图。

金银错工艺最早出现于商周时期，主要用于青铜器图案装饰，后来渐渐用于玉器和饰物，多是在器物上画图刻槽，再将拉成细丝或是压成薄片的金银嵌入其中，而后打磨抛光。二十世纪六十年代后这一绝世工艺一度断代失传近四十年，二〇〇四年才终于被恢复和传承了下来。

"夏小姐了解过金银错工艺的发展和传承历史吗？"沈靳突然出声，并没有看她。

夏言点点头，他书房里的藏书她都看过。

他扭头看她："夏小姐知道有哪些我们耳熟能详的传统手工艺已经消失或正濒临消失吗？"

已经消失了的夏言不太清楚，但消失了几十年又慢慢被后人苦心钻研恢复的，除了金银错，还有香云纱，二十世纪七十年代后渐渐消失了几十年，二〇一〇年才又重新面世。

濒临消失的，熟悉的如糖塑、捏面人、银匠、砖雕、漆艺、点翠、徽墨、蛋雕和各类编织工艺等民间手工艺，都在慢慢被人遗忘，入行的人越来越少。

很多东西正在随着老一辈手艺人的老去而渐渐消失。

"一项手艺失传后，要再找回来花费的心血和代价是巨大的。"沈靳视线重新落向墙上的图纸，"但很多手工艺做工复杂，耗时耗力。手艺人社会地位低下，也没几个钱挣，有几个人还愿意守着这样一门手艺？谁都得吃饭生活不是？”

“其实很多手艺不是被市场淘汰了，”沈靳视线重新落回她脸上，“只是还没有挖到市场痛点，把小需求变成大需求。”

“就比如你自己设计的那些小包、小摆件，”沈靳问她，“你的顾客是看中了它的实用性还是观赏价值，美感？”

夏言道：“观赏价值。”

沈靳手往陈列架上的摆件的方向随便一扫：“这些东西哪个不是精雕细琢而成的，随便一个摆在桌上不是一件艺术品？但你看走进这家店的人多吗？”

“它们缺的不是质量和观赏价值，只是缺少包装。”他看向她，“夏小姐，安城实业的目的，就是把这些濒临消失的手工艺品进行包装，再推向市场。

“只有把它们存在的价值变成品位、文化、社会地位、时尚等的象征，它们的市场需求才可能变大。只有喜欢它们的人多了，才会有越来越多的人愿意走进这一行业。

“紫盛做的是定制，根据用户需求批量定制，他们的目的是利润。我们要做的是挖掘、整合和传承，不是客户想要什么，我们就给他们什么，而是我们有什么，怎么把它变成客户想要的东西，把我们变成需求方。

“只有把我们变成需求方，主动权才能掌握在我们手上，才是真正意义上把这些手工艺术品推出去了。

“虽然我不明白你为什么汲汲于和我划清界限，但从我和你短暂的接触来看，你是对这些传统工艺有情结和有抱负的人，有这门手艺在身，也有敏锐的市场嗅觉和市场包装能力。你在我这里，我给你自由发挥的空间，任何你想表达的，我给你推出去；你在紫盛，程谦能给你的，最多是一个助理岗，他要的不会是你的表达，而是你的服从。

“如果说你对我的抵触大于这份情结，你可以选择去紫盛，但如果你觉得我并没有那么难以忍受，我希望你能留在安城实业。你想发挥、想传承的，我这里都会给你最大的施展空间。”

他从口袋里掏出那份她签了字的公司法人代表登记表，递给了她。

夏言看着那份东西，心绪一时有些复杂。

她是见证过安城实业怎么一步步发展壮大的，她知道他不是夜郎自大也不是妄自吹嘘。

沈靳看她盯着那份东西没动，轻轻晃了晃："夏小姐？"

夏言抬眸看他："沈先生有没有过那种死过一回的感觉？"

沈靳眉梢微挑，看着她，不说话。

"当一个人前一世活得比较无趣，死过一回又有机会人生重来的时候，可能更多时候，她想要的只是一种不一样的人生，去体验和感受所有她来不及体验的东西。工作和梦想只是其中之一，还有其他的，比如旅行、义工以及各种随心所欲，就是不太愿意把自己绑死在一个人、一份工作或者一座城市上了。我很感激沈先生愿意给我这个尝试的机会，我也很愿意去尝试，但是我可能不会是那种很听话的员工。我可能会在某个早上突然很想去一个地方时，就一声不吭地跑过去了，十天半个月都不一定回得来。"夏言看向他，"沈先生接受得了我这种不负责任的态度吗？"

沈靳似是笑了下："夏小姐真坦白。"他又道，"只要夏小姐能保证如期交出作品，其他的，你随意就好。"

"……"夏言颇意外地看向他，"沈先生你这样会把员工惯坏的。"

沈靳看了她一眼："除了夏小姐，哪个员工敢这么谈条件？"

夏言："……"

好像确实是她有恃无恐了。

"我看中的人，是要千方百计让他心甘情愿留下的。"沈靳朝她伸出手，"夏小姐，合作愉快？"

夏言抿唇看他，垂在身侧的手迟疑地动了动。

沈靳平静地看她："夏小姐？"

嘴微微抿起，夏言干脆地伸出了手，与他的手掌轻轻交握。

熟悉的触感从相贴的肌肤传来时，她的心脏急跳了几下，她下意识地想抽回手，却被他紧紧扣住。

她下意识地抬头，沈靳正在看她，幽沉的瞳孔深处隐隐有着她看不懂的恍惚，像在走神；握着她的手的手掌也在不自觉地一点点收紧。

余光里，夏言看到了他手背上隐隐浮起的青筋，那种感觉，像是他随时会失控将她拽入怀中。

夏言轻咳了声："沈先生。"

他眼神复杂地看了她一眼："抱歉。"他说完收回了手。

第三章 迷惘

夏言第二天准时去公司报到，刚进公司便遇到了同样刚到的沈桥。

沈桥心直口快，很是热情地挥手冲她打了声招呼：“二……洒……”

要脱口而出的“嫂”字被他硬生生扭成了“洒”，夏言假装没听出来，微笑着和他打了声招呼：“沈先生早。”

沈靳刚好拿着份文件从办公室出来，看了她一眼：“这里全部是沈先生。”

“老三、老四、老五、老六、老七，”他瞥了眼办公区的其他人，而后看向她，“你叫哪个？”

夏言：“……”

沈桥笑嘻嘻地接话：“叫我老六就好。”

“其他的，叫老三、老四、老五、老七就行。大家都是一家人，不用太拘束。”

夏言看了沈靳一眼，不说话。

沈靳排名老二，哪个员工敢直呼老板“老二”或者“小二”？

沈桥也意识到这个称呼不适合沈靳了，尴尬地笑了笑：“二哥……你就跟着我们叫二哥吧。”

夏言：“……”

她叫不出口。

沈靳看了她一眼：“夏小姐随意就好。”

夏言毕恭毕敬地叫了声：“沈先生。”

沈靳没说什么，看向沈桥：“老六，你先带夏小姐熟悉一下环境。”

其实没什么好熟悉的，公司里全是空的。

沈桥大概也有些不好意思，一边带她熟悉各个区域一边解释：“公司刚筹建起来，团队目前还在组建中，新同事这几天都会陆陆续续入职，你和徐菲、程剑他们几个算是第一批入职的员工。以后公司发展起来了，你们就是元老级了。”

说话间两人已回到了设计部的办公室，偌大的大开间办公室里，除了角落独立办公室里的沈靳，另有两个人，一男一女，都很年轻，看着刚毕业的样子。

沈靳正好从办公室出来，右手还端着杯茶，外套已经脱下，白衬衫黑西裤的简单打扮，帅气逼人。

“都相互认识一下吧。”沈靳说，指着夏言，“这是夏言，以后主要负责产品设计。徐菲，除了负责部分产品设计工作，同时兼任部门秘书。程剑，以后负责跟我跑线下。”

徐菲比较活泼，沈靳介绍完她已大大方方地转过身，朝夏言伸出了手：“你好，我叫徐菲。”而后她指着身侧的男生道，“他是程剑。”

夏言也微笑着伸手与她交握：“夏言。”

夏言四下看了眼，问沈桥：“我坐哪儿啊？”

沈靳没提前交代，沈桥也不清楚，四下看了眼，随便指了个角落的座位：“要不那里吧。或者你自己随便挑一个……”

“她的座位在里面。”沈靳淡淡地打断了他的话，指了指自己的办公室，“夏小姐以后会担任主设计师，需要一个相对独立的办公环境。”

“……”夏言不大笑得出来，“沈先生，我好像……没这么天赋异禀吧。”

沈桥也偷偷看了眼夏言，没看出她有担当大任的气魄，而且一个还没毕业的大学生，本身也缺少历练。

沈靳扫了眼空荡荡的办公室：“夏小姐没发现目前就你一个设计师？不是你做主设计师谁做？”

夏言：“……”

沈靳抬腕看了眼表：“上午十点半开会，都先准备一下。”

会议很简单，也就夏言和徐菲、程剑几个。

沈靳也没说太多虚的东西，人往会议桌前一站，很制式化的“欢迎大家加入安城实业”后，两手往会议桌上一撑，看向他们：“大家觉得我们这个团队怎么样？”

几人互相看了眼，不说话。

沈靳看向夏言：“夏小姐，你先说。”

夏言迟疑地看他：“有种……草台班子……的感觉。”

沈靳点头：“就是草台班子。”他又补充了句，“所以我们前期只能按照草台班子的打法来。”

他转身拿过马克笔，在白板上“1，2，3……”地列了几个元素：“产品、人力、资金、知名度。”

“我们现在面临的最大问题是，我们是新公司，没有产品，没有知名度，没有足够的人力资源，也没有资金。但是我们有设计团队。”沈靳手掌往台下一指，“以及整个安城的藤编手工艺者。”

“我们要做的是产品的附加价值，而不是产品本身的价值。”沈靳转身在白板上勾勒了把藤椅，“比如这把椅子，它本身的价值就只是个坐具，和其他木凳、沙发对比，唯一的区别可能只是舒适度和美观度问题，增值空间有限。”

他转身在椅子四周勾勒了一座房子的内装形态：“但当它变成社会地位、品位的象征，我们卖的就是它的附加价值。

“所以我们的前期工作，要做的只有三步：设计、工艺，以及包装。

“只有我们把首款主打产品成功推出去了，品牌名声打起来了，人才资源和资本才会主动涌向我们，而不是我们觍着脸四处求人。”

难就难在，首款产品主打什么，怎么包装，怎么推出去。

沈靳并没有直接给出方向，只是给了大家一周时间，先去了解整个家装市场和藤编工艺市场，再做总结筛选，每个人出一份产品方案。

会议只持续了半个小时，沈靳行事一向注重效率，说话也向来言简意赅，从不会把时间浪费在无谓的会议上。

夏言第一次上班，感觉上还是很新鲜的。

沈靳不是爱对员工有过多要求的人，还有沈桥、徐菲这样的人在，工作环境相对轻松，一天时间很快过去了。

临下班时，程谦突然给她来了电话。

一个大公司的大老总亲自给她打电话，夏言有些诚惶诚恐，而且现在还是上班时间，在老板眼皮底下。

夏言看着振动的手机，有些纠结。

沈靳抬头看了她一眼："公司没什么死板的规定，我唯一的要求，如期交出作品，其他的，你们随意就好。"

那就是他无所谓她上班时间接电话了？

夏言接起了电话。

"夏小姐。"电话刚接通，程谦客气的嗓音已经从电话那头徐徐传来，"冒昧打扰了，工作的事考虑得怎么样了？"

夏言今天刚来上班，是过来感受上班环境的，还没来得及和余声声说，也没来得及回程谦。没想到程谦亲自打了电话过来，她一时间有些窘："程总，不好意思，我可能没办法过去了。谢谢程总厚爱，愿意给我这个机会，但我实在是能力有限，怕辜负了程总的期望。"

程谦道："夏小姐太客气了。"他又道，"夏小姐的能力完全没问题，不用妄自菲薄，也不用担心做不做得好，谁都会经历一个新人的过程，慢慢来。你明天过来直接去人事部报到就好，不用想太多。"

"不是，我——"她话没说完，电话里已经传来了嘟嘟声，程谦已经挂了电话，是真的忙，完全大 boss（老板）范儿。

夏言以为她的托词挺照顾他的面子的，没想到程谦没听出是托词，只当她是妄自菲薄。

她捂着手机懊恼时，沈靳平静的嗓音已自办公桌那头徐徐响起："如果真不想去，就拿出当初拒绝我的干脆劲儿来。工作这种事，讲究的是你情我愿。”

夏言抬眸看他。

他刚关了电脑，正站起身，眼睛是看着她的：“夏小姐发现没有，你的不客气只针对一个人而已。”

夏言：“……”

似乎是。

沈靳也没再往下说，抬腕看了眼表：“一起吃饭吧？”

夏言觉得工作和生活还是应该分开，拒绝了他。

如果可以，不在同一个办公空间更合适。

夏言扫了眼办公室，委婉地开口：“我觉得沈先生身为公司的门面担当，至少应该有一个独立办公室。”

“公司有专门的会客室。”不紧不慢的声音响起，沈靳低头整理文件，“而且门面担当不是我，是老五。”

他抬头看了她一眼：“夏小姐也不用觉得不习惯。从马斯洛需求理论角度来说，当一种需求得到满足以后，也就不再构成刺激。夏小姐对着一张让你生厌的脸时间长了，慢慢也就麻木了，这会有利于我们后期的沟通。毕竟目前总监是我，以后要磨合的时候很多。”

他转身拿过衣帽架上的外套，出去了。

夏言也收拾了下下班了，没想到刚到园区门口又碰到开车出来的沈靳。

他的车子在她身旁缓缓停下，他摇下了车窗：“我送你一程吧。”

夏言迟疑地看了眼对面的公交车站。

沈靳道：“这边是新区，目前开通的公交线路还比较少。”

这个是事实，不只公交车少，这里离夏言家和学校还很远。

夏言最终还是认命地上了沈靳的车。

沈靳扭头看她：“去学校还是回家？”

夏言想了想：“回学校吧。”

沈靳送她回了学校，在校门口停的车，却还是遇到了刚从外面回来的程让、余声声几个。

夏言本没注意到，人刚下车，程让突然按了声喇叭。白色的兰博基尼本就醒目，这一声喇叭声响起，把周围人的注意力全吸引了过来。

程让摘下墨镜，冲车里的沈靳打了声招呼："沈哥。"

沈靳淡淡地回以一个颔首。

余声声和陈姗姗诧异的眼神在夏言和沈靳身上来回移动。

外面人多，夏言也不好解释，不大自在地冲沈靳挥了挥手："我先回去了，沈先生路上注意安全。"

沈靳点点头，掉转车头走了。

余声声已下了车，看着沈靳远去的车，扭头看夏言："你怎么又和这种人混在一起了？"

陈姗姗脾气比较暴："言言你是不是傻啊，这种男人除了一张脸，哪里值得交往了？"

夏言无言："我们没在交往……他……"

夏言终是忍不住替沈靳解释了句："当年的事他真的是被陷害的。要是他真是个骗子，沈遇一个警察，怎么会为他说话？"

余声声和陈姗姗不说话了。

程让这时插话道："对了，夏言，你明天去公司后直接去找人事部的小陈就行，她会带你。"

他一提醒夏言才想起程谦的电话，懊恼地拍了拍额头："程让，实在不好意思啊，明天我去不了公司了。"

程让道："没事，你什么时候有空了什么时候去报到也一样的，我和我哥说一下就好。"

"不是……"夏言发现程让的脑回路和程谦的如出一辙，习惯性地把别人的拒绝当客气，"我可能不是很受得了大公司的压力，所以去了家小公司。"

程让没想到她会拒绝，愣了愣，但很快反应过来："小公司？不会是沈哥的公司吧？"

没等夏言开口，他又继续道："这个点儿送你回来，应该就是一起下的班吧？"

陈姗姗先炸了："言言我说你是不是脑子进水了，外面大把公司不去，非得进一骗子的公司，你图啥啊？"

陈姗姗这话不太好听，余声声怕把气氛闹僵了，打圆场："工作这种事都是个人选择，说不定那位沈先生的事真的只是个误会。"

陈姗姗道："大伙儿冤枉了他，法律还冤枉了他啊？他要真是清白的，能坐几年牢？"

"反正我是特不待见这种人。我家是上当受骗过的，我就是瞧不起这种人，你们谁要和这种人混是你们的事，我也管不着。"陈姗姗说完转身走了。

现场气氛一下僵了。

余声声也有些尴尬，拍了拍夏言的肩安抚了几句，先去找陈姗姗了。

程让安慰夏言："工作这种事就是看心情，哪里干得开心就去哪里，你也别太有压力了。"

夏言点点头："谢谢。"

看路人都好奇地看这边，他开一兰博基尼也是过于招摇，夏言还记得上次气势汹汹地去餐厅找人算账的女孩，不想又无缘无故被人撒气，道了声别，先回宿舍了。

陈姗姗和余声声也在。

陈姗姗显然是和她置上气了，看她进来只是看了她一眼，又臭着脸转开了视线，忙自己的，也不和她打招呼。

余声声悄悄冲夏言使眼色，让她和陈姗姗解释一下。

夏言也不知道能解释什么，沈靳现在就是声名狼藉，在法律证明他无辜之前，她说什么她在陈姗姗眼里都会成为为色沉迷，在为沈靳开脱。

不光陈姗姗这样，正常人都会这么想，所以这个团队很不好招人。

"姗姗，"夏言沉默了会儿，"沈靳别的方面可能不是很好，但他的人品是绝对没问题的。他以前之所以栽了，只是因为过于信任身边人了。他是工艺师，也是在认真做工艺，我是从小和手工艺品打交道的，很喜欢这些东西，有人愿意给我这个平台去尝试，并给我足够的自由空间，我觉得挺好的。如果只是要一份工作，我是不会选择安城实业的。"

陈姗姗不说话。

夏言也不好再说什么，去洗了把脸，先上床休息了。

宿舍一晚上都是低气压。

夏言第二天去上班，学校距离公司有段距离，也没直达的公交车，路上折腾了将近一个半小时。

夏言几乎是踩着点儿到的，为了不迟到还小跑了一阵。

她心脏不好，不能剧烈运动，刚到办公室就不太受得住，手按着心脏坐在座位上歇息。

沈靳一抬头便看到了她略显苍白的脸色，起身走了过去："怎么了？"

"没……没事……"她慢慢坐直身，心脏的挤压感并没有缓解太多。

"你脸色很差。"沈靳在她面前站定，手掌很自然地伸向她的额头。

夏言侧身避开了："我休息一下就好。"

沈靳侧身看了眼沙发："先去那边躺会儿。"

夏言不习惯躺在沈靳面前："我真没事……"

沈靳也不强求，只是淡淡地道："公司没有严格的考勤要求，你没必要赶时间。"

夏言自然知道，只是上班、下班心里有个时间点束缚着，总不是很习惯迟到。

"拿出你那天和我谈条件的胆识就够了。"平静的嗓音响起，沈靳转身回了座位。

夏言当没听到，想着也不能每天这么来回跑，路上折腾着累，也耗时间，身体会吃不消，想在公司附近租个房子。

夏言记得纪沉也是住这附近——他上班的医院离这边不远，中午午餐后，特地给纪沉打了个电话，问他这附近的租房情况。

她是在外面的阳台打的电话，沈桥刚好走过，听到她要找房子，当下插了句嘴："我二哥最近也在托我找房子，你们可以合租一套。"

夏言差点被呛到，连连冲他摆手："不用了。"

纪沉正在吃饭，问她："怎么突然想租房子了？"

上班的事夏言还没和他说过，支支吾吾地提了下。

纪沉当下啪的一下搁下筷子："胡闹什么？自己的身体什么情况你不

知道吗？”

夏言不敢吱声，她是他的病人，严肃起来的纪沉向来爱以医生身份压她，何况辈分上他还算得上是她的兄长。

纪沉缓下那口气：“怎么会突然想去上班？”

“一直都想的。”夏言声音低了下来，“整天小心翼翼，闷在家里也不见得就能好转，多出来走走，接触不同的人，心情一好，说不定对身体更好呢。”她说着又软声向他保证，“我知道分寸的，而且我们公司也不严格，压力不大，不会太累的。”

电话那头的纪沉沉默了会儿：“哪家公司？下班后我去接你，带你去看看房子。”

夏言报了公司地址，挂了电话。

下午六点，纪沉的电话准时打了过来，他已经在公司大门外。

“等我几分钟，很快下来。”挂了纪沉的电话，夏言很快关了电脑，一边收拾一边对另一头的沈靳道，“那个……我先走了。”

沈靳从电脑屏幕前抬起头，看向她：“哪个？”

夏言：“……”

然后她客客气气地重复了一遍：“老板，我先走了。”

沈靳看她步履匆忙，想起她早上的不适，叮嘱了句：“走路慢着点，别刚入职就找我报工伤。”

沈桥刚好这时进来：“二哥，走啦，中介在小区门口等着呢。”

沈靳的家离公司远，一路过来马路也堵，为了避免不必要的时间浪费，他托了沈桥帮他找房子。

这边是最近几年刚开发起来的，除了刚搬到这边的大学城和高新技术园区，周边成熟小区还比较少。但周边上班的人已经渐渐多了起来，好房子抢手。

沈靳关了电脑，和沈桥一块儿下楼，人刚到大门口便看到了正准备上车的夏言。

沈桥一眼便看到了车里的纪沉，看人长得年轻帅气，一下想到中午撞见夏言打电话的事，呀了声，扭头问沈靳：“二哥，二……”

“嫂”这个字又差点脱口而出，他硬生生改了口：“夏言是有男朋友了吗？”

沈靳看了眼夏言和纪沉：“这种问题找当事人问。”

车子已经缓缓驶离，沈桥没机会问。

夏言上了纪沉的车，扭头问他：“去哪儿看房子啊？”

纪沉道：“我那里。”

夏言：“……”

纪沉的房子就在距离公司十分钟脚程的高端小区，一梯两户，九十多平方米的精装两居室，很宽敞。

纪沉边开门边介绍：“小区住的都是素质相对比较高的人，安保措施也做得不错，相对安全，距离你们公司也近。你在这儿住着，身体有什么问题我也能及时处理。”

开了门后他道：“房间都有独立卫浴，我平时夜班时间多，你不用担心不方便。”

夏言四下看了眼，倒没觉得有什么不方便的，以往纪沉也没少在她家住：“你不嫌我麻烦就好。”

而后她被纪沉轻拍了记肩膀。纪沉道：“别把自己整犯病了就没事。”

纪沉带着她在房间里转了圈，定了下来，给了她一串钥匙，掏出手机看了眼：“先吃饭，明天再搬过来。”

夏言嗯了声，和纪沉出了门。

看到隔壁的房门开着，她好奇地问了句：“隔壁住的什么人啊？”

纪沉正在关门，道：“没住人，估计是要租出去。”

正说着，两人便看到了屋里的中介和沈靳、沈桥。

沈靳手里拿着份租房合同，正在签字。

夏言也看到了，差点一巴掌拍自己脑门上。

沈桥也看到了她，讶异地叫了她一声，而后看到了锁门的纪沉，当下挑了下眉：“你们也住这儿啊？”

沈靳将签好的合同递还给中介，抬起头，看了看夏言，又看了看她身后的门。

纪沉微笑着和他打招呼："沈先生。"纪沉往他身后看了眼，"沈先生是要搬过来吗？刚好，我们也住这边。以后有什么事可以相互关照一下，或者串个门。"

沈靳也走了出来，侧眸看了眼他的房号，客气地点了下头。

夏言第二天便搬了过来，沈靳也是差不多时间搬过来的。

两人没一起下班，但住隔壁的尴尬，还是一开门就撞上了。

夏言本是想到外面吃点东西，没想到沈靳家里开着门，他正在整理玄关。

沈靳是个对生活很讲究的人。研究工艺的人，把那份匠心也用到了生活中，连一个小摆件的位置都要仔细斟酌。

夏言觉得她和沈靳这种前世今生的缘分约莫算是孽缘。

她还带着她和他五年婚姻的记忆，但他没有。

她这种大概就属于过奈何桥时忘了喝孟婆汤的人。如今面对着这个曾经亲密无间的男人，同一个办公室已经够尴尬了，下班后还要在同一个空间，夏言还是不习惯，因此一开门看到斜对门里的沈靳，踏出去的脚就忍不住想缩回去。

沈靳也看到了她，叫了她一声："夏小姐。"

夏言缩回去的脚不得不放回原处，她勉强牵了牵唇："沈总。"

自从她有了他身为她的老板的意识后，"沈总"两个字慢慢也就顺口了。

沈靳站直身，手里还拿着块抹布："夏小姐是去吃饭吗？"

夏言迟疑了下，点点头。

沈靳道："夏小姐方便的话也帮我带一份吧。我得先收拾下屋子。"

"……"夏言指了指他搁在桌上的手机，"手机……可以订外卖。"

沈靳大概没想到她会拒绝，盯着她看了好一会儿，瞥了眼她紧闭的房门，搁下抹布："我以为，身为同事兼邻居，偶尔帮忙带点东西正常人都不会拒绝。"

夏言眼眸缓缓对上他的："我以为从正常人的角度来说，年轻男女同一个办公室就很容易招人非议了，下班时间还是应该避讳一下的。"

沈靳点点头："抱歉，是我没考虑到夏小姐的处境。"

夏言一时心软："唉……算了，你想吃什么，我顺便给你带一份吧。"

沈靳看了眼她身后紧闭的大门："下班时间还和上司不清不楚，夏小姐不怕你男朋友误会？"

夏言："……"

沈靳关了房门。

夏言骨子里还是没有嘴巴硬气。沈靳和她一样，嘴巴挑剔，外卖的东西一般不碰，他抽不出时间自己做饭，估计也就直接不吃了。

他约莫也是知道她在外面不会随便找吃的，总要找些卫生和营养得当的餐厅才会进去。

以前她爱做饭，也习惯了照顾他的胃，几年下来大概是养出了些奴性，想到他可能不吃饭她就总没办法心安，回去时还是顺便给他带了份周记的海鲜粥，周记是他能接受的几家外卖店之一。

站在他房门口摁门铃时夏言越发忍不住鄙视自己，转身想走时，沈靳开门了。

他一眼便看到了她拎着的粥，以及包装袋上印着的"周记"两个字，视线缓缓落在她脸上："夏小姐怎么知道我爱喝周记的粥？"

夏言："……"

对自己的鄙视让她的脸色也不大好得起来，夏言直接将东西往他面前推了推："打折，便宜啊。"

沈靳没接，一双幽沉的眸子定定地看着她。

夏言一声不吭地将东西挂在门锁上，转身想走。沈靳突然伸手，握住了她的小臂。

电梯叮的一声在这时响起，纪沉走了出来，一眼看到了这一幕。

夏言尴尬地抽回了手，看向纪沉时笑容也不大自在："你下班了。"

纪沉像没看到，微笑着和沈靳打了声招呼。

夏言先进了屋。

纪沉随后也进了屋，房门关上时，已抬眸看她："这又演的哪一出？"

夏言道："就一个小意外。"

纪沉盯着她看了会儿："上次你妈和我妈瞒着我给你安排相亲，我一直是极力反对的。你的情况不同于一般的先天性心脏病，现在的身体不适合受孕，也不适合有太大的情绪波动，所以痊愈前，我其实不太赞成你这几年结婚生子。最好是连恋爱都不要有，遇到个好男人还好说，遇到个渣的，别人伤一场哭一场就好了，你伤一场，直接准备后事吧。”

夏言没说话，她现在大概就是属于直接准备后事的结果。

前世纪沉没和她说过这些话，也可能是知道说了也没用，她从相亲到结婚也就三天时间，等他知道时她证都领了，再说这些反而会干扰她。而且她和沈靳也算不得不幸福，只是平淡无味了些而已，所以他那时也只是一门心思劝她放平心态就好。

而且他那时哪怕真和她说了，她也未必听得进去，有些东西没切身经历过，是不会懂得权衡的，总会不自觉地抱着几分侥幸。

就像他那时和她说，理论上是可以要孩子，但是风险肯定是比正常人大得多，劝她最好不要，但她也还是一意孤行地要了童童。

姜琴给的压力是一部分，但很大一部分原因还是她想要个孩子。

她很喜欢孩子，爱沈靳也爱得深，一个人在家也有些孤寂无聊，多重作用下，一直很想有一个他和她的孩子。那时她已经历过一次心脏手术，愈后情况很好，还评估过心脏功能，医生说理论上没问题时，她不会想到她可能是那不幸的百分之几。

她勾引了沈靳，趁他半醉时。

那时两人才刚有夫妻生活没多久，对彼此的身体还是感到新鲜的。

床事上一向被动害羞的她难得放开一次，让那个一向克制的男人彻底失了控，甚至连安全措施都来不及做。

但结果往往是，越是认为自己会是幸运的那个，不幸的可能性就更大一些。临产时她的身体出现了严重的并发症，心脏功能急性衰竭，直接导致的结果是，一点小小的情绪波动都能轻易让她告别这个世界。

夏言总觉得，如果让她重选的话，她那时是万不可能答应和沈靳结婚的。

现在也确实是重新开始的阶段，她和沈靳都没像当初那样，迅速而果断地决定搭伙过日子，所以纪沉的担心其实也毫无道理。

第二天上班时，夏言在办公室遇到沈靳，并没有觉得尴尬或者不自在。

沈靳也没有。

他也好像什么事都没发生般，看她进来，抬腕看了眼表："十分钟后开会，准备一下。"

十分钟后，所有人准时出现在会议室。

沈靳站在会议长桌的一头，也不废话，直接进入主题："都准备得怎么样了？"

夏言知道他说的是产品方案的事，一周时间才过去一半，都在搜集资料阶段，没人准备好。

沈靳也不是要看他们的产品方案。

"都了解过哪些方面？"沈靳问。

"家装市场。"

"手工艺市场。"

"同行竞争对手。"

……

一个个小声答了。

沈靳转身在身后白板上"1，2，3……"地列了几串数字。

"几个问题。"他的手点在"1"上，"1. 现代家装有几种装修风格？分别是什么？

"2. 全球知名的家装设计师有哪些？请列出至少十个以及他们的风格特点。

"3. 你们能想到的知名藤编工艺师、陶艺师、铁艺师有哪些？

"4. 我们的产品定位于高端市场，但你说高端就是高端？客户凭什么相信你是高端产品？……"

一连串问题下来，夏言和徐菲几人面面相觑——考题有点超纲。

沈靳也没给他们思考的时间，直接点名："夏言，你先说。"

夏言迟疑地看他，她没做过系统归纳，只能凭印象回答："现代简约风、地中海风、美式乡村风……"夏言列了一串。

沈靳道："每种风格的特点和受众。"

“……”夏言皱眉，努力组织措辞。

其他人一个个屏息没敢吱声，生怕叫到自己。

“现代简约是设计元素尽量简化，但对材质质感和材料要求很高，注重线条感和层次对比……” 夏言很努力地回想，迟疑地看沈靳，“每个都要说啊？”

沈靳道：“继续。”

夏言硬着头皮往下掰，沈靳盯视的眼神让她压力有些大，这种感觉就像课堂上，自己没有提前准备，老师却突然提问，精神压力特别大。

沈靳却犹不放过：“全球知名的室内设计师有哪些？”

夏言：“……”

她真没了解过。

她迟疑地拿起手机冲他晃了晃：“我……可以先百度一下吗？”

沈靳不点头也不摇头。

夏言忐忑地摸过手机，照着百度上的资料念：“Peter Marino，Jeffrey Bilhuber，Robert Couturier……”她越念越小声，忍不住偷偷看沈靳。

沈靳动也不动地看她：“然后呢？你告诉我，这串名字的意义是什么？你能联系上他们？”

一连三个问题砸下来，夏言不敢吭声了，以前没和沈靳共事过，生活里的他从来都是温和的，不像现在这般咄咄逼人。

她现在约莫能理解言情小说故事里，为什么霸道总裁式的男主角往会议桌前一站，锐眸一扫，底下一个个如临大敌，不敢吱声。

她现下大概就是那没有主角光环的可怜员工，这种时候总忍不住盼着女主角踩着七彩祥云翩然而来，软软地对男主角撒个娇，然后男主角大手一挥：“散会。”

但现实是，女主角没出现，会议桌那头的boss依旧目光逼人，明明没发脾气，也没多言语，偏就无形中给人巨大的压力。

夏言偷偷看了眼旁边的沈桥，压低声音道：“你们以前是怎么忍受他的？”

沈桥也小心地看了眼沈靳：“所以我和二哥不亲啊，太吓人了。”

徐菲也忐忑地看向夏言，那眼神看着也是快被吓坏了。

夏言不得不硬着头皮道："沈总……我觉得……您太严肃了。"

沈靳挑眉，看着她不动。

夏言偷偷看了眼其他人："您看您招到我们几个多不容易，要是把我们都吓跑了，谁来给您打工啊是吧？"

沈靳："……"

沈桥偷偷给夏言竖了根大拇指。

沈靳扫了眼众人，最后视线缓缓落在夏言脸上："我一没发脾气，二没处罚谁，三没板着脸，就随便问了几个问题，你自己不做功课，反而成我的不是了？"

夏言迟疑了下："我觉得您适当活动一下面部肌肉会更好。"至少要学会面带微笑，然后控制一下眼神交流频率。他不知道他那双眼睛看得人压力多大！

沈靳点点头："那么请夏小姐示范一下，怎么活动面部肌肉？"

夏言："……"

沈靳冲她做了个请的姿势。

沈桥和徐菲几个憋着笑不敢吭声，偷偷看夏言。

夏言脸色红一阵白一阵，本来就脸皮薄，当众挤眉弄眼的事她做不来。

偏偏沈靳不放过她："夏小姐还没准备好吗？"

夏言不敢吭声了，枪打出头鸟，他现在打的就是她这出头鸟。

沈靳也没再为难她，站起身，拿过马克笔，在白板上写下一个名字："江熠"。

沈靳道："我们先回到最后一个问题。我们是新产品，没有任何知名度和美誉度，我们说是高端产品，但客户凭什么相信我们是高端产品？"

大家面面相觑，忐忑地看沈靳。

沈靳转身在"江熠"的名字下写下"借势"两个字："我们是工艺家居，不管我们的产品最终是什么，目的只有一个，成为家装环境里的艺术品，而且是高端艺术品。顾客在选择我们的时候，首先考虑的是品位和社会地位的彰显。"

“但我们是新品牌，顾客凭什么选择我们？”沈靳扫了众人一眼，笔尖在“借势”两个字上重重一戳，“所以最迅速、有效的方式是借势。把我们的产品融入名设计师的室内设计作品中，使潜在消费者在特定家居风格中了解产品并接受它。

“名设计师作品本身代表的就是档次和品位，我们直接搭载这个平台，无形中产品的延伸价值也跟着提升了。但问题是，名设计师为什么要免费给我们宣传？

“所以这个问题还是要回到我们的作品本身，起码得有两个保证：产品设计风格与名设计师的室内设计风格契合，以及，产品工艺是在高端档次。

“这又回到了第二个问题和第三个问题，你们能了解到的顶级室内设计师和工艺师都有哪些？我要的不是你们百度过来的一堆大师，而是我们能找到突破口，与他们建立起常态联系与合作的一批人。”

“比如……”沈靳转身在“江熠”两个字上戳了戳，“他。”

“再比如，”沈靳看了眼夏言，“曹华老先生。”

“最后再回到第一个问题上——”沈靳双手重新撑回桌面，“家装风格。我们的产品同时要考虑清楚，与哪种风格最契合又最易于被普通大众接受。”

沈靳转身在白板上写了“产品”两个字，笔尖微微一戳：“这就是我们今天会议的目的。”

“我们要想成功推出第一款产品，要选定室内设计师，选定工艺师，选定家装风格，”沈靳看向夏言，“你是主产品设计师，曹华老先生的工艺特点你最熟悉，未来两周，你的工作重点是研究江熠的室内设计风格，想办法把你的作品风格与他的设计风格融合，并且要起到锦上添花的效果。能不能说服他，就看你的作品表现了。”

夏言迟疑地点了点头，压力有点大，然后终于等来了沈靳的一句：“散会！”

得到大赦的众人都松了口气，纷纷收拾东西起身。

夏言也赶紧收拾东西，想出去喘口气，没想到沈靳转身在办公椅上坐了下来：“夏小姐，你先留下。”

夏言脚步硬生生顿住。

沈桥回头送了她一个节哀的眼神，然后默默地把门关上。

夏言看向沈靳："沈总，还有事吗？"

沈靳朝她走了过来，在她旁边站定，轻倚桌沿，偏头看她："吃得消吗？"

夏言微愣，对他突然的温和一下有点反应不过来。

沈靳反手拿过桌上的会议笔记本和笔，低头在本子上写着什么，手动得很快，握笔的姿势很好看。

夏言从没见过他工作中的一面，压力归压力，今天的他其实让她有些意外。

沈靳很快写完，扭头看她："这个压力吃得消吗？我记得你的身体似乎不太好。"

他的语气一温和，她就不自觉地跟着柔软，轻轻点头："可以的。"

沈靳点点头，合上会议本子："这是我们的第一款产品，对能不能一炮而响至关重要。一眼惊艳和耐看是两个概念。一眼惊艳决定的是他会不会继续花时间探索内在；耐看的前提，是他愿意花时间慢慢发现你的好。前者是决定性作用，后者是赌概率。我们不能去赌这个概率。如果第一次打动不了江熠，他对我们产品的期待值势必会降到最低，再说服他的可能性会更低。所以我们这款产品必须得一眼让他惊艳。

"我们要给他的不只是设计效果图，还有成品。

"所以我们还要解决完成度问题。不仅仅是设计出来就完事了，还得成功做出效果图的样子。"

沈靳看她："最后一步才是说服江熠。但不能以推销的形式上门自荐，而是……"他的手指在空中画出两个字，"邂逅。"

"我们要做的是让他不经意中发现这款产品，让他产生惊喜，并对背后的设计师产生好奇。主动权要掌握在我们手上。"沈靳看她，"就像你当初在商场手工艺比赛里上交的柳编笔筒一样，是作品先惊艳了我，让我对你产生了疑问。"

夏言把他的话细细品了一遍，就是要设计一款让江熠一眼惊艳并主动纳入他作品中的作品，挑战……不是一般的大。

她连江熠是谁，品位、爱好、生活习惯什么的都不了解。

“他现在在哪儿啊？”夏言抬头看他，问。

“他的工作室在S市，但近期在安城度假。”

夏言道：“在哪里度假？”

沈靳没明说：“晚上我请你吃饭。”

沈靳晚上请吃饭的地方是温泉区的度假山庄，只有他和她。

虽然心里明白是工作需要，但这种类似约会的场所还是容易让人尴尬，尤其是这里的餐厅还布置得极其浪漫高雅。

“这是江熠亲自设计的餐厅。”落座时，沈靳已淡淡地道。顺手拿过了服务员递过来的菜单，点了几道菜。

夏言四下打量了会儿，扭头看他：“他的吗？”

沈靳道：“他姐的产业，他参投。”

夏言道：“他是不是一会儿也会到这里用餐？”

沈靳抬头看了眼她身后。

夏言回头，看到了身后靠窗坐着的高大男人，他手里端着杯红酒，正有一下没一下地轻晃。

从夏言的角度只看得到他的侧脸，与网上的照片有些像，她不确定。

她压低了声音：“他就是江熠？”

沈靳端起桌上的茶，喝了口，点点头。

夏言又偷偷回头看了眼江熠，只有他一个人，是搭讪的好机会。

夏言觉得理论上她应该好好利用这次机会，但到底不太擅交际，她找不到适合的话题上前搭讪，也有点磨不开面子。

纠结了一小会儿，夏言迟疑地看沈靳：“问你个问题啊，你有没有被女人勾引过？”

沈靳：“……”

夏言道：“你以前……是软宸集团总裁的时候，应该是属于年轻多金那一类了，皮相也不差，有没有被女人主动搭讪过？”

沈靳瞥了眼与她隔着段距离的江熠：“他就光坐那儿，你都想着怎么去搭讪他了，你觉得呢？”

那就是有了？

以前是夫妻时夏言从没和沈靳聊过这种问题，心里一时好奇，一下来了兴致：“这样的女人多吗？她们都是怎么搭讪你的？你是什么反应啊？”

沈靳看了她一眼：“我怎么觉得夏小姐在做背景调查？”

夏言：“……”

她手偷偷往身后的江熠指了指：“沈总带我来这儿不就是想给我和他创造认识的机会吗？我没什么和陌生人搭讪的经验，向您取经啊。”

沈靳：“……”

夏言继续道：“老实说，以你们这类男人的心理，什么样的女人，或者女人要怎么做，才会引起你们的注意，同时不会让你们觉得轻浮？”

沈靳淡淡的眼神扫过：“这种问题，夏小姐可以回去多研究几部黄金档偶像剧。”

沈靳单手拎过红酒瓶，拿过高脚杯，倒了一杯，然后起身，绕过她，往她身后去了。

夏言回头，看他在江熠桌前站定，与江熠打了声招呼，然后看着原本漫不经心晃着红酒的男人回头，眼睛里掠过诧异后，人已轻笑着站起身：“沈总，好久不见。”

两人互相碰了下酒杯，一起坐了下去。

夏言：“……”

脸颊一下有些烫，她没想到是她误会了。

沈靳视线对上她的，夏言手挡着脸默默转开了头，端起茶小小喝了一口，压下心头的窘迫，起身朝沈靳走了过去。

走到近前夏言叫了沈靳一声：“沈总。”

江熠诧异地看她，而后看向沈靳：“这位是？”

“公司新招的设计师，夏言。”沈靳站起身，给她做介绍，“这位是知名室内设计师，江熠，江总。”

夏言客气地冲江熠笑了笑：“江总好。”

沈靳给她拉了把椅子：“一起坐下吃吧。”

江熠和夏言打过招呼后，也坐了下来，笑看向沈靳："沈总什么时候又开新公司了？不是听说——"后半句他很识趣地没明说。

"最近刚开起来的。"沈靳也没提坐牢的事，端起酒杯敬了他一下，"江总什么时候来的安城？"

江熠道："就这两天的事。"

两人你一言我一语地闲聊了起来。

夏言安静地看着两人聊。

江熠突然把话题绕回她身上："沈总和夏小姐今天是过来约会的吗？"

"江总说笑了。"沈靳淡淡地道，"这两天有个手工艺未来发展趋势研讨会，一起过来开个会而已。"

江熠笑了笑："冒犯了，不好意思。"他端起酒杯，为刚才的言语冒犯道歉。

夏言不好不接受，也端起了酒杯。

沈靳的手突然横了过来，拿走了她手里的酒杯："她不能喝酒。"

他转身让服务员另给她换了杯不加冰的饮料。

江熠笑道："沈总是个体贴的好老板。"

沈靳道："公司好不容易才招到的人，江总把她放倒了，我去哪儿再招人？"

他手伸向夏言身后，接过服务员端上来的饮料，轻搁在夏言面前。

很本能的一个动作，夏言还是一下想起了以前的沈靳。

这是两人在外面吃饭时他惯有的一个动作。

她不觉抬头看了眼沈靳，沈靳并没有留意到，与江熠有一下没一下地闲聊，一顿饭吃得不咸不淡。

饭后，江熠告别前随口问了句："沈总和夏小姐过来开会，也是住山庄里吗？"

沈靳点点头："回市里来回比较耽搁时间，先在这儿住几天。"

江熠笑道："那刚好，晚上有空可以约个饭。"

夏言看着江熠离开，转身看沈靳："我们什么时候说要住下来了？"

沈靳道："刚刚。"

夏言："……"

沈靳看了眼表："先去前台办理入住手续。"

夏言："……"

她和沈靳结婚五年，从没和沈靳在外面开过房，没想到现在反倒要以这种上司下属的身份一起开房，感觉上有些怪异。

与沈靳来到前台大厅时，夏言犹豫着不太愿意进去，脚步渐渐慢了下来。

沈靳回头看她："夏小姐？"

"沈总，"夏言抿唇看他，"我觉得这只是一份工作而已，我对这份工作应该没热爱到能牺牲色相的地步。"

沈靳道："……夏小姐可以把话说明白点。"

嘴微微抿起，夏言语速越发轻缓认真："我不想和沈先生一起开房。"

沈靳："……"

而后他似是笑了下："夏小姐是不是误会什么了？我有说要和夏小姐一起开房吗？"

夏言："……"

沈靳已转身走向前台，把身份证递了过去："两间商务房。"他微微侧过身，手伸向夏言，"身份证。"

夏言："……"

夏言把身份证递了过去，忍不住道："我觉得……为避免不必要的误会，沈先生以后应该把话说明白些。"

沈靳偏头看她："'办理入住手续'六个字还不够简单明了？我倒觉得奇怪了，要怎样的脑回路，才能把办理入住手续和牺牲色相等同起来？"

夏言抿唇不说话，默默转开头。

入住手续很快办好。

沈靳把身份证和房卡递给她，夏言假装什么事也没发生地抽了回来，脸皮却一直发烫。

她的房间和沈靳的房间相邻，开门时沈靳瞥了她一眼，看她耳根还发红着。沈靳开口："夏小姐不用过于担心，我没有吃窝边草的习惯。"

夏言开门的动作微顿，她扭头看他："沈先生还记得我说过的梦吗？"

沈靳看向她。

夏言道："沈先生出轨就是吃的窝边草，所以有时候话还是别说得太满。"

推开房门，夏言砰的一下当着沈靳的面把门关上了，进屋后便在床上躺了下来，盯着天花板发呆，又翻了个身，从包里取出江熠的名片。

夏言盯着名片上的名字琢磨。

敲门声响起，伴着沈靳的声音："是我。"

夏言迟疑了下，起身去开门。

"沈总有事？"她问。

沈靳道："是有点困惑。我刚才想了想，以夏小姐的性子，如果我真在我们的婚姻里出轨了，夏小姐又怎么会愿意来给我打工？"

夏言："……"

沈靳道："所以其实夏小姐也不确定，我是不是真出轨了？"

夏言："……"

好一会儿她才道："沈先生不会是特地来找我讨论这个可能性的吧？这也不像沈先生的个性。"

沈靳看着她不动："我对夏小姐的梦很感兴趣。"

夏言想起上次稀里糊涂被他骗签合同的事，委婉地提醒他："沈先生说不定哪天也会梦到的。"谁更刺激而已。

沈靳道："是吗？"

夏言转开了话题："沈先生车上的玉雕能送我吗？"

沈靳道："做什么用？"

夏言道："送给你的老朋友啊。"作为去找江熠的一个合理又不显得唐突的理由。

沈靳笑了笑，下楼给她取了玉雕。

"3308。"沈靳提醒，"那是江熠在安城的常居住所，里面也有他的工作间，全是他一人设计。你可以借机看看里面的风格和摆设，以及他工作室的模型，没有甲方的设计才是最接近个人喜好的东西。"

夏言点点头，过去敲门。

她刚敲了几下，门便被人从里面拉开了。

"把客厅的餐桌收拾干净，垃圾桶里的东西收走，重新换个垃圾袋，洗手间的浴巾全换掉，另拿两卷纸巾过来，床单也换一换……"江熠连珠炮似的吩咐，甚至没有抬头看一眼门口站的是谁，转身往里屋去了。

夏言客气地叫了他一声："江总。"

江熠没听出她的声音，也不是什么有耐心的人，不耐烦地接了句："还愣着做什么，不赶紧收拾干净？"说话间人已在工作间的办公椅上坐了下来，拿过手绘笔低头忙了起来。

夏言在门口能看到工作间的一角摆了几个装修模型，但看不清。

她进了屋。

江熠没抬头，也没搭理她。

夏言不得不提高了音量："江总。"

江熠终于抬头，看到夏言时愣了愣。

夏言客气地笑了笑："不好意思，我不是服务员。我是沈总公司的设计师，沈总让我……"她冲他晃了晃手中的礼盒，"把这个给您送过来。"

江熠一下子有些尴尬，连声道歉，赶紧站起身，后知后觉地发现自己穿着略有不整——只穿了件浴袍。

夏言也才注意到江熠的穿着，一时也有些尴尬，自觉地瞥开了视线，将东西轻放在客厅的茶几上："江总，东西我先放在您的桌上。"

弯身时夏言偷偷打量了一圈屋内的摆设，也不好耽搁太久，站起身时与他道了声别，正要出去时，门外突然响起一声轻软的女声："打扰一下，请问 3308 在哪个方向？"

夏言看到江熠的面色似乎顿了下，然后他突然朝她走来。

"夏小姐，不好意思。"江熠冷不丁拉起她的手，一个旋身便将她压抵在了墙上，脸以一个很暧昧的姿势朝她俯来。

夏言能清晰地感觉到他喷在耳侧的呼吸，身体一下僵直了，下意识地想推他。江熠扣住了她的腰。

"配合我一下。"他低声说。

夏言僵直着身体没动，眼神缓缓对上他的。

江熠道："只要夏小姐愿意配合，我愿意答应夏小姐任何条件。"说完他又补了一句，"当然，不过分的话。"

门在这时被人从外面推开，江熠的气息逼近，桎梏收紧，他完全没给夏言反应的机会。

他的唇舌并没有碰到她的身体，他只是以一个很暧昧的姿势制造错位。

门口传来东西落地的声音。

是刚才的绵软女声："江熠你？"

声音有些颤，听着有些受伤。

夏言能感觉到江熠动作里的停滞，趁机用力推开了他，扭头看门口。

一个看着还很年轻，长得有些可爱的小女生，眼眶微红，但没哭，眼神看着有些受伤和倔强。

江熠缓缓站直身，单手拉拢浴袍，看向女生的眼神是一种兄长式的温柔："澄澄，你怎么过来了？"

夏言看到女生轻咬起下唇，女生的声音隐隐带了丝哭腔："我听琪姐说你在这里，想来找你……"女生偷偷看了眼夏言，似是迟疑了下，还是问道，"她……是你女朋友啊？"

"对。"

"不是。"

两人同时答道。

女生愣愣地看江熠，又看了看夏言："我就是过来——"她支支吾吾的，说不下去了，手迟疑地指了指门口，"那……那我先出去了，不……不好意思啊。"说完她转身想走。

"等等……"夏言叫住了她，有些尴尬地道，"那个……要不你们先聊吧。"

说完她很自觉地先走了。

夏言回到房间时沈靳还在，正坐在电脑桌前忙，看到她进来，头也没抬地道："怎么样？"

夏言两手一摊："白送了你的玉雕。我还没来得及和他聊，他家里突然来客人了。"

她想想觉得有点吃亏，赔了个白玉雕不说，还被白吃了顿豆腐。

夏言记得江熠刚才有答应她，只要她配合，会无条件答应她任何条件，她刚才也算配合了吧？

第二天一早，夏言给江熠打了个电话，约他吃饭。

江熠很赏脸。

夏言开门见山："江总昨晚说过的话还算数吗？"

江熠先是愣了愣，而后笑了下："夏小姐这算哪门子的配合？"

"对女孩子来说，最冲击的画面无非是看到自己喜欢的男人和别的女人肢体纠缠，江总在非我个人意愿的情况下强迫我演了这么一出戏，您的目的达到了，我的牺牲也事实上存在了。江总不应该兑现承诺吗？"她又补充了一句，"承诺也是江总自己给的，我可没逼江总。"

江熠笑了笑，端起酒杯，冲她晃了晃："成，夏小姐有什么条件？"

夏言端起饮料与他碰了下杯："我很喜欢江总的设计风格，方便参观一下江总的工作间吗？"

江熠略意外地挑眉："就这个？"

夏言道："当然不是。"

"怎么说也得先看看江总有什么，再考虑要什么。"夏言小心地看向他，"江总，对吧？"

江熠看着她不语。

夏言搁在桌上的手机在这时响起，是沈靳打过来的电话。

"去哪儿了？怎么敲门没应？"

夏言道："我和江总在餐厅吃早点。"

沈靳："……我一会儿过来。"

沈靳过来时夏言和江熠早餐已经吃得差不多了。

江熠看着沈靳走近，笑道："沈总，你打哪儿招的员工？吃人不吐骨头啊。"

沈靳拉了把椅子坐了下来，看了眼夏言："怎么说？"

"太会钻空子了。"江熠侧头看夏言，"成，工作间你喜欢就随便看，也没什么见不得人的。"

“谢谢江总。”夏言端起饮料敬了他一杯。

江熠平时忙，和沈靳也算不得熟，也就当年应酬时见过一两次面，陪着坐了会儿便先回房了。

夏言给沈靳留下一句“沈总您慢慢吃，我先过去看看”后，也跟着江熠上去了。

江熠住的是专属套房，工作间与卧房区分得很开，屋子全由他个人设计，极简现代风，个人风格很明显。但又像沈靳说的，是完全没甲方参与状态下的自由发挥，与他网络上流传的风格又有细小的不同。

江熠的设计里很注重现代感和强烈的颜色对比，鲜少有工艺摆件元素。

“江总有没有考虑过将一些传统手工艺元素融入您的家居设计里？”细细观察了一圈，夏言扭头问他，“比如一些陶艺、铁艺和藤艺等？”

江熠道：“那些东西和中式风格会更适合一些。”

夏言没再往下接话，没有成品，任何的游说都会变得别有目的。

她不想江熠对她有先入为主的偏见，因此一整天时间里，只是和他聊他的作品、设计理念、设计思路，以及他的一些生活喜好等。

夏言已经提前做过很多功课，所有的话题都是投江熠所好。

一天下来，夏言收益颇丰。

江熠也难得遇到这么热忱和愿意倾听的小“粉丝”，一整天心情不错，下午结束时，还请夏言吃了饭。

吃饭时他们遇到了昨晚的女孩。

她一个人坐在邻桌，看着有些孤独、可怜。

夏言不知道江熠前一晚和她聊了什么，她一个人坐在那儿，不太敢过来。

江熠也没招呼她，面色始终淡淡的。

夏言突然就想到了以前的自己，也曾那样卑微而小心翼翼地偷偷爱着一个人。

夏言一下没了胃口，轻轻搁下筷子，看向江熠：“江总有兴趣聊聊你和她的故事吗？”

江熠看她。

夏言看了眼他身后稍显落寞的女孩。

江熠端起酒杯，喝了口，问她：“夏小姐对门当户对怎么看？”

这个问题有些深奥。夏言和沈靳没有社会阶层上的不对等，沈靳在发达前，也仅是个落魄了的普通人，没有显赫的家世，也没有耀眼的光环，父母是底层奋斗起来的普通小市民，母亲做点个体小生意，父亲是大学老师，喜爱古玩，与尘世有些格格不入。她家也好不到哪儿去，母亲是中学老师，父亲做点小生意，普通小康家庭。两家都算不得大富大贵，因此也没有这种门当户对的考虑，只是后来沈靳的生意渐渐有了起色，社会地位也随着财富的积累水涨船高，在外人眼中她才成了配不上沈靳的那个。

“我的家人永远不会接受一个对我的人生没有任何助益的妻子。她跟了我势必会受委屈。前期感情正浓时，可能我会为了她不顾一切，她也会愿意为了我甘愿受任何委屈，可当五年、十年……当激情渐渐被生活磨平以后，生活稍有不如意，所有的付出、委屈和不甘都可能变成矛盾点，再加上处理不好的婆媳关系，所有矛盾点势必会越积越深并最终爆发。”江熠搁下酒杯，“我身边有太多这样的家庭，年轻时爱情至上，朋友圈一地的狗粮，结婚后，当所有的矛盾集中爆发时，撕得要多难看就有多难看。”

夏言不好做评价：“江先生很清醒。”

也可能是，所有冠冕堂皇的理由背后，仅仅是因为他没有那么喜欢她。也或许是，他以为他没有那么喜欢她。

夏言想到他昨晚看那女孩时的眼神，不做评论。

女孩的眼神对上夏言的，有迟疑，但不敢上前打扰，可能在她心里已经认定夏言是江熠的女朋友，因此理智地不打扰，甚至没敢多待，坐了会儿便买单走人了。

夏言看着她略显仓皇的背影，想叫住她，和她解释清楚，但未及开口，她直接撞在刚进门的沈靳身上了。

夏言和江熠同时起身。

沈靳一眼看到了他们，低头看了看面前的女孩。

女孩有些尴尬，连声道歉后，绕过他走了。

沈靳看了眼夏言，朝他们走了过去，打了声招呼便坐了下来。

江熠看着有些坐不住了，留下一句“我先出去一下”就走了。

沈靳看向夏言："夏小姐怎么突然和江总打得火热了？"

夏言道："大概……是业务能力好吧。"说着她看了他一眼，"身为老板，沈总不是应该夸我办事效率高吗？"

沈靳不紧不慢地拎过茶壶："怎么办到的？我看那女孩像是要哭了。"他说着淡淡的眼神朝夏言瞥了过去，"夏小姐不会是干了什么挖墙脚之类的天怒人怨的事吧？"

夏言道："沈总关心结果就好了。"

沈靳看着她，不说话。

夏言也不理他，继续低头吃饭。

一个男音突然在这时插入："哟，这不是沈总吗？"

故意拉长的腔调，让人听着不是很舒服。

夏言扭头，看到走近的西装男人，不熟，但算得上认识，叫宋乾。

沈靳正在喝茶，面色很淡，并没有看向来人。

那人却已在桌前站定，两手往餐桌上一撑："沈总，什么时候出狱的？怎么也不通知我去接您？"

那人嘴角挂着笑容，眼神很冷，藏着小人得志式的冷睨，让人感觉越发不舒服。

夏言搁下筷子，扭头冲服务员招了招手："服务员。"

服务员很快过来。

夏言一脸困惑地对她道："你们这儿是不是只要有钱，不管是人是狗都可以随便进的啊？"

服务员一脸茫然，却还是点点头："小型宠物犬是可以进来的，大的不行。"

夏言看了眼倚撑在桌前的男人："这个体形的呢？"

服务员："……"

沈靳看了她一眼。

宋乾也扭头看她。

夏言歉然地冲他笑了笑："不好意思啊，举个例子。"

宋乾勾了勾嘴角："没关系。"然后他站直身，"先不打扰沈总和女伴用餐了，回头有空咱们兄弟再好好聚聚。”他说完就走了。

沈靳轻轻搁下茶杯，看向夏言：“夏小姐也认识他？”

夏言：“……”

“沈总的重点是不是搞错了？”夏言莫名其妙地有些气，“人家蹬鼻子上脸你不管，你管我认不认识他？”

沈靳道：“既然夏小姐都知道是一条狗了，它对你吠几声，难道你也要冲它吠回去？”

夏言：“……”

“倒是夏小姐……”声音略顿，沈靳定定地看着她，“你对我的事、我身边的人知之甚详，对我百分百抵触却又忍不住为我出头，这让我不得不怀疑——”

沈靳手冷不丁扣住了她撑在桌上的手臂，猛地拉起：“我们确实可能关系匪浅。”

夏言：“……”

她想抽回手，抽不动，他的手扣得死紧。眼神冷静，带着丝狠意，他死死地盯着她。

夏言有那么一瞬只觉得背脊发寒，使劲想抽回手。沈靳死死地扣住不放：“夏言，你告诉我，你为什么会有我们曾是夫妻的记忆？！”

追人回来的江熠一走近便看到了这一幕，诧异地挑眉：“这是在做什么？”

“掰手腕吗？”他看了眼沈靳紧扣着夏言的手臂的手，“不像啊。”

沈靳扭头看了他一眼，松开了手。

夏言揉着被握疼的手腕，看了眼他身后：“你不是去追人了吗，人呢？”

江熠道：“谁说我去追人了？”

江熠扭头看了看沈靳，又看了看她，试图从两人脸上看出些许能解释刚才那古怪一幕的端倪，但没找到，两人都是八风不动的平静模样。

一起来度假的上司、下属，孤男寡女，江熠很识趣地不做进一步的探究。

这顿饭吃得很和谐，他和沈靳虽算不得熟，没太多可聊的话题，但和夏言话题多。

夏言有备而来随时能找到江熠的兴趣点。

饭后各自散去，沈靳去一旁接电话。夏言想起餐桌前沈靳的反常，对于单独面对他有点忐忑，没等他就先上了楼，回到房间正要开门时，一声带怯的绵软女声突然响起："那个……我能和你聊聊吗？"

夏言循声扭头，是江熠口中门不当户不对的女孩。

夏言皱眉："有……什么事吗？"

女孩迟疑地道："昨晚江熠吻你是不是在做戏？"

沈靳刚好从楼梯口上来，闻言看了夏言一眼。

夏言觉得尴尬，开了门："进屋说吧。"

女孩跟着她一块儿进屋。

"我叫纪澄澄。"女孩局促地解释，"我知道有点唐突了，但是我真的想知道，你是不是在配合他演戏？"

夏言有些诧异地看她。

纪澄澄道："我从小就认识他了，很了解他，他对你的态度不像对女朋友的态度。但他又不是随便乱来的人。所以我想知道，他是不是想借你来拒绝我？"

夏言有些意外于她的冷静，不觉多看了她几眼。

纪澄澄有些固执："你们是在演戏对吗？"

夏言迟疑地点头。

纪澄澄眼中一下亮了起来："我就知道。"

夏言想到江熠门当户对的理论，忍不住问她："你很喜欢他？"

纪澄澄点头："嗯。"

夏言道："他知道吗？"

纪澄澄道："他知道的。"

夏言道："那他喜欢你吗？"

纪澄澄沮丧地摇头："他说我们不合适。"

夏言道："那你还……"

纪澄澄声音低了下去："可是我真的很喜欢他。"

夏言突然有些难过，有些心疼。

曾经她也这样卑微和矛盾过，只是她没有纪澄澄勇敢。

纪澄澄喜欢了会去追，并不吝于让那个人知道，她不敢。

她从来没敢告诉过沈靳，她喜欢他，也从来不敢问他，他有没有喜欢过她。

她和沈靳有最和谐的家庭生活，甚至连性生活也是异常和谐的，却唯独少了正常夫妻该有的甜蜜和交流。

但爱情里，主动也好，被动也好，如果只是单恋，结局都是一样的。

纪澄澄不知道江熠心里藏着的那条线，他要找的女朋友，他的妻子，是一定要门当户对的。

纪澄澄明显不符合，她甚至是不会被江熠的家人接纳的。

没有切身体会过，永远不会明白不被接纳的婚姻有多痛苦，尤其是当另一半也情感淡薄时。

“这样单方面追逐一个人，他可能永远不会喜欢你，以后会很累的。”夏言轻声说。并不是想劝她什么，只是有些心疼她。

“其实我也知道这样不对。”纪澄澄声音有些压抑，“我不知道我是不是应该放弃了，可是又觉得可能再努努力就好了。”

夏言不好干涉她什么，在夏言看来，一个不适合的人，做朋友或者工作伙伴比做情侣、夫妻什么的简单多了。

“希望你们能幸福。”她轻声说。

纪澄澄有些惊喜地看着她：“谢谢你，你人真好。”

夏言莞尔。

聊开后纪澄澄很喜欢夏言，并没有急着离开，杂七杂八地聊了一大堆，话题多还是围绕江熠。

夏言发现纪澄澄对江熠的喜好和作品很了解，无意中给她提供了不少灵感。

纪澄澄一走，夏言便迫不及待地整理讯息和思路，设计模型隐隐在脑中成形，一时兴奋，熬夜把草图模型赶了出来，画完时天都快亮了，匆匆去补了个觉，早上八点多又起来完善。

上午九点，沈靳来敲门。

她心思还在设计图上，急急去开门，看到沈靳便兴奋地道："对了，我昨晚根据从江熠和纪澄澄那儿了解的情况画了个设计草图，你过来看看可不可行。"

沈靳看向她眼中的光彩。夏言没发现，急切地拽着沈靳往电脑前拉。

沈靳看了她一眼，视线落到设计图上，是一套纯黑藤木艺沙发，设计很简约，平直厚实的几何状椅背线条搭配圆弧状的扶手，简单但大气。

"江熠走的是现代极简风，他的设计风格里基本只有黑、白、灰三色。更强调的是线条感，以及线条和颜色组合里透出的轻盈和简约感，设计元素简单大气。他和所有人一样，对于藤椅实木类的家居都有种既定的印象，一提到藤椅，想到的就是古朴、厚重、历史感，然后打从心底抗拒这一元素。但其实抽掉繁复的雕花工艺和弧形设计，以直线条的纯几何造型搭配平滑的八字结，再通过加工漂洗上色，是完全可以构成现代简约风的。

"从我昨天和他聊天的感觉看，他对自己的常用元素已经有了审美疲劳，迫切需要寻求突破。他的工作间有很多废弃的设计图纸，而且几乎是无时无刻不在工作，前天晚上我去找他，他开门后看都没看就回工作间继续他的工作了，直接把我当客房服务员使唤了。正常来度假的人哪里会整天闷在工作间忙的，他大老远从 S 市跑到这个小山庄，却还是没日没夜地工作，对于创作者来说，可能更多只是想通过环境的变更来寻求新的灵感。"

"我们现在把他最抗拒、印象中呆板的藤木沙发变成与他想象中完全不一样的东西，视觉冲击还是很大的。"夏言打开设计软件，里面有一张从江熠那儿要过来的他舍弃的设计草图。她把自己设计的那套沙发嵌入客厅，再搭配一块儿长方形灰黑色毛绒地毯和浅灰布艺沙发垫，整个风格完全融入江熠的设计风格里，简约明快。

沈靳看向设计图，指尖滑动触控板，边看边平静地开口："你和江熠是怎么回事？"

话题跳得太快，夏言一下没反应过来："什么怎么回事？"

沈靳道："他吻你是怎么回事？"

夏言："……"

沈靳扭头看她："前两天不还义正词严地告诉我，这只是一份工作，你对这份工作还没有热爱到牺牲色相的地步，怎么和江熠搅和上了？”

夏言：“……”

“大概是……”夏言看了他一眼，“看脸吧。”

沈靳视线在她脸上定了定，又平静地转开，视线重新回到电脑上，盯着设计图纸看了会儿，手指向屏幕：“这里的高度拉低一厘米，厚度加宽半寸……”

夏言下意识地跟着修改，然后在这种细节的讨论、调整中，一个白天就这么过去了。

两人甚至没时间去楼下吃饭，都靠餐厅把饭菜送上来。

入夜时，他们总算把图纸设计完成。

夏言从没这么高强度地工作过，心里提着的那口气一松下来，人刚站起身，眩晕感伴着恶心感汹涌地袭来，连连打了几个趔趄，被沈靳及时扶住。

“怎么了？”

“没……没事……”夏言推开沈靳，站起身。

“你的脸色很不好。”沈靳看着她已然苍白的脸，“身体到底是怎么回事？”

夏言道：“可能是没睡好吧。没事，我休息一下就好。”

夏言转身，没想到心脏的闷窒感伴着眩晕感突然袭来，踉跄了下。沈靳手疾眼快地扶住了她，另一只手已经很自然地拉过她的手腕，指尖压在她的脉搏处：“我送你去医院。”

夏言揉着眉心：“不用的，我包里有药，吃点药躺一下就好。”

沈靳没理，她的脉搏跳得又快又急，明显不对劲。

沈靳把她带上了车，一边系安全带一边道：“累的话就先睡会儿，我先给纪沉打个电话，看看他——”

他的声音突然顿住，他缓缓地扭头看她。

夏言没留意他说了什么，只看到他又以那种古怪的眼神看她，下意识地问了句：“怎么了？”

“没事。”沈靳收回视线，缓缓启动了车子。

他不明白，刚才怎么会突然提起纪沉，好似她这种情况找纪沉是自然而然的一件事。

沈靳记得他和纪沉算不得熟悉，他对夏言是个什么情况也并不了解。

等红灯的空闲里，沈靳不自觉地扭头看了眼夏言。

她是真的已经累极，人已靠在车窗旁睡了过去。

她也可能是昏迷了。

这个念头从脑海中划过时，沈靳腾出一只手，摇了摇她的肩：“夏言？”

夏言被摇醒，迷迷糊糊地睁开眼看他：“到了吗？”

“没有。”沈靳收回手，“累了就先睡会儿。”

夏言茫然地哦了声，又睡了过去，到医院时人才清醒过来。

纪沉在值班，一抬眼看到一起走进来的夏言和沈靳，挑了挑眉，看向夏言：“怎么又来了？”

夏言：“……”

沈靳接过话：“纪医生，她的状态好像不太对劲，你看看是什么情况。”

纪沉道：“她哪天对劲过？”他说着瞥了眼夏言，“坐下。”

夏言看纪沉面色不对，忐忑地坐了下来，并柔顺地伸出手，乖得像只猫，与在沈靳面前的客气疏离截然不同。沈靳不觉看了她一眼。

纪沉一边拉过她的手腕，给她把脉，而后听诊，一边抬头看沈靳：“谢谢沈先生特地送她过来，把她交给我就好，沈先生先回去吧。”

夏言也扭头看他：“要不你先回去吧，我没事的。”

“不急。”沈靳看向纪沉，“她怎么样？”

纪沉收回听诊器：“住院。”

夏言：“……”

她小心地看向纪沉：“怎么又得住院啊？”

纪沉睨了她一眼：“这不得问你自己吗？怎么折腾的？这才出去几天，不知道医院床位不够？”

一连串问题砸得夏言眉眼垂得越发低了，不敢看他，又忍不住低声争取：“那我回家好好养着就好了嘛。”

“成啊，辞职呗。”纪沉唰唰开了张单子，看向她身后的沈靳，“沈先生，你是她的老板对吧？”

沈靳看他。

“夏言的身体情况确实负荷不了高强度的工作，我知道你不会压榨员工，但她……”纪沉指了指夏言，“从小就不会照顾自己，一沉迷一件事跟玩命似的。别人玩命只是玩笑说法，她玩命就是真的在玩命。”

“纪沉……”夏言小声阻止他，不是很习惯他在沈靳面前提自己的事。

沈靳没有明确给他答案：“这件事回头我再和她谈谈。她现在是什么情况？”

纪沉道：“先住院观察两天。”

夏言被迫住了下来。纪沉的亲爸妈的医院，床位再怎么紧缺，总还是会有她的。

只是她住的多是普通病房，高级病房于她家还是有压力，而且纪沉不是这边抚养长大的，跟这边情感上不亲，她也不希望他因为她被迫去承这份情。

后半夜基本是忙着办住院手续，基本是纪沉在忙，他也不习惯将夏言的事交给旁人。

沈靳全程没什么能搭得上手的地方。

等一切忙完时，夏言已经在病房歇下了。

沈靳站在病房门口，看着纪沉细心地替她掖被子。

忙完的纪沉终于能松口气，回头劝沈靳：“沈先生先回去吧，她这里有我照顾就好。”

沈靳看了眼已睡过去的夏言，他确实没什么身份在这儿陪床，点点头，先回去了。

第二天一早，沈靳去看她，夏言已经醒来，正在吃早点。纪沉已经下班，脱掉了白大褂，换上了日常服装，正在陪她。

夏言没想到沈靳这么早过来，看他进屋，客气地打了声招呼：“沈总。”

沈靳沉默地看了她一眼：“好些了吗？”

夏言点头：“好多了。其实我觉得不用住院——”“的”字在纪沉投过来的眼神里自动隐去。

纪沉回头看沈靳："沈先生怎么这么早就过来了？"

"今天没什么事，顺路过来看看。"

纪沉道："麻烦沈先生了。"

夏言看着纪沉眼眶下那一圈青黑："既然下班了就早点回去休息，我真没事。"

纪沉这次倒没和她坚持："好好在这儿休息，我先回去歇会儿，中午再过来看你。"他站起身后又回头看她，"对了，中午想吃什么？我给你带过来。"

夏言对吃没什么要求："我随便就好。"

纪沉点点头，走前叮嘱了声："辞职的事你和沈先生好好谈谈，别为了工作连命都不要了。"

夏言哦了声，也不敢当面忤逆他，医生最大。

纪沉一走，病房里顿时只剩下夏言和沈靳两个人。

以往两人没少独处，但许是今天的沈靳过于沉默，病房里的气氛总有些微妙。

"那个……"夏言轻咳了声，"我们那个图纸现在应该算定稿了吧？需要找人开始做模型了吗？找谁——"

"你先不用管。"沈靳打断了她的话，"先好好养病。"

夏言嗯了声，今天的沈靳似乎有些不一样。

病房里再次陷入可怕的沉默。

手中的早点夏言吃得有点味同嚼蜡，吃了大半便停了下来。

沈靳把手伸向她，接过了她手里的饭盒，转身扔进垃圾桶后在床沿坐了下来。

"夏言。"第二次，他正色叫她的名字。

夏言迟疑地看他："你怎么了？"

沈靳道："那天的问题你还没回答我。"

夏言："……"

沈靳道："你为什么会有我们曾是夫妻的记忆？我们到底是什么关系？"

夏言嘴角勉强动了动："不就是上司和下属的关系吗？"

沈靳看着她不动："除了这个。"

他的眼神带着逼视，眼眸又黑又沉。

这样的眼神总容易让人生出些许逆反情绪。

夏言沉默了会儿，看他："沈总失忆过吗？长时间失忆那种。"

沈靳没应，但眼神已经告诉了她答案。

"没有是吧？"夏言轻声问，"那我们怎么认识的，是什么关系，沈总会不清楚吗？"

"还是沈总觉得……"她抬眸看他，"我们应该有什么关系？"

沈靳盯着她看了好一会儿："夏言，你别给我转移话题。"

夏言头转向窗外："沈先生，你当初说服我进公司，是因为你告诉我，你想把那些濒临失传的传统手工艺重新盘活，让越来越多的人注意到它们的价值，去传承和发展它们。我从小和这些手工艺打交道，对它们很有感情，也很希望它们被越来越多的人喜欢和认可。我从没遇到过无条件认可我，并且愿意为我提供这样一个平台的人，沈先生工作上对我的包容让我觉得我可以跟着沈先生一起尝试，这是一件让我觉得很新鲜、很有挑战性，又很有意义的事。"

她的头缓缓转向他："我和沈先生的合作也很愉快。我们才刚刚开始尝试，我并不是很想中止这份尝试。"

"至于那些什么梦不梦的，其实就是做了一个感受特别真实的梦而已。梦里和沈先生处得不是很愉快，特别不适合彼此。如果真要解读为什么会做这种梦，大概就是有点前世今生的意思吧。"她声音很轻，"前世我们误打误撞凑到了一起，搭伙过了个日子，谁也没欠着谁。然后可能就是过奈何桥的时候，大概我忘记喝孟婆汤了，所以对这些事还依稀有些印象，本来以为终于可以解脱了，没想到不凑巧，这一辈子又不幸兜一块儿了。这种遇到前世丈夫的感觉确实不太好，但我和沈先生只是不适合而已，没到心生怨恨的地步，沈先生给我画的饼里，诱惑大于这种不适。所以工作上的接触，我对沈先生还是在可忍受的范围内，避开生活上的接触就好了。"

沈靳视线缓缓落在她脸上："夏小姐睁眼说瞎话的能力越来越有长

进了。”

夏言虚心接受：“是有些瞎，但感受是真实的。比如说对沈先生，我觉得沈先生是个好老板，但对我来说肯定不是一个好男人，这就完美规避了所有办公室恋情的可能。这种前世今生的戏码，感情深的叫感动，没有感情的，大概就是终于可以清醒地知道适不适合，避免了不必要的感情浪费，而且还可以名正言顺地踢开原来那一个，寻找下一春。”

“最重要的是，”夏言抬眸看他，“有了对比后会更容易判断，自己到底适合什么样的。”

沈靳道：“正常来说，前世今生等于再续前缘。”

夏言道：“有感情的叫再续前缘，没感情的叫各自安好。就比如我和沈先生，我要恋爱、结婚的话，就肯定不会再考虑沈先生了。”

沈靳点点头，没再说话，但也没走。

夏言身体累，顶不住困意，拉过被子躺下睡了。

第四章 困局

中午纪沉炖了汤带过来，一进来看到沈靳还在，正坐在一边的椅子上看书，床那头的夏言睡得正香。

这样一幕落在眼里和谐得略古怪。

“沈先生今天不忙吗？”纪沉打招呼。

“还好。”沈靳淡淡地应道。收起书，站起身。

夏言被动静吵醒，咕哝道：“你来了。”

她边打哈欠边坐起身，看到一边的沈靳时，打到一半的哈欠停了下来：“沈先生先回去忙你的吧。”

她的话音刚落，脑袋便挨了记敲，沈靳道：“怎么和你老板说话的？”

夏言揉着被敲了的脑门，不说话了。

沈靳看她一副敢怒不敢言的乖顺模样，转开了头：“你先好好休息，我先回去了。”他走了两步又回头看她，“你的设计图纸我先做小幅调整，模型我来出。后期的量产和用材，等你把身体养好了，再做进一步讨论。”

纪沉看向夏言：“你还要回去上班？”

夏言嗯了声，看他还盯着她不说话，态度软了下来：“我从小就没怎么过过集体生活，我真的很喜欢这份工作。下次我一定注意，可以吗？”

沈靳看了看两人，没再打扰，转身走了。

纪沉没留意到沈靳离开，对夏言的请求也不想理会：“养好身体再说。”

夏言的身体这次不是多大的问题，只是纪沉慎重，非得让她住两天院。

两天后她整个人精气神全回来了，心脏的不舒适感减轻了。

下午纪沉接她出院，回他那里。

和沈靳做邻居最大的不方便，就是上下班的时间点总能遇上。

这两天沈靳还是会偶尔抽空去看看她，只是待的时间不长。那天谈过后，他也没再追问她什么梦不梦的事，就是纯粹的上司对下属的关心。

她和纪沉回到那里时，沈靳也刚好下班，看到她，打了声招呼：“身体好些了吗？”

夏言嗯了声：“我明天回去上班。”

沈靳点点头，开门进去了。

夏言一到家就惦记起工作的事，她不知道整个工作推进得怎么样了，上次沈靳说要做小幅调整后便没再提起这个事，估计是想让她先安心养病。

她拿过手机，给沈靳发了条信息：“上次的设计图后来调整了吗？怎么样了啊？”

沈靳没一会儿便回了过来：“调整好了。”

夏言道：“能不能也发我看看？”

没一会儿，电脑叮了声，有邮件进来。

夏言给沈靳回了两个字：“谢谢。”

沈靳看着手机上的“谢谢”两个字，沉默了会儿，没再回她。

沈靳正半躺在露台的躺椅上看书，这是他一向的习惯。

这套房子很大，也很空，外面的大露台是他一眼看中的，适合放松和看书。

纪沉家的露台与这边并排着，只隔了个窗户的位置。

夏言出来伸懒腰时一眼便看到了他。

夏言没想到沈靳在，懒腰伸到一半又尴尬地收回，打了声招呼后，转身回屋了。

沈靳看着她的身影消失，她确实如她自己说的，尽量避免生活上的接触。

沈靳把注意力重新放回书本上，渐渐暖和的夜，轻风徐徐，困意很快袭来。

沈靳把书本轻搭在脸上，小憩了会儿，夜深渐冷时一下醒了过来，书本从脸上滑落在地。

头微微转向落地的书本，他怔了下。

“老二，赶紧来医院，夏言可能不行了。”

“夏言呢？”

“她……今天下葬。”

……

沈靳本欲伸向书本的手倏然顿住，记忆如潮水般涌入。

沈靳抬眸，四下看了眼，葡萄藤蔓搭起的大露台，日式装修的宽敞房子。

“沈先生还记得我说过的梦吗？沈先生出轨就是吃的窝边草。”

“我对夏小姐的梦很感兴趣。”

“沈先生说不定哪天也会梦到的。”

“梦里和沈先生处得不是很愉快，特别不适合彼此。”

“我觉得沈先生是个好老板，但对我来说肯定不是一个好男人。”

“有感情的叫再续前缘，没感情的叫各自安好。就比如我和沈先生，我要恋爱、结婚的话，就肯定不会再考虑沈先生了。”

……

沈靳的手一下掐在藤椅的扶手上，手抚着额头，重重地闭了闭眼睛，再睁开时他已冷静下来。

他转身拿过手机，手机界面还停留在她发过来的“谢谢”两个字上。

喉结上下剧烈地滚过两圈后，沈靳将手机扔在茶几上，转身开门。

门刚打开，动作又停了下来，他看向对面紧闭的房门。

他脑子里满是她对着纪沉时低眉顺目巧笑倩兮的乖巧模样，以及面对他时的客气疏离。

“我和沈先生只是不适合而已，没到心生怨恨的地步。”

搭在门把上的手重重压下，又松了开来，沈靳偏头看了眼手腕上的表，深夜一点。

沈靳还记得她熬了一夜后死白的脸色，开启的门板被重新压了上去。

沈靳在大露台的藤椅上坐了一夜，看着东方天幕渐渐泛白。天渐明，楼下的马路重新热闹起来时，隔壁也终于有了动静，出来的却不是夏言，而是纪沉。

沈靳看着那张英俊帅气的脸，后颈仿似还残存着他那一铁锹砸下来的闷疼感。

“纪医生。”招呼声里，沈靳声音依旧是平稳的。

纪沉微笑着和他打招呼：“沈先生早。”

沈靳嘴角动了动：“早。”

沈靳往他屋里看了眼：“夏言呢？”

纪沉道：“还没起来呢，估计最近是真的累到了，平时这个点儿早该起来了。”纪沉想了想，又对他道，“沈先生，其实我不是很赞同言言去上班，她的身体确实不太吃得消。但她喜欢也确实没办法。沈先生看看，能不能想个办法……”纪沉停顿了下，道，“让她自动离职？”

“这个问题，回头我再和她讨论。”沈靳淡淡地回道。偏头瞥了眼屋子，人没出来，估计还在睡，沈靳也不去打扰，一会儿要上班，公司里迟早得碰面。

沈靳吃过早餐便去公司了，经过纪沉家门口时敲了敲门，是纪沉开的门，夏言还没起床。

“怎么这么晚还没起来？”沈靳皱眉，他记得夏言没有赖床的习惯，早上八点还没起床不大符合夏言的习惯。

“是不是出什么事了？”担心一起，沈靳压在门板上的手就想推开门。

纪沉挡住了他：“我一会儿去看看，沈先生先忙你的吧。”

沈靳看了他一眼，面色平静依旧，压在门板上的手却突然使劲。

纪沉完全没防备，一下被他推着连连后退了两步。

沈靳径直闯入。

两个房门都紧闭着。

“哪个是她的房间？”他问。

纪沉已经冷了脸：“沈先生！”

纪沉看他不听，上前想拦，一抬眸看到沈靳沉冷得吓人的眼。

“让开！”沈靳连嗓音都比平日里狠了几分。

纪沉一下愣住，他自认没得罪过沈靳，沈靳现在的眼神却像要撕了他。

沈靳在他愣怔的当儿已经推开他的手臂，凭直觉去敲门，人刚在靠大厅的房门前站定，屈起的手臂还没敲到房门上，房门突然被人从里面打开。夏言顶着一头乱发出现，打着哈欠，穿着吊带睡裙。

沈靳一眼便看到了她睡裙下的起伏，她没穿内衣，犹没睡醒的样子，拉开房门就想出来。

“回房去。”

“回房去。”

不同的声音，相同的喝止，但沈靳动作更快，手掌直接压在她的肩上把人推进屋了，身形一闪也跟着进去了。纪沉想阻止，差点被突然关上的房门碰到鼻子。

纪沉：“……”

纪沉反应过来直接砸门：“姓沈的你想干吗？”

沈靳不理会外面的吵嚷，反手反锁上了门。

夏言整个人都蒙了，愣愣地看着走进来的高大男人，而后后知后觉地发现衣衫清凉，脸颊一热，手臂下意识地挡在了胸前。

“沈……沈……总？”她结巴的声音里带着困惑，还夹着一丝丝惊惧。

沈靳死死地盯着她，翻滚了一夜的情绪在看到这张脸时变得越发猛烈，记忆一会儿是二〇一六年重症监护室里缓缓拉直的心电图线，以及她合上眼前投过来的平静眼神，一会儿是手术台上被白布渐渐覆盖的冰冷躯体，一会儿是孤零零的新坟，一会儿是少了她的身影的空荡小书屋和冷冰冰的卧房，一会儿又是童童睁着双神似她的眼眸，一脸困惑地问他："爸爸，我好久没见过妈妈了，妈妈去哪儿了？"……纷杂的画面在他脑中交替变幻，逼得他胸口翻滚的情绪如同狂兽，迫切想要找到出口。

夏言心惊胆战地看着他，他死死地盯着她的眼眸，像要将她拆吞入腹般，又像百看不够。她分明看到他的眼眶渐渐泛红，以及剧烈滚动的喉结，她心里有些困惑，犹豫着要开口时，他的手臂突然伸向她，拽住她的手臂，一下便将她狠狠扯入了他的怀中，手掌压扣着她的后脑勺，紧紧地搂住，勒得她骨头发疼。

温热的男性气息铺天盖地而来，夏言身体一下僵硬了，脸又红又烫，不敢乱动。

她能明显感觉到他胸口的剧烈起伏。

"你……你怎么了？"夏言连声音都不自觉地断断续续了，而后感觉到他的动作似是僵了下，扣在她后脑勺上的手微微使力，迫使她仰头。

他低头看她。

夏言的声音越发透出她的尴尬："你……到底怎么了？"她整个身体僵直着不敢乱动。

"夏言？"他哑声叫她的名字。

她迟疑地嗯了声。

门外传来窸窸窣窣的钥匙开门声，没打开，而后是直接的踹门声，砰的一声响，门被踹开。

纪沉一眼便看到了抱在一起的两人，直接一个旋身，一脚利落地朝沈靳踹去。沈靳抱着夏言转了个身，险险避开了那一脚。

"到旁边去。"沈靳将夏言推到一边，手不忘扯了张被单扔在她身上。

纪沉面无表情，也不说话，反身又是一脚，沈靳侧身避开。

两人都是练家子，一攻一守，不分伯仲。

夏言披着被单，一脸蒙地看着打作一团的两个男人，有些急：“你们在干吗啊？”

两人同时扭头冲她道了声：“站远点！”

夏言：“……”

她也不知道该怎么劝，一咬牙，小心地站到了两人中间。

交战中的两人突然停止。

夏言硬着头皮，看了看黑着脸的沈靳，又看了看同样黑着脸的纪沉，手迟疑地指了指门口：“我……上班要迟到了……”

纪沉道：“上什么班？没看到这就一披着人皮的禽兽？”

沈靳看了她一眼：“我在客厅等你。”他说完转身去了客厅。

纪沉也跟着去了客厅，人已恢复冷静：“沈先生这样强闯，几个意思？”

沈靳与他互揍了一顿，胸口压着的那口气散了很多，但解释也解释不通。

“我很抱歉。”他平静地道歉，“我只是担心她。”

纪沉道：“是这么个担心法吗？”

沈靳转开视线，没说话。

夏言没一会儿便洗漱完出来了，看着客厅里沉默的两个男人，两人脸上都挂了彩。

“你们……要不要处理一下伤口啊？”夏言迟疑地道。手指了指嘴角。

沈靳站起身，手伸向她：“先去公司吧。”

夏言哦了声，想跟沈靳走。

“站住！”纪沉直接叫住了她，“身体刚好，上什么班？在家休息！”

夏言道：“可是……我已经好了啊……”

“我会照顾好她。”沈靳拉起夏言的手，直接拉着她走了。

门关上时，夏言局促地抽回了手。

沈靳垂眸看她，年轻的脸，害羞窘迫的眼神，全无记忆中她怼他时的坦然。

“夏言。”他叫了她一声，声音沙哑。

她困惑地看他："嗯？"

"你还记得你为什么会住这里吗？"

夏言道："为了上班方便啊。"

"那你还记得前几天我们在度假山庄的事吗？记得江熠吗？"

夏言皱了皱眉，迟疑地点了点头："好像记得一些。"

就是不太清晰，像做梦一样，比如有些话，她想不起来当时为什么要那样说了。

沈靳道："童童呢？"

夏言记得他之前问过她这个问题："童童是谁啊？"

沈靳转开了头："只是随便问问。"

两人到了公司，沈桥一眼便看到沈靳挂了彩的脸，很是诧异："二哥，你和人打架了？"

在他的认知里，最不会和人起冲突的就是沈靳了，沈靳太稳了。

沈靳摸了摸嘴角的红肿处，没有说话。

沈桥询问的眼神偷偷看向夏言，他以嘴型悄声问她："他怎么了？"

夏言偷偷看了眼沈靳，不敢说。

沈桥问不出来，轻咳了声："那个……冰柜里有冰块，夏言你去拿一些给二哥敷一下吧。"

夏言嗯了声，去冰柜那边取冰块。

回来时沈靳已进了办公室，她拿过去给他。

沈靳并没有去接，人缓缓靠向椅背，闭上了眼："夏言，帮我敷一下吧，我手疼。"

夏言："……"

沈靳睁开眼，看到她拿着冰袋面色纠结地站在原处。

她的性格偏内敛，她一向容易害羞，尤其是在面对他的时候。

如果是以前，他会直接把手伸向她，接过她手中的冰块，自己来。

他和她都不习惯依赖对方，或是交流、情感也好，生活也好。

这种过分的独立里，他们本身对生活就缺少了一份经营和热情。

但长时间的朝夕相处里，他们对彼此的依赖却是润物细无声的，平时只觉得习惯，直到其中一人猝然离去，才惊觉这种情感依赖早已深入骨髓。

“夏言，”他轻声叫她的名字，“我的手臂被纪沉扭伤了。”

“……”夏言有些纠结，“那我去给你叫医生。”

她转身想走，沈靳抓住了她的手臂。

温热的触感从被握着那处徐徐传来，夏言脸颊有些烫，不太敢看他。他的眼神过于深沉，她不是很受得住他的凝视，不大自在地轻咳了声，硬着头皮转身，将手中的冰袋一点点地敷到他嘴角的红肿处。

沈靳重新坐回了座位上，眼眸慢慢合上。

这让夏言压力小了许多，动作也慢慢放松下来。

她的动作很轻，沈靳鼻息里都是她的气息。

熟悉得他心口发疼。

“夏言。”他低声开口，嗓音有些哑，“为什么你会不记得了？”

夏言有些怔，茫然地看他。

沈靳睁开眼，手想伸向她，看到她眼神里的紧张，中途又停了下来，手臂横在半空中，沉默了会儿，五指紧紧收起，又缓缓张开，终是收了回来。

他抬头看着周围，崭新的办公室，很真实，却又像假的。

他扭头看她：“夏言，你告诉我，这是不是只是一个虚幻的梦境？是不是再睡一觉，醒来又一切都不一样了？包括你也是假的？”

夏言有些怔，不知道该怎么回答他。

眼前的沈靳让她有些难过，但不知道该怎么安慰他，只是迟疑地回了他一句：“我是真的啊。”

沈靳摇摇头，没说话。

他想抱紧她，吻她，感受她。

他想确认她是真的，她没有死，只是活在了这个时空里。

“你怎么了？”她担心地看他。

沈靳看向她，分明就是她，她的眉眼，她的神韵，以及她脸上的担心。

她只是不记得他了。

她怎么就突然不记得了呢?

思绪翻动间，他转身，不管不顾地将她搂入怀中。

夏言僵住，而后想挣开。

他收紧了手臂：“别乱动，让我抱抱。”声音嘶哑。

夏言一下安静下来，只是身体依然僵得厉害。

他沙哑的嗓音从头顶低低地传来：“夏言，究竟要怎么样，你才会记起来？”

她迟疑了下：“我没有失忆啊。”

她想想又觉得不对，她这一阵的记忆也是懵懂茫然的，像在做梦，会说一些在她现在想来不懂为什么会说的话。

沈靳没说话，只是抱着她，不想放开。

送会议资料过来的沈桥撞见了这一幕，惊呼一声，刚踏进办公室的脚又生生收了回去。

沈靳回头看他。

沈桥很自觉地两手交叠挡住脸：“我什么也没看到。”

他转身想走时，想到上一次蒙受的冤屈，当下利落地掏出手机，咔嚓一声，给拥抱的两人拍了张照，然后嬉皮笑脸地连连后退：“只是为了证明不是我的幻觉，没别的意思。”

说完他一溜烟地赶紧跑了。

回过神来的夏言尴尬地一把推开了沈靳。

沈靳抬腕看了眼表，人已恢复成工作时的冷静：“上午十点半开会，先准备一下吧。”

开会时沈桥也在，还是原来的人，原来的座位，只是主题从上一次的产品转向了原材料选择。

会议上的夏言有些走神。

沈靳对夏言也没再像上一次那般咄咄逼人、步步紧逼。

主座上的他依旧是严厉的，但只是对其他人严厉，对夏言总是温声细语的，连夏言走神，回答不出问题，都只软了腔调问一句：“是不是累了？”

沈桥是明显感觉到两次的变化的，实在忍不住，偷偷拿过本子，在本子上写了句话：“你和我二哥怎么了？他怎么被顺毛了？”

夏言茫然地冲他摇摇头。

沈桥发现连夏言都变得拘谨了许多，不觉又偷偷看了眼沈靳，刚好与沈靳的眼神相撞。沈桥原以为沈靳又要点他的名了，没想到沈靳只是看了他一眼，又平静地转开了视线。

连沈靳都变得有人性了。沈桥暗暗在心里下注解，也不敢再有什么小动作。

会议不长不短，开完刚好中午十二点，吃中饭的时间。

下午会议继续。

新招的员工最近也都已经陆续入职，虽依旧不多，但总算有了人气，现在就缺上线产品。

五月底有个全球范围内的国际家装设计展，在S市举办，全球影响力很大，除了会现场展出各大知名室内设计师的年度代表作和各大家装厂商的家装展，各大经销商和订货商都会前来。同时场馆免费开放，媒体跟进采访，并会最终评选出年度三甲设计。

江熠在展会上有自己的个人展馆。

沈靳的意思是利用江熠的平台，一炮打响，他要的就是第一。

这个策略和沈靳当年想的一样，只是当年从设计作品到联系江熠都是他全权负责。

他不知道这一次怎么会想着把夏言带上了，但夏言显然做得很好，她的设计思路和方向是对的，只是和江熠打交道的方式……

沈靳想起山庄那一夜，拦下她的女孩说江熠吻她……

他的视线不觉落向她的唇。

夏言还在忙，没留意到沈靳投过来的眼神，直至手机响起。

她偏头看了眼，是江熠打过来的电话。

她为了和江熠混熟，住院那几天都有和江熠保持联系，几天下来，和江熠已是很熟，有点遇到知己的感觉。

江熠打电话过来是约她吃饭的。

他过些天要离开安城，来这一阵都没时间好好逛过安城，想找她这个当地人当向导好好逛逛。

夏言对安城也算不得很熟，以前总被要求着注意饮食、注意休息，也没像别人那样到处挖掘美食、好景，但江熠的要求，她还是很爽快地应承下来。

挂了电话，夏言迟疑地转向沈靳，问他知不知道安城哪里适合招待朋友。

沈靳虽没听到江熠那边说什么，但从夏言的话里还是能轻易推断出江熠要找夏言陪逛安城。

大晚上的，孤男寡女……

心思一转，沈靳合上电脑："我陪你一起去。"

夏言迟疑地哦了声，有沈靳一起她自然是乐意的，不用她事事张罗，但又有些压力，与沈靳单独在一起都让她觉得有压力。

她记得她和沈靳算不得熟，这些天的事她也不是完全没印象，只是像隔了层纱似的有些懵懂和奇怪而已。她记得他严厉和不苟言笑的样子，与上午抱她时的样子完全不一样。

夏言不知道沈靳到底怎么了，这样的他让她很不自在。

下班后，沈靳开车和她一起去接江熠。

车里闷得慌，夏言也憋得难受，犹豫了好一会儿，还是忍不住忐忑地问沈靳："沈总，我能不能问你个问题啊？"

沈靳扭头看她："你说。"

夏言道："你有没有觉得你今天很奇怪啊？"

沈靳："……"

夏言道："我觉得你今天和以前不太一样。"

沈靳道："哪里不一样？"

"就是以前好像很严肃很冰冷，今天突然又特别温和和——"夏言迟疑了下，“很深情的样子……可是我和你不熟啊。”

沈靳头转向她：“是不是吓到你了？”

夏言老实地点头：“我觉得你这样有点像……”犹豫了下，她还是说道，“精神分裂。”

车子突然震了下。

沈靳平静地看着她：“你没有想过为什么吗？”

夏言茫然地摇头。

“夏言，”他的头微微转开，声音有些低，头又慢慢转了回来，视线缓缓落在她脸上，“我想让你做我女朋友。”

夏言：“……”

前面是红灯，沈靳将车停了下来，看着她：“愿意吗？”

夏言道：“为……为什么啊？”

他没有说话，手朝她伸了过来，缓缓地落在她肩上，替她拨开肩上的头发。

“夏言。”他轻声叫她的名字，嗓音有些哑，“我不想失去你。”

夏言：“……”

沈靳看了眼前面转绿的灯，重新启动了车子：“夏言，你相信前世今生吗？”

夏言：“……”

她迟疑地看向他过于平静的侧脸：“你信啊？”

沈靳点点头：“信。”

夏言一下不知道该怎么回他。沈靳也没再说话。

车厢里的人一时陷入沉默，直到车子在度假山庄门口停了下来。

沈靳并没有将车门锁打开，只是沉默着。

夏言担心地看他：“你又怎么了啊？”

他扭头，似乎对她笑了下：“我没有精神分裂，你不用担心。”

他的手朝她伸了过来，落在她头上，一个很亲昵的揉头动作，夏言一下红了脸。

江熠已出来，一眼认出沈靳的车，也看到了车里的两人，弯身冲两人打招呼。

夏言也冲他打了声招呼，脸颊还烫着。

沈靳开了车门，与夏言一道下车，客气地和江熠握了握手。

江熠笑道：“沈总今晚也一起吗？我还担心沈总太忙，抽不出时间，没好意思打扰你。”

沈靳道：“今晚没什么事。”沈靳又问他，“江总想吃什么？有想去的地方吗？”

江熠道：“这不是想找夏言推荐嘛。”

沈靳道：“江总不介意的话，我请江总尝一下我们安城的特色菜，顺便游个湖。安城地方小，也没太多能去的地方，也就古巷和老江那边值得一游，都是本地比较有特色的地方。”

江熠当下爽快地应道：“好啊，我还没时间去那一带逛过呢。”

沈靳道：“走吧。”

转身时他牵住了夏言的手。

很自然的一个动作。

夏言愣了下，不大自在地想抽回手，没抽动。

江熠视线缓缓落在两人交握的手掌上，微微挑眉。

沈靳面色如常，也没松手，拉着她回了车里。

老江一带的夜景是安城古城风貌保存最完整的地方，连通安城古巷，沿途古韵浓重，各色手工艺品沿街贩卖，宁静悠远。

沈靳、夏言和江熠一起坐在乌篷船里，看着沿街的手工艺品。沈靳问江熠：“听说江总最近要参加五月底的家装设计展？”

江熠点点头：“这不就是为这事焦头烂额着。度个假也不能安生。”

沈靳道：“江总的参展作品还没准备好吗？”

江熠道：“有是有，但算不上满意。”

沈靳道：“还有一个多月时间，以江总的才华，最后出来的作品肯定是惊艳的。”

江熠摇头笑，不置可否。

夏言本是安静地听两人闲聊，抬头时看到了江边站着的人，困惑地皱了皱眉：“那个是不是纪澄澄啊？”

江熠循声抬头，果然是纪澄澄，背着个小背包，正一个人站在江边吹风，也不知道她什么时候又回来了。

夏言看向江熠：“要不要把纪澄澄也叫过来啊？”

江熠道：“不用了。”

没想到纪澄澄眼尖，一眼看到了船里的江熠，很是惊喜地冲他招了招手：“江熠。”

江熠冷淡地抬头，与她打了声招呼，问她：“什么时候又过来了？”

纪澄澄道：“下午。”

江熠道：“别一个人在下面瞎晃，早点回去休息。”他没有招呼她上船的意思。

纪澄澄似乎也习惯了他的这种冷淡，冲他应了声“知道了”。人却没离开，还掏出手机，冲这边拍了个照，然后在江熠变脸前冲他笑弯了眉：“不期而遇，留个纪念嘛。”然后她很满足地走了。

夏言有些担心地回头看了她一眼，看向江熠：“江总，安城的治安一向不太好呢，这么晚了她一个女孩子在外面好像不太好哎。”

她的本意是想让江熠把人邀上船，没想到江熠看了眼纪澄澄离去的方向，沉默了会儿后，掏出手机，给纪澄澄打了个电话。

“在原地等我。”对着电话叮嘱完，江熠转身和沈靳、夏言告别。

夏言诧异：“江总，让澄澄也一起过来就好了啊。”

江熠笑了笑：“不了，回头再约。”

江熠一走，除了船头的船夫，船上就只剩下夏言和沈靳两个人，气氛一下又变得尴尬起来。

沈靳看着江熠上岸离去，看向夏言：“那天纪澄澄说江熠吻你是怎么回事？”

夏言没想到沈靳会突然提这个事，她对那天的事记忆也不算特别清晰，就只记得有这么一个事，做梦似的。

“就纪澄澄突然过来，然后他就一下拉起我，把我压在墙上了。”她小声解释。

沈靳道：“吻到了吗？”

夏言摇了摇头：“没有。”

沈靳想象江熠把她压在墙上，低头吻她的样子，结婚五年，他还从没和她做过这样的举动。

两人的亲密举动从来就只局限于床上。

她的身体过于脆弱，他在性事上一向小心克制。

夏言像是怕他误会，又讷讷地向他解释：“他就是拉着我借位演了场戏，没有碰到我，是纪澄澄误会了。”

沈靳想起那天问她这个事时，对于他旁敲侧击的关于牺牲色相的问话，她只是安静地回了他一句“大概是看脸吧”，几个字就把他打发了。

她如果现在还记得那五年，大概不会像刚才这般解释得这么透彻。

她将所有的恨都藏在了不动声色里，也可能是，她对他确实是没有恨的，不只没有恨，连爱也不会有。

她清楚地记得那五年，然后利用他的不记得，一门心思地与他划清界限。

沈靳还清晰地记得她那日在医院里的话：“梦里和沈先生处得不是很愉快，特别不适合彼此”“我觉得沈先生是个好老板，但对我来说肯定不是一个好男人”“这种前世今生的戏码，感情深的叫感动，没有感情的，大概就是终于可以清醒地知道适不适合，避免了不必要的感情浪费”“有感情的叫再续前缘，没感情的叫各自安好”“我要恋爱、结婚的话，就肯定不会再考虑沈先生了”。

重遇这么久，她明明什么都门儿清，却一直揣着明白装糊涂，客气地叫他沈先生；也一直利用他的懵懂不知情，给他一个接一个地下套子，一次次地糊弄，心安理得。

这个世界，她会恋爱，会结婚，但不会是和他。

她一次次地划清界限已经说明了这一点。

沈靳转开了视线。

夏言看着他夜色下像隔着纱的脸，担心地问他："你没事吧？"

他回头看她，视线落在她青涩茫然的脸上，沉默了好一会儿，嘴微微抿起，轻声开口："夏言，你想过结婚吗？"

夏言："……"

沈靳也没说话，手横过桌子，缓缓落在她肩上，歪着头看她，目光柔和缱绻。

"夏言，"他的声音很轻，"我们结婚吧。"

夏言："……"

而后在她愣怔时，他突然将她拉着站起身："跟我来。"

他紧握着她的手，牵着她，上了岸，穿过灯笼点缀的古巷和人群。他握着她的手的手掌温暖有力，她的心跳在暗夜中一点点加快，她不自觉地抬头看沈靳。

他面色沉稳，夜色下的侧脸英俊坚毅。

"你为什么突然又是让我做你女朋友又是结婚的啊？"她不安地拉了拉他的手，脚步停了下来。

沈靳回头，她站在原处看他，脸上满是忐忑。

"我长相普通，家世一般，从小有病，可能活不长，性格也没有很好，你为什么会想要和我结婚啊？"

这个问题前世相亲时她也曾问过。

当时他的答案是："适合吧。"

他从没有深究过这个问题，相亲桌旁的她安静柔软，气质干净舒服。

以结婚为目的的相亲，结婚是自然萌生的念头。

他问她愿意和他在一起吗，她愣了很久，然后问他为什么，像刚才那样列举她的条件。

他当时的答案是说得很平静的"适合吧"，然后也像她那样列举他当时的窘境：坐过牢，声名狼藉，几乎一无所有，跟着他头两年可能会比较辛苦。他说愿不愿意取决于她的个人意愿。

她并没有直接点头或者摇头，也只是平静地和他列出她的问题：有比较严重的先天性心脏病，复杂型；小时候错过了最佳手术期，目前做不了根治手术，只能延缓病情；随时可能会死，可能不能生孩子。她问他，你不介意吗？

他没有考虑过这个问题。

她家人丁单薄，同辈只有一个比她小了八岁的妹妹夏晓，父母都不是很健康的人，家里嫡亲长辈也都不是长命的人，五十多岁时都出于种种原因去世了。

夏言父母是信命和风水的人，总觉得是自己那一门的命的问题，担心自己也没几年可活。夏晓也才刚成年，还没有照顾一个家庭的能力，况且她也有她自己的人生要走，总不能像父母、丈夫一样照顾夏言。

如果他们也走了，对夏言而言，那已经不是自不自立的问题，犯病时，连个能送她去医院的人都没有。所以他们总想着趁她还年轻，给她找一个愿意照顾她的男人。

她自小生病养成了乖巧懂事的性格，也舍不得让父母担心，相亲她会去，只是会把她的情况说得清楚明白。

他那时并没有去考虑这些问题，也没觉得有考虑的必要，那样的她反而让他生出几分怜惜，觉得这女孩不容易。他也不是重欲的人，对孩子也没什么渴求，会同意相亲也不过是忍受不了母亲日渐急切的催婚。

他的母亲同样身体不好，总以随时可能撒手人寰为由，软硬兼施地催他结婚，希望有生之年看到他成家。

他们算是抱着同样的目的坐到了一起。她的气质让他平静舒服，他说他不要孩子，只是他在创业阶段，头两年可能会很忙，不一定能时刻陪她，问她介不介意。

她说不介意，不以忙碌为借口出轨就好，她不喜欢婚姻里有第三个人存在。

她虽然拘谨，但说话坦白直接，条理清晰，不藏着掖着。

那一场相亲她和他就像谈判桌上的两个人，但不是互相试探底线的两个人，反而是把自己的底牌亮得一清二楚，然后一拍即合，当场确立关系，三天后领证结婚，速度快得让周遭人大跌眼镜。但这对当时的他来说并没有觉得有任何不妥，似乎她和他就该是这样的。

如今她还是五年前的她，睁着双困惑的眼眸，安静地看着他，问他为什么会突然想和她结婚。

时间仿似走了个轮回，又回到了相亲桌上那一幕。

只是这次的他带了欺瞒。

有那么一瞬，他几乎想放弃游说她结婚的念头，但想到她聊起她与他那五年时的淡然，那丝动摇消散全无。

他不想等他有机会再见到她时，她已嫁为人妇。

他还记得前世她离世的前一天，早上他出门前她明明还好好的，晚上突然接到她病危的电话。手术室外漫长的等待和重症监护室外的忐忑难安，好不容易等来她的清醒，她却是要见乔时。

纪沉微红着眼眶告诉他，她可能不行了，她找乔时是为了交代遗言。

他就在门外，明知他就在门外，她直到合上眼睛的那一刻，都不愿与他见上一面，说上一句话。

他上前一步，轻轻抱住了她。

“夏言，我这一生不算长，但跌宕起伏，大起大落。我从一无所有到风光无两，从风光无两到被背叛陷害，锒铛入狱，声名狼藉，又一步步从头再来，重回当年的位置。这一路走来，很多东西我看得很透，但很多东西，我又没看透。

“我的每一次得到和失去，每一次看透，付出的代价都是惨重的，事业如此，婚姻也一样。

“我不是情感敏锐的人，很多时候我把很多东西当成了一种理所当然，理所当然地信任我身边的人，理所当然地以为我给了她最好的照顾，直到出了问题，才惊觉。但每一次，给了这致命一击的，恰恰都是我最亲近的人，比如我的母亲，我最信赖的朋友……

“我现在家没了，能失去的，不能失去的，都没了。我唯一还能握得住的，也就只剩下你了。”

他低头看她：“夏言，我想趁我还清醒时，牢牢地把你攥在手里。”

她抬头，有些茫然：“什么叫趁你还清醒时啊？”她又迟疑地问他，“你……是不是喜欢我啊？”

他点头：“嗯。”

“很爱。”他说。

她有些羞窘，却还是迎着他的目光：“我好像也蛮喜欢你的。”

沈靳突然莞尔：“我们结婚？”

她只偏头想了一秒，然后点头：“好啊。”

她爽快得一如当年。

沈靳看着她眉眼里的坦然，她依然傻得让他……

头微微偏开，沈靳手臂落在她的肩上，将她揽入怀中：“我们去买钻戒。”

沈靳带她去挑了对对戒，他将钻戒戴上她的左手无名指时，问她：“后悔吗？”

她摇头：“好像有点兴奋。”

沈靳莞尔，拍了拍她的头，送她回家。

天色已晚，夏言的父母已经睡了，夏言不想打扰他们。沈靳不放心她住在纪沉家，本是想带她回他那儿住一晚，夏言还不习惯，经过纪沉家门口时，还是想先回自己的住处。

两人在门口讨论时，门开了。纪沉站在门口，看了看沈靳，又看了看夏言，手一伸，直接掐着夏言的手臂将她拉了回来。

“谢谢沈先生送言言回来。”纪沉把人往屋里一拽，砰的一声关了门。

夏言抬手揉被他抓疼的肩膀。

纪沉眼尖，一眼便看到了她无名指上的钻戒，一把拉起她的手，视线落在那枚钻戒上，看向她：“哪儿来的？”

夏言听纪沉语气不对，怕被他说，小心地回他：“公司活动送的。”

纪沉看她：“什么活动还送钻戒？”

夏言道：“打 boss 活动。”

纪沉：“……”

夏言趁机抽回了手：“我先回房啦。”

她溜回了房间，洗漱完毕，人躺在床上，摸着无名指上的钻戒，感觉还是很奇妙，有些小兴奋，又有些忐忑。

夜色下的宁静里，夏言终于从头脑发热中慢慢冷静下来。

同意结婚只是一瞬间的事，有些冲动，但她似乎又觉得就应该如此。

他喜欢她，刚好，她也喜欢他。

他看她的眼神让她心动；他稳稳地握住她的手，带她穿梭在古巷人群中的感觉，让她觉得踏实，有安全感。

她喜欢他的颜，喜欢他工作上的有条不紊，喜欢他私下时的温和包容，喜欢他看她时的眼神，喜欢他牢牢握住她的手的样子，喜欢和他在一起的感觉，喜欢他对她的不嫌弃……所以当他说结婚时，她只犹豫了一秒。

现在慢慢冷静下来，她又有些忐忑：会不会太冲动了？

她还没确定沈靳是不是精神分裂呢。

但她转念一想，沈靳曾是她母亲亲自安排的相亲对象，徐佳玉亲自检测过人品。而且徐佳玉说过，他和沈遇是一道的，沈遇是大伙儿推举的族长，是个声望很高的警察，沈遇亲自为他说话，他的人品应该是没问题的。

她这么一想，那份忐忑又消散全无，整个人就在这种反反复复的思虑中睡意全无。

凌晨两点了，夏言还是睡不着，烦躁地在床上滚了一圈。手机突然响起，是进信息的声音。

她伸手拿过手机，是沈靳的短信，很短：“睡了吗？”

夏言刚平静下来的心因为这几个字而漾了下，很快给他回了过去：“还没呢。”

她刚编辑了条短信“你怎么也没睡？”，还没来得及发出去，沈靳的信息已经过来了，几乎是一模一样的文字："怎么还不睡？"

夏言回了过去："有点睡不着。"

沈靳看着手机屏幕上可怜兮兮的几个字，想象她委屈的小模样，嘴角不觉弯起："你过来阳台。"

夏言："……"

她困惑地抬头看了眼窗外，外面夜色很好。

她迟疑了下，小心地掀被下床，小心地拉开房门，瞥了眼纪沉的房间，溜去阳台了，一眼便看到了对面阳台上的沈靳。

他已换下白天的西装，换上了素色家居服，正站在阳台上，单手插在口袋里，英俊逼人。

"怎么了？"她压低了声音问他，生怕惊动了纪沉。

沈靳把手伸向她："过来吗？一起失眠。"

夏言迟疑地看了眼两个阳台间的距离，沮丧地看他："我跳不过去。"

沈靳："……"

手往身后指了指大门，沈靳道："走正门。傻了？"

夏言："……"

她反应过来，脸颊火辣辣地热了起来。

沈靳道："我去门口接你。"

夏言只迟疑了一秒，道："好。"

她小心地把房门打开时，沈靳已经站在门外，看到她出来，手臂很自然地落在她肩上，将她拉了过来。

"天有点凉，怎么不多穿点？"

沈靳手臂很自然地将她揽入了怀中，带她进了屋。

这还是夏言第一次进来，一眼便看到了客厅外的葡萄藤蔓大露台，以及露台下的藤制摇椅和茶几，茶几上摆着壶茶，摇椅旁是原木书架。

"你这里好舒服啊。"夏言感慨。

沈靳轻拍了下她的脑袋："以后也会是你的。"

沈靳带着她在摇椅上坐了下来，手很自然地拉着她坐在他的大腿上。

夏言还不习惯，轻咳了声，讷讷地道：“我还是坐旁边好了。”

沈靳另给她搬了把藤椅，与他并排靠着。

夏言这才放心地坐了下去，却还是很拘谨，不太敢像他那样以很舒适的姿势躺在摇椅上。

沈靳知道她拘谨，也不强求，只是将手枕在了后脑下，仰头看着天空。

葡萄藤是前一任租户种下的，已经很长时间没打理，枯掉了一大半，露出了头顶的星空，视野很好。

夏言也不自觉地跟着抬头看。

今天安城天气好，霓虹点缀的城市里，意外地还能看到满天繁星。

除了小时候好奇，她已经很多年没有好好看过星空，一时惊奇，人也渐渐放松下来，靠着摇椅躺了下去，与他一样，仰头看着满天繁星。

沈靳虽是看着星空，心思却不在星空上，放空了好一会儿，偏头看她。

她还在看天空，神色安静认真，像认真好学的小学生。

这几年过得匆忙，沈靳从没有和夏言像今晚这样，什么话也没说，就这么安安静静地并排躺在一块儿，看着满天繁星。

他们以后可能也不会再有机会。

这样的认知让他胸口一痛。

他把手臂伸向她：“夏言。”

“嗯？”她扭头，困惑地看他。

他的手因为她扭头的动作碰到了她的脸，温热真实。

他没有她的兴奋、纠结，也不是睡不着，他很困，只是不敢睡。

“夏言。”依然是略带嘶哑的轻唤，他长指轻落在她的脸颊上，目光落在她脸上，温柔缱绻。

她一时有些愣怔，沈靳的长指在她的脸上流连了一圈，而后他缓缓坐起身，倾向自己。

他的脸在她眼前放大，黑眸里是浓得化不开的柔和，与她的视线交缠在一起。而后他缓缓压下，唇落在了她唇上，气息交融。

“夏言。”他含着她的唇，在她嘴边轻声低语，“我们天亮后把证领了好不好？”

夏言：“……”

心跳快得像心脏要蹦出胸口，她略无措地看着眼前放大的俊脸，一时忘了挣扎。

他长指缓缓滑入她的发中，唇压下，含着她的唇，很温柔地辗转厮磨，却不深入，只是静静地看着她，又轻声问她：“好吗？”

她满脑袋糨糊，鼻息里都是他的气息，眼里、脑里都是他过于深邃好看的脸，隐约听到自己迟疑的嗓音：“好……”

她垂在身侧的手掌被轻轻拉起，掌心里被塞入硬质的卡片，然后被他温暖的手掌包覆握住。

她垂下头，看到掌心里被塞入的几张银行卡，困惑的眼眸对上他的。

沈靳伸手将她的手紧紧包覆住，嗓音微哑地道：“夏言，我把我和我的全部身家都交给你了，你要好好握牢。”

他这话惊得夏言想松手，手却被沈靳紧握住不放。

“夏言，明天太仓促，我来不及准备婚礼了，再给我些时间，我一定给你一个难忘的婚礼。这些你先拿着，工资卡上交。”

夏言：“……”

他的手臂顺着她的手掌往下，压在她的腰后，将她压扣入怀中。

“夏言，我不想这么卑鄙，可是我很怕这一次，我又来不及。”

她听不懂他的话，仰头看他：“你不卑鄙啊。”

他勉强笑了下，抱紧了她，没有说话。

上午九点，沈靳和夏言坐在了民政局的婚姻登记处。

夏言手心有些湿，有些忐忑。

她还记得一大早沈靳陪她回家取户口本时，她问徐佳玉："妈，我要结婚了，可以吗？"

然后在徐佳玉张大嘴时，她偷偷拽了拽沈靳的手。

沈靳很诚恳地向徐佳玉请求把她嫁给他，向徐佳玉承诺会好好照顾她和补办婚礼，甚至奉上了彩礼，一张数额不小的银行卡，承诺回头再把缺掉的礼俗一一补上。

徐佳玉全程和她一样蒙和诧异，这过于迅速的结婚决定让徐佳玉整个大脑都失去了正常的运转能力，在沈靳一番真情实感的以后会代替他们好好照顾她的话里交出了户口本。

下一对就轮到他们登记。

夏言突然有些惶恐，被叫到名字时，坐在那儿迟迟不动。

慢慢恢复正常思考能力的徐佳玉也在这时来了电话，问她："言言，你真的就这么嫁了吗？要不要再处处看？沈靳人是不错，但还是得处处看适不适合对不对？"

夏言迟疑的眼神看向沈靳。

沈靳看到了她眼睛里的犹豫，抿了抿嘴，把手伸向她。

夏言把手机给了他。

"妈。"这一声称呼他早在多年前就已经叫得顺口，"我知道这次安排确实仓促了些，我会好好对她，不让她再受一丝一毫伤害，您放心。"

夏言不知道她母亲还说了什么，沈靳安抚了几句，挂了电话，弯身拉起她的手，一块儿照相，填表。

临签字时，夏言握着笔的手有些犹豫，迟疑地看向沈靳。

他低敛着眉眼，让人看不清情绪，握笔的手很稳，笔尖悬在登记表上方，却迟迟没下笔。

"要不……"夏言轻声开口，"我们过一阵再来？"

沈靳抬头看她。

夏言看到了他脖颈间剧烈滚过的喉结，之后便见他长指往登记表上狠狠一压，右手很快下笔，唰唰几下，在登记表上该签的地方全签上了他的名字，没有一丝一毫的停顿，签完后手腕一松，直接扔了笔。

“夏言，签吧。”他看向她，轻声道。

她哦了声，看向面前的登记表，脑子里反复重复着，她喜欢他，想和他在一起，牙一咬，也直接签了字，然后就松了口气，抬起头时还忍不住冲沈靳傻笑。

沈靳似乎也笑了下，眼眶似乎也突然红了，她没看清。他突然张臂将她搂入怀中，下巴轻抵在她的头顶上。

他说：“夏言，我不想这么仓促地用这份契约绑住你，可是我没有别的办法了。”

她抬头安慰他：“没关系，我也绑住你了。”

他看着她不说话，真希望她清楚地记起一切时，也能这么语气轻松地告诉他，她也绑住他了。

小红本到手上后，沈靳带她去吃了顿饭庆祝。

夏言一夜没睡，沈靳两夜没睡，彼此都不是很有精神，强撑着吃完一顿饭后就先回家休息了。

回去的路上夏言便睡了过去，睡得很沉，车子停在楼下时也没醒来。

沈靳直接抱她上的楼，将她放在了主卧的床上。

她嘤咛着翻了个身，抓过枕头又抱着睡了过去，模样可爱。

沈靳鲜少见这样的她，过去她在他面前一向拘谨，睡觉时也是规规矩矩的。

现在想来，不是她的本性如此，只是他的态度影响了她的态度。

以前他性子稳，行事稳健周到，古板正经，她在他面前自然也就不敢随意。

这两天他对她多了些纵容，她在他面前也生动许多。

是他耽搁了她。

视线转向床头柜上的红色结婚证，又很快转开，沈靳弯身，低头在她脸颊上轻印了个吻。

“夏言，对不起。”

他转身拿过纸和笔，写了些字，小心地将字条折起，缓缓塞入她的口袋中。

“夏言，真希望一觉醒来，你还在。”

沈靳和衣在夏言身侧躺了下来，将她搂入怀中。

沈靳不是很想入睡，也不敢入睡，但连着几日彻夜未眠，身体已经困顿到了极点。意志扛不住身体的疲惫，眼皮有那么一瞬耷拉了下来，人又倏然惊醒，手臂本能地往身侧一探，空的。

沈靳惊惧地转身，还是空的。

“夏言！”沈靳猝然掀被起床，转身推开洗手间的门，没人，又转身推开房门，客厅里也没人。

他匆匆下楼，在楼梯口遇到匆忙欲上楼的姜琴，手一下狠狠拽住她的手臂：“夏言呢？”

姜琴红着眼眶，咬着唇看他，不敢应。

童童正坐在楼下的泡沫拼接板上玩，沈靳的模样似乎吓到了她，她小心翼翼地放下手中的玩具，迟疑地叫他：“爸爸……”

沈靳目光从她脸上转开，落向一地狼藉的书屋。

书架东倒西歪，书落了一地。

墙上的画纸也被撕得四分五裂，再没有夏言在时的整齐样。

一切又变回夏言去世后的样子。

扣着姜琴的手无力地垂下，沈靳的身体也脱力地靠在了楼梯扶手上，倚着扶手缓缓滑落，坐在了台阶上，双手紧揪着头发，从头皮上缓缓滑过，掐住了头皮。

“你……是不是喜欢我啊？”

“我好像也蛮喜欢你的。”

“我们结婚？”

“好啊。”

“没关系，我也绑住你了。”

……

他脑中的记忆有多清晰，真实，心脏的闷疼就有多重。

姜琴担心地看他，迟疑地上前：“阿靳……”

她的手刚落到沈靳臂上，便被他用力地甩开：“让开！”

童童摇摇晃晃地朝他走了过来，“爸爸、爸爸……”她担心地叫着他。

沈靳抬起头，看着这张酷似夏言的脸蛋，手臂抬起，落在她的发上，没有说话。

相亲时，他明确告诉过她，他不要孩子。

他也从没想过要孩子，有先天性心脏病的人生孩子风险大，她的身体经不起生孩子的辛苦。

怀孕是意外。他应酬回来，喝得半醉，她贴身照顾他。

最开始时两人刚确定关系没多久，她的身体于他是致命的罂粟。

相亲第一天确立关系，第二天约会增进了解，第三天领证结婚。从陌生人到夫妻，三天时间，仓促得让她没有足够的心理准备去接受与他的亲密。

领完证当晚他便把她接了回来，那天晚上，同睡一张床，床上的她紧张而拘谨。

他翻身压住她时，她眼睛里的紧张几乎要溢出来。

他低头想吻她，嘴唇贴在她的唇上时，能清晰地听到她急促的呼吸声，以及她细若蚊蚋的声音：“我紧张……”

之后便是她越来越急促的呼吸，以及越来越痛苦的眉眼，她紧张得犯了病。

之后整整两年时间里，他没敢再躁进，慢慢给她时间适应他，给她时间慢慢调理身体。

两年时间里，从陌生到熟悉，从熟悉到习惯，习惯每天上床时，将蜷在床角熟睡的她捞入怀中，习惯每天早上醒来时，看着小猫一般蜷在他怀中睡得香甜的她，似乎一切本应如此。

他不是重欲的人，但他是个男人，他对她是有欲望的。他克制了两年，她的身体终于好转，面对他的进逼，她虽然还是会紧张和害羞，但已经不会紧张到犯病。

有些东西没尝试过永远想象不出它的模样，一旦开了个口，便如食髓知味般渐渐上瘾。夏言于他便是如此。

所以那一夜半醉半醒间，面对贴身照顾的她——她不同于平时拘谨的样子轻易撕掉了他所有的冷静和克制，他如同失了理智的野兽，压着她，极尽放纵。

童童便是那一夜的意外。

对于这个意外得来却要了她半条命的孩子，沈靳的感情一直是矛盾复杂的。

他爱这个孩子，但看着她，脑中浮现的却又是多次面色死白躺在病床上的夏言。

童童的性子不像他稳，也不像夏言静，她小小年纪力气大又调皮，根本不是夏言降得住的。

如今她正睁着双酷似夏言的眼眸，无辜而茫然地看着他。

她的眉、眼都像极了夏言，偏就性格不知道遗传了谁，也可能是夏言本性里就藏着活泼灵动的一面，只是被他的沉闷压制住了。

沈靳想到似梦非梦的世界里与夏言相处的点滴，她怼他时的样子，她谈论工作时的样子，以及她懵懂无知时的样子……

她问他“认识童童吗”的记忆也跟着钻入他脑中，以及她描绘的童童的画像，他在深睡入梦时才进入的世界。她怎么也会时断时续地在那儿？

他是活生生的人，她……

沈靳倏然站起身。

童童急急地抱他的腿：“爸爸、爸爸……”

沈靳轻轻地将她拉开：“童童，好好和奶奶在家，爸爸一会儿回来。”说完他转身出了门。

沈靳去医院找纪沉，手握着方向盘，一路上额头和心脏一样，绷得很紧。

因为一个又一个似真似假的梦去找纪沉有些荒谬，沈靳不想去管这其中的荒谬，他宁愿相信她也好生生地活着，也不愿相信她只是魂归入梦。

她至死都不见他，即使有魂归，又怎么会入他的梦？

很快到了医院，这是他亲眼见着夏言合上眼的地方，他是极端抵触这个地方的。

车子没停稳他便拉开车门下车，直奔纪沉的办公室。

纪沉不在，办公室里他的同事说他出国进修，今天的飞机。

沈靳转身出门，开了车直往机场赶，路上试着给纪沉打了个电话，刚响了声便被纪沉掐断了。

沈靳赶到机场时刚好赶上他在往安检通道走。

夏晓和她父母在送他。

几天不见，几人都憔悴了许多。

夏晓先看到了他，一下红了眼，紧咬着唇看他，眼神又恨又狠。

沈靳没工夫理会她，往前几步，沉声叫纪沉的名字。

纪沉回头看到他，眼中掠过一丝诧异，但很快平静："沈先生有事？"

沈靳道："夏言呢？"

纪沉手指了指夏言老家的方向："你不都把坟给挖了？怎么，沈先生还想再挖一次？"

沈靳喉咙哽了哽，头微微偏开，又看了他一眼，嘴抿起时，已经一声不吭地拨开人群朝他走去，想先把人拽出来。

夏言的父亲急急拽住沈靳的手臂："哎，你这又是要做什么？"

保安看这边有动静，赶紧上前了解情况。

纪沉已到安检口，把机票、护照递给工作人员时，回头看了眼沈靳："沈先生，夏言的临终遗言，是希望能把童童送回她爸妈那里，不耽误您再结婚生子。她临死都为你考虑，希望你也好好为她考虑一次。"他说完不顾沈靳骤冷的脸色，拿回护照和机票，进去了。

飞机起飞在即，纪沉安检完便直接前往登机口登机。

“坟都让他给挖了，还不死心。夏言，你说，这人是不是也太难缠了些？”

略带无奈的低语仿似在耳边，夏言不觉也跟着笑：“好像是有点难缠呢。”

呓语完，她又觉得不对劲，四下苍茫，看不到纪沉人在哪儿。

眼睛不觉缓缓张开，手的方向好像也不对，像搭在什么地方，夏言下意识地摸了摸，温热硬实，手有那么一瞬间僵硬。

沈靳冷静的声音自头顶徐徐响起：“摸够了就起来。”

夏言脑袋一下有些蒙，然后手像被烫着了般一下弹开，整个人往后翻了一大圈，差点从床上滚落，被沈靳拽着衣角拉了回来。

夏言抬眸，视线撞入他眼中，记忆一下涌来。

“夏言，我们结婚吧。”

“你……是不是喜欢我啊？”

“嗯。”

“很爱。”

“我好像也蛮喜欢你的。”

“我们结婚？”

“好啊。”

“夏言，签吧。”

……

视线惊疑地落向床头柜上的小红本子，夏言大脑一下全空，本能地扑向那两个小红本，指尖刚触到，被沈靳反手拿走了，捏在指尖。

夏言：“……”

情绪激荡，她一时说不出话。

好一会儿，她才颤着手臂，将手伸向他：“沈……沈先生。”

沈靳瞥了眼手中的小红本：“沈太太？”他看向她，“有事？”

夏言：“……”

她手直直地伸向他：“给我！”

沈靳看着她没动。

她突然失控：“给我！”

又疾又厉的一声，吼完她自己也怔了下，抿着唇，一声不吭地上前，从他手中抽走了一本，翻开，看到证上的结婚照片和登记记录时，失神了好一会儿，两手一用力就想撕掉，被沈靳握住了手，拦了下来。

夏言用力想挣开，挣不开。

沈靳很冷静："这是民政局登记的，你撕了它又能怎样？"

夏言一下崩溃，用力抽回手，两手失控地捶在他胸口："你浑蛋……"

捶着捶着，她哭了，两手还紧紧地揪着他胸前的衣服，哭得难以自抑。

沈靳眼神复杂地看向她，手抬起，本能地想将她搂入怀中，被她狠狠拍掉。

她吸着鼻子，看向他的眼眸哭得红肿，眼神幽怨委屈，活似被欺负了。

她也确实是被欺负了。

沈靳嘴微微抿起，偏开了视线："我很抱歉。"

夏言吸了吸鼻子，冷静了些。

"我要离婚。"她声音里还带着浓浓的鼻音。

沈靳扭头看她："然后呢？哪天又不知不觉地结回来？"

夏言看向他："要不然你还想怎样？"她委屈得像又要哭出来。

沈靳道："如果你不介意重复结婚、离婚，明天我陪你去民政局。"

夏言："……"

她心里难过，一个失控，直接狠狠一脚朝他踹去，半途被沈靳截了下来。

"夏小姐。"沈靳冷静地看着她，"这婚是你同意结的，不是我威逼利诱来的。"

"同样是非个人意愿结婚，"沈靳瞥了眼她搁在衣帽架上的包，"你白捡了个丈夫不说，连我的全部家当都捡回去了，到底谁更该哭？"

夏言用力抽回脚："白送的我都不要！"

沈靳看了她一眼："你以为我想要？"

夏言跪坐起身："那就离婚啊。"

沈靳不说话，站起身，慢条斯理地整理被她揉乱的衣服，回身看她："我清楚地记得过去四十八小时发生的一切，感受也是真实的，但理解不了我这么做的动机，这种感觉就像突然缺失了某段记忆一般。夏小姐应该比我更清楚其中的缘由。”

夏言撇开了头，抿着唇不说话。

沈靳突然倾身，眼对眼鼻对鼻地看向她：“我缺失的那段记忆里，我对夏小姐似乎势在必得。就冲着这点，在想明白缘由之前，这婚我就不能离。”

夏言：“……”

她的眼神又委屈幽怨起来。

“我要是谈恋爱了，沈先生可别怪我出轨。反正分居两年后，法院依然会判离。”

夏言用力推开他，起身，拿过包，转身想走时，想起他塞到她手里的银行卡，从包里抽了出来：“刷完了沈先生可别心疼。”

垂眸看到左手无名指上的钻戒，夏言脚步略顿，一声不吭地拔了出来，往身后一扔，头也不回地走了。

第五章 情敌

她回到家，纪沉已经下班，纪沉看了她一眼："怎么这么晚才回来？"

她昨晚溜到沈靳屋里的事他没发现，天将亮时她偷偷潜回屋子换了衣服就和沈靳走了。

夏言想捶死短暂失忆的自己。

纪沉看她一脸沮丧，挑了挑眉："不是一大早就偷偷溜出去了吗，怎么一脸沮丧地回来了？"

夏言幽怨地看他："你都知道我偷偷出去了，干吗不拦下我？"

纪沉道："我拦得住吗？拉开门人都没影了，溜得比猫还快。"

夏言抿着唇不说话了。

纪沉没看到她无名指上的钻戒，看了她一眼："钻戒呢？"

夏言道："扔了。"她也没什么心情闲聊，"我先回房了。"

她回到房间，整个人仰躺在床上，记忆随着四下的安静慢慢涌来。

沈靳闯进她的房间失控抱住她的样子，在办公室里轻轻抱着她的样子，都变得清晰。

他问她为什么会不记得了，是不是再睡一觉，醒来又一切不一样了，包括她也是假的。

那两天的沈靳是沉默而温柔的，眼神和背影里都像藏着痛。

他说，夏言，我不想失去你。

这样的话不像她认识的沈靳会说的。

他一向是沉稳平和的，像不理俗世的僧人。

“我现在家没了，能失去的，不能失去的，都没了。我唯一还能握得住的，也就只剩下你了。”

“夏言，我想趁我还清醒时，牢牢地把你攥在手里。”

…………

“过来吗？一起失眠。”

“我跳不过去。”

“走正门。傻了？”

……

嘴唇上似乎还残存着他印下的气息，那时的他温柔得像换了个人，不再像以前那样，看得到摸得着，却又像隔着距离。

夏言心里突然有些难过。

她觉得自己已经可以平静地接受这个世界的一切，能平静地与他共事，也不会有任何欲壑难填平了。

对于他工作上的任何冷静与严苛，她都是能平静接受的。

但这两天记忆里的沈靳让她有些难过。

她耽误了他五年，她以为她的离开于他而言是解脱。

在重症监护室时，她没有不想见他，只是担心见了他以后，她控制不住情绪，连交代遗言的机会都没有。

她其实是想和他说“谢谢”的，谢谢他照顾了她那么多年。

鼻子有些塞，夏言坐起身，找了衣服想先去洗澡，让情绪平复一下。

她脱衣服前手习惯性地掏口袋，摸到一张硬质的纸片，手顿了下，抽了出来。

是沈靳的字，她一眼便认出。

“夏言，我不知道在我不在的十几个小时里，到底发生了什么。犯人临刑前还有为自己申辩的机会，我却在完全不知情的情况下被判了死刑，连为自己说一句话的机会都没有。我不知道误会是怎么来的，但我从没有背叛过我们的婚姻。

“我很抱歉，以这种卑鄙的方式绑住了你。同样的错，我不想重复第二次。你不知道，没有你的夜有多漫长可怕。

“夏言，如果你还活着，请一定要告诉我。”

眼泪一下掉了下来，夏言拉开房门。

纪沉还在客厅，闻声奇怪地看着她。

夏言没理他，径自走到了阳台上。

对面的阳台上，沈靳也在，正双手撑在护栏上，看着外面满地流光。

她突来的脚步声惊动了他。

沈靳扭头看她，看到她一脸泪，皱眉：“怎么了？”

夏言没有说话，只是紧咬着下唇，难过地看着他。

沈靳摸不清她的心思，直起身：“如果还是结婚的事，明天我陪你去民政局。”

夏言吸了吸鼻子，扭开了头：“没事。”

沈靳眉头拧得更深，看向她。

她头已转向外面的马路，只留给他一个渐渐平静的侧脸。

阳台正对着大马路。

入夜后的马路上热闹依旧，夜灯下的车来车往里，满地流光。

南北通透的户型，夜风吹得她衣袂随着发丝向后飘起。

他看到她垂下头沉默了会儿，而后缓缓朝他看过来，有些欲言又止。

沈靳开口：“有什么话你直接说。”

夏言摇摇头，眼泪又掉了下来。

她没法直接说，他没有那几年的婚后记忆，她不明白的事，他同样明白不了。

卡片上的文字出自他的手，又不全然是他。

她追问他婚后的种种，他同样回答不出来。

她不知道他所谓的没有背叛婚姻是什么意思，是心理上没背叛，还是身体上没背叛？

在她常年闷在家的日子里，方圆一公里是她生活的全部，偶尔出门，避不开三姑六婆式的窃窃私语。

那些人看向她的眼神是充满同情和怜悯的。

很多人都说沈靳留了一个五官、气质像她的女孩在身边，比她健康，比她有能力，经常出双入对。

那种生怕她听到，又忍不住想让她听到的窃窃私语里，那个在她面前克制有礼、永远古井般无波无澜的男人，对另一个女孩是怎样温柔呵护，仿似亲眼所见般的描述像刀子般凌迟着她不算健康的心脏。

她没办法不去在意那些风言风语。她常年囿于方寸之地，他的越来越耀眼与她的止步不前的剧烈反差，她残破的身体、童童对她的不亲，让她很长一段时间陷入深深的自卑和自我怀疑中。她喜欢沈靳，可想象不出她身上有什么值得他留恋的东西。

她和他的交流永远局限在简单的“下班了”“吃过饭了吗？”“童童睡了？”“早点睡”等简单的问候里。

身处同一个空间中，静默无言是他们最经常的状态，唯有晚上，那种肉体与肉体的纠缠里，他于她才是真实有温度的。

夏言总觉得沈靳对她只剩下责任，她于沈靳，仅仅是一个他一时冲动娶回家，又甩不掉的包袱。因此她总在努力地不去成为他的包袱，但有些东西，不是她能努力得来的，比如健康。

任凭她生活上再怎么不依赖他，但时不时犯病的身体，依然是他甩不掉的包袱。

他从来不会对她摆脸色，也不会大声呵斥她，更不会在她面前表现出一丝一毫的不耐烦，总是极尽温和地照顾她。作为一个丈夫，沈靳甚至可算得上是完美的。只是他太完美了，完美到让她感觉不到一丝一毫正常人该有的七情六欲，她在他面前甚至不敢有一丝一毫的造次。

在她看来，沈靳是个责任心重，但又对感情极其淡漠凉薄的人。

他娶了她，会极尽所能地给她最好的生活和照顾，但感情上，他给不了她想要的爱情。

她也一直觉得他这种人是没有感情的。

可是在她听到的风言风语里，在后来林雨出现在她面前时眉眼挂着的春意里，以及姜琴逼她接受林雨时的有理有据里，她想他不是没有感情的，只是对她没有感情而已。

这种感觉很难受，这种难受和自我怀疑在她撞见他与林雨在一起的画面时，放大了心底的猜疑，哪怕明知道他们可能只是因为工作，但脑子里还是会控制不住地勾勒出许多画面，刺激着本就岌岌可危的心脏。

夏言不知道真相到底是什么，她所认识的沈靳从不屑于撒谎。

他说他不是情感敏锐的人，很多东西出了问题才惊觉，而每一次给了这致命一击的，恰恰都是他最亲近的人，比如他的母亲。

夏言不确定，他这些话是不是在间接告诉她，是他的母亲一手主导了这一场误会。现在的沈靳也给不了她答案。

但同样，她所认识的沈靳也是没有感情的。他的性子太沉也太稳，他从没有像这几天般，似乎突然就有了七情六欲，有了正常人的情绪起伏，甚至会对她说，不想再失去她。夏言不知道哪个才是真正的他，抑或最近几天的种种，仅仅是她臆想的又一场梦？

她的眼眸不觉看向沈靳，他还在看她。

夜色下他的脸深邃好看，眼眸冷静依旧，还是她所认识的沈靳，永远古井般不起波澜的样子。

他可以是最好的良师益友、工作伙伴，甚至是丈夫，但于她，却总是缺了些温度。

她没办法让他变得有人味，他也满足不了她想要的情感需求。

不是他人不好，只是……他们不适合而已。

“夏小姐。”她过于沉默的眼神让他不觉拧眉，只当她还在为仓促领证的事难过，“明天我陪你去民政局。”

夏言抿了抿唇：“好。”

她转身回去了，刚进屋便与纪沉撞上了。

纪沉双臂环胸，居高临下地看着她：“什么民政局？”他伸手抓起她的手，看着她刚摘下戒指的地方，“别告诉我那是你们的订婚戒指。我大清早莫名其妙挨了顿揍，结果一转眼，你跑去和他私订了终身？”

随着他渐渐拔高的腔调，夏言迟疑地看了眼他嘴角的瘀青，不敢吱声。

纪沉也不恼，退开一步，还是偏头训她的样子：“夏言我告诉你，你要是明天真就这么去和他领证了，以后出问题了别找我哭。你们才认识几天？对对方有多了解？有闪婚闪成你们这样的吗？别人闪婚好歹讲究个干柴烈火，你们两个闷葫芦，赶什么时髦？”

夏言：“……”

纪沉道：“你别又给我闷不吭声。就一句话，明天到底是不是真要去民政局？”

夏言没法点头，他的怒气正一点点高涨，说去的话，纪沉直接默认是去领结婚证，大概能气得把她训到明天。

她老实交代是去离婚……

夏言偷偷看了眼他带着逼视的眼神，知道真相的他大概会想当场掐死她。

纪沉很有耐心，又叫了她一声：“夏言！”

夏言迟疑地摇头：“不是……”

纪沉看着她，沉默了会儿，点点头：“好。”

结果第二天一早，纪沉坚持要送她上班，还直接留在了公司，盯她。

办公区旁有个小型会客区，纪沉直接把她送到了办公室门口，然后转身在会客区拉了把椅子坐了下来，顺手拿起了份杂志。

沈靳刚好到公司，一眼便看到了一边坐着的纪沉。

他的视线在两人脸上来回转了圈，最后落在夏言脸上，带着询问。

夏言一脸尴尬。

纪沉搁下杂志，站起身："沈先生早。"

互殴了一顿，面对沈靳，纪沉还能维持表面的平和与客气。

沈靳也客气地打了声招呼："纪医生早。"

沈靳瞥见他嘴角渐淡的瘀青，那天早上的事也随之浮现。

对于纪沉，他是有些抱歉的，是他强闯了纪沉家，强闯入夏言房中，还把纪沉反锁在了门外，纪沉的任何行为都属于可理解范畴。

"纪医生。"沈靳沉吟着开口，"那天早上我很抱歉。"

纪沉轻笑："如果沈先生低头只是为了说服我同意你和言言结婚，还是算了吧。"

沈靳："……"

他询问的眼神转向夏言。

夏言怕他说漏嘴，偷偷冲他做嘴型："不要说话。"

纪沉没看到，问沈靳："沈先生，方便聊聊吗？"

夏言冲沈靳摆手。

沈靳看了她一眼，又看向纪沉："抱歉，纪医生，今天可能不太方便。"

纪沉也不强求："沈先生先忙。"他又道，"夏言刚出院，身体还没恢复完全，为避免不必要的意外，我可能得随诊一阵。"

沈靳点点头："纪医生辛苦了。"

沈靳抬头对徐菲吩咐了声："给纪医生备些茶水。"

沈靳朝办公室走去，经过夏言身边时，手往她肩后一压，直接把人推进了办公室，顺手把办公室的门反锁上了。

"怎么回事？"脱下西装，沈靳一边挂着衣服，一边问。

夏言看了眼门外，转身拿过笔和本子，很快在本子上唰唰写了一行字："关于我们已婚的事，请沈先生保持沉默。"

沈靳抬眸看了她一眼，"已婚"两个字竟让他有种眼前的女人确实是他妻子的真实感。

他反手拿过她的纸和笔，在纸上回了她一句："沈太太，你把你的同居男人带到我公司，是什么意思？"

夏言："……"

然后她直接把笔和本子扔到他身上，转身回座位了。

工作忙碌，一上午时间很快过去。

吃中饭时，夏言发现纪沉竟还在。

她刚从办公室出来，他已将杂志搁回原处，手伸向她："去吃饭。"

手掌落在她肩上，他推着她往前了几步，一道出去了。

沈桥正好过来找沈靳吃饭，一进屋便看到这一幕，看得一愣一愣的，而后看着两人离开。

他小步挪到沈靳身侧："二哥，你和……夏言，怎么回事啊？"

"前两天不还浓情蜜意的吗？怎么突然——"他说不下去了。

沈靳看了他一眼："什么浓情蜜意？"

沈桥道："你别又抵赖，照片我还留着呢。"他掏出手机，翻出照片给沈靳看。

沈靳瞥了眼，拿过他的手机，长按了那张照片，在跳出的"是否删除"选择框里，指尖直接点向"确定"，即将碰到时又停了下来，看着照片里安静拥抱在一起的两人，神色一下恍惚了。

沈桥小心地将手机抽了回来："删它做什么？夏言不像是朝三暮四的人，说不定有什么误会呢，好好说开就好了。"

沈靳没理他，抬腕看了眼表："去吃饭吧。"

吃饭的地儿是隔壁公司的员工食堂，安城实业刚成立，人不多，食堂还没入住。

沈靳和沈桥刚到餐厅便看到了坐在角落里的夏言和纪沉。

两人正在吃饭，没看这边。

沈靳直接去打饭，要刷卡时才想起来，他连饭卡都交给她了。

沈桥看他对着空钱包皱眉，偷偷瞥了眼，很自觉地把自己的饭卡递了过去："二哥，先刷我的吧。"

沈靳直接将餐盘搁到他手上："帮我拿会儿。"

他转身去找夏言，走到她近前时手掌直直地伸向她。

夏言一脸茫然："怎么了？"

沈靳偏头看她："你说怎么了，沈太太？"

"沈太太"三个字他是从齿缝间挤出来的，没发出声音让纪沉听到，但一字一句说得清晰。

夏言一下子想起包里多出来的那堆卡，全是他塞进去的。

她轻咳了声，默默地转过身，抽了张饭卡递给他。

沈靳离开后，夏言一抬头便看到纪沉正动也不动地看着她。

"你和他……"纪沉语带保留，"进展神速。"

夏言："……"

纪沉搁下筷子，正色看着她："夏言，我今天留这儿不是为了无理取闹。你的人生你自己做主就好。我是从小看着你长大的，你是什么性子我再清楚不过，头脑一发热什么事干不出来？我今天要是不盯着，回头你非得稀里糊涂和他把证领了不可。但婚姻不是儿戏。如果你真喜欢他，非嫁他不可，那没问题，但至少先给自己一个缓冲的时间，给你和他一个相互认识和培养感情的时间。你们才认识几天，连他的品性和家庭都没摸透，别贸然就将自己嫁掉了。"

夏言吃饭的动作不觉停了下来，她突然想，如果当初做决定前能先找纪沉商量一下，结果会不会不一样？

从小到大病痛缠身，她也一直被一种"可能活不长"的观念暗示和束缚着，因此造就了她性格上的矛盾点——既想努力活下去，不让她的父母、亲人担心，又偶尔会自暴自弃地想，既然都活不长了，不如活得随心所欲一些。因此在遇到自己喜欢的人或事时，她向来不会花太多时间纠结值不值得、要不要。她自认喜欢沈靳，她顾虑的问题都不是他所顾虑的，因此他说结婚时，她也从没觉得有要考虑的必要。

当年如此，如今人生重走了一圈，还是一样的结果。

纪沉的劝说总归是来得晚了些。

她做决定的速度连自认对她了解透彻的纪沉都觉得猝不及防。

“我都知道的。”夏言轻声回他，“我没有喜欢他，也没有非嫁谁不可，更没有要去领结婚证，也不会头脑发热了，你别瞎担心。”

沈靳平静的嗓音适时插入：“夏小姐，说话前，麻烦也照顾一下当事人的感受。”

话落，他已挨着她坐了下来，刚拿去的饭卡也被扔回了她面前。

纪沉平静地看向两人。

“纪医生，”沈靳抬眸看他，“你不用守着她，我和她是不会去领结婚证的。”

纪沉道：“有沈先生这句话我就放心了。”

沈靳不说话。

夏言也不敢说话。

纪沉下午要去上班，值夜班，下午五点多的时候走了。

他挑的时间点真好，民政局都要下班了。

经过了一天一夜，夏言已经没了昨晚醒来时乍看到结婚证时的崩溃，但今天面对沈靳时心情总还是有些复杂的，脑子里一会儿是那五年里的平淡如水，一会儿是他这两天的深情温柔以及那张纸片里的文字，一会儿又是他现下的冷静沉稳。

哪一个都是他，又不全然是他。

无法同步的记忆，让她连和他好好谈一次的机会都没有。

送纪沉回来后，看着办公桌前忙碌的男人，夏言心情越发复杂。

沈靳没抬头，但已平静地出声：“有事？”

夏言摇头：“没事。”

重新回到座位，看着屏幕上的文字，夏言却不是很能进入状态。

沈靳终于忙完，抬头看她："对了，你和纪沉是什么关系？"

夏言扭头："沈总的问题是不是超纲了？"

沈靳道："作为你法律意义上的丈夫，我的妻子和别的男人非法同居了，难道我不该有知情权？"

夏言："……"

"然后呢？"夏言问他，"享受完知情权后呢？吃顿饭都要找我要卡的人，就算被戴绿帽了，沈先生又能怎么办？"她又提醒了他一句，"你连律师都请不起了。"

沈靳缓缓看了她一眼："夏言，我虽然没钱了，但我有身为丈夫的合法权利。"

夏言不说话了。

沈靳重复刚才的问题："你和纪沉是什么关系？"

"他是我表哥。"夏言闷声回道。倒不是怕沈靳会脑抽要对她行使丈夫的合法权利。

当初心甘情愿下的合法婚姻关系里，他都能像个和尚般清心寡欲，对于这一次非心甘情愿下的婚姻关系，他更不可能会碰她。

沈靳偶尔正人君子得令人发指。

她只是觉得和沈靳为这种话题绕半天圈子没意义。

沈靳也不是真的要打听什么，对于她的答案，他仅是平静地回了声"嗯"。

夏言反倒被他吊起了好奇心："沈总打听这个做什么？"

"没什么。"沈靳淡淡地回道，"看他在这儿严防死守了一天，有些可怜。"

他抬腕看了眼表，已到下班时间。

沈桥准点儿过来约饭，部门小聚。

其实也没几个人，也就沈靳、沈遇、沈桥、老三、老四和徐菲、程剑等几个。

刚筹备的公司，除了设计部在加班加点赶作品，其他人都还闲着。

大家最近的工作重心都在第一款产品上，看似简单，但真的运作起来实际步骤烦琐。

设计、选材、制作模型、组建手工编织团队，全要在五月底的国际家装设计展前完成。

一旦首款产品真的在国际家装设计展上一炮打响，随之而来的就是大批量的订单，到时再组建手工编织团队已经来不及。

安城有大批精通编织的闲散手艺人，只是手艺水平参差不齐。

公司前期的投入里还不包括机械设备投入，公司刚起步没有那么大的订单量，还到不了量产的地步，而且产品定位走的就是纯手工制作的高端路线。

名工艺设计、名原材料、名工艺编织大师，三者合一，才是与之匹配的高端。

沈靳是有意把夏言往名设计和名工艺师方向打造的，才想着借江熠的舞台把她推出去。

但在把她推出去之前，势必得先说服名工艺编织大师加入团队。

人选沈靳早有打算，是一位名叫“曹华”的知名藤编工艺大师，但已经失去消息好几年。

早在当年沈靳的公司还叫软宸集团时，他便试图找过这位叫“曹华”的工艺大师，但音信全无。

后来再得到的与之相关的信息是在前一阵的商场手工艺比赛里，夏言呈交上来的柳编笔筒。

那种细腻度和纹理沈靳只在曹华的作品里见过。

那一阵他对夏言入职公司的执着也不过是从这几个因素考虑：她的工艺设计天赋、她的手工艺水平，以及她可能与曹华存在的渊源。

这一阵共事下来，沈靳知道自己没有看走眼。

热爱这行又兼具天赋的人不多，夏言绝对算一个。

但试图通过她了解曹华近况的事，沈靳还没和夏言提过，只是与沈遇和沈肆几个人商量过，大伙儿都知道。因此聚餐时，聊到工作，沈遇也就随口问起联系曹华老前辈的进展。

夏言正在吃饭，听到“曹华”两个字时诧异地看了眼沈靳。

当初相亲时，沈靳问过她是否认识曹华老前辈，当时她不想与他有牵扯，直接否认了，后来再没提起过这个事，夏言不知道他原来还在试图联系。

“还没。”沈靳淡淡地回道。事实上，自从说服夏言加入团队后沈靳便没再费心思找人。

以他对夏言作品的观察，直觉告诉他，夏言一定是认识曹华的。

这一阵都在和她忙着完善第一款产品的设计方案，再加之夏言住院，以及最近两天莫名其妙的结婚，几个事凑一起耽搁了些时间，沈靳还没时间和夏言详谈这个问题。

最近几天也不见得有时间。

目前整个团队里，真正懂行的也就夏言和他。

沈遇是警察出身，沈肆是做的民俗学术研究，老六、老七是到处游荡打探消息的小混混，老三跑的是销售，徐菲、程剑这些人，全都是刚毕业的大学生，家里也不像夏言般祖祖辈辈都是从事手工艺制作，从小耳濡目染。因此前期产品推出的关键阶段，为避免出现岔子，从设计到选材、模型制作、联系名工艺大师和组建整个手工编织团队，沈靳都必须亲力亲为，亲自挑选。

夏言自从住院后设计稿的事便被沈靳全权接手了过去，加之最近两天被他拐着领证结婚，这几天似乎有些不务正业。现在看沈遇和沈靳突然聊起曹华，她也就忍不住插嘴问了句：“找他做什么啊？”

“坐镇啊。”沈桥接过话，“我们前期的产品走的是纯手工制作，又是走的高端路线，还是得有名家镇场和把控，质量有保障不说，以后宣传上也比较有利。”

“本来以二哥当年的名望，有二哥的名号完全够用了，但后来出了集资诈骗那事，二哥的名声——”

“老六。”沈遇淡淡地打断了沈桥的话。

这不是他们兄弟几个的私下聚会，还有几个员工在，并不是很适合在人前揭沈靳的底儿。

沈靳面色如常，看向夏言：“这个事回头我再和你说。”他又看向众人，“吃饭是为了放松的，工作的事工作时间谈。”

“对对对。”老六笑着接话，“工作时间谈工作，下班时间聊八卦。”

说话间他一双眼眸就意有所指地看向夏言和沈靳，轻咳了声。

夏言被他看得莫名其妙：“干吗啊？”

“那个……”沈桥揉了揉鼻子，“夏言啊，我能不能问你个问题？”

夏言道：“你说。”

沈桥道：“今天送你来公司的那个男人是你什么人啊？”问完他还偷偷给沈靳送去一眼，示意替沈靳打听了。

沈靳不紧不慢地瞥了眼沈桥，替夏言回答了：“她表哥。”

夏言也点了点头：“嗯，表哥。怎么了？”

沈桥没直接回答：“亲表哥吗？”

老三直接一巴掌拍他的脑袋上：“表哥还能分亲不亲啊？那肯定是亲的啊。”

夏言摇头：“不是亲的，他是我姑妈抱养的。”

老三：“……”

沈桥：“……”

两人目光齐刷刷地转向沈靳，搞了半天原来没有血缘关系啊。

沈桥还记得那天陪沈靳找房子遇到夏言、纪沉的事，他记得两人应该是住一起的，今天纪沉又在公司守了一天，他看向沈靳的眼神不免带着几分担心。

沈靳面色看着并没有什么变化，依然是不紧不慢地吃饭，与沈遇闲聊，没理他，直到吃完饭要买单时，服务员将账单拿过来，沈靳本能地掏钱包，打开钱包后动作顿住，而后搁下钱包，将手伸向夏言：“卡，买单。”

夏言正喝着茶，本能地转身打开包，抽出一张卡，转身要递给沈靳时，发现全桌人都在看她和沈靳，面色各异。

她觉得手中的卡一下变得烫手，给也不是，不给也不是。

沈靳直接将卡从她手里抽了出来，递给服务员，服务员刷完后，又将卡递还给沈靳，沈靳很顺手地塞入夏言手中。

众人的目光再次一致地转向夏言。

夏言突觉压力很大，偷看了眼沈靳，那人面色如常。

老三粗嗓子率先打破沉默：“老二你藏得够深啊。”

老六道：“财政大权都上交了。二哥你不会瞒着我们连婚都结了吧？”

众人的目光再次落到两人身上。

“……”夏言控制着面部肌肉不动，“怎么可能啊？沈总这两天让我去江熠那边打点才把卡交给我的，我还没来得及还给沈总。”

老三、老六和老七狐疑地转向沈靳：“真的假的？”

夏言偷偷踢了沈靳一记，面上平静依旧。

沈靳看了她一眼，平静地嗯了声。

老三、老七拖着腔调喊了声，脸上兴味一下消散。

老六意有所指：“那也快了。”

沈遇直接端起酒杯，冲沈靳和夏言敬了杯：“恭喜。”

夏言被这一声“恭喜”闹得有些忐忑，沈遇是刑警出身，洞察力和分析推理向来惊人，这突然没头没脑的一声“恭喜”让她举杯也不是，不举杯也不是，不觉扭头看沈靳。

沈靳举杯和沈遇碰了下：“这声恭喜我可受不住。”

看夏言握着茶杯迟疑，他把手掌伸了过去，直接压下她的杯子。

沈遇笑了笑，也没再多言。

买完单后大家很快各自散去。

老六和老七负责送徐菲、程剑他们几个回去。

夏言和沈靳同路，沈靳送她。

车门关上，沈靳扭头看她：“现在你什么打算？”

夏言哪里知道什么打算，本来约好了今天一起去民政局，被纪沉守了一天，整个行程全打乱了。

“结婚证呢？”夏言问。

沈靳道：“家里。”

"……"夏言皱眉，"昨晚不是说好今天去民政局的吗？"

沈靳嗯了声："昨晚看你哭得伤心，本来是有这个打算。但早上看你和你表哥出门时心情不是很差，想来这件事对你的打击应该不算很大。"他扭头看她，"以眼下的诡异情况看，指不定今天离了明天又把婚复回来了。与其这样反反复复，在理清楚前因后果前，不如别去为难民政局的工作人员了，人家上个班也不容易。"

夏言不想说话。

沈靳继续道："在问题彻底解决前，结婚的事我不会张扬出去，你平时该怎么过还是怎么过，没必要因为这份结婚协议束手束脚。"

夏言扭头看他："谈恋爱也可以吗？"

沈靳道："那是你的自由。"

夏言点点头："好。"

夏言的电话在这时响起，她母亲徐佳玉打过来的。

电话刚接通，徐佳玉劈头盖脸就是一顿训："不是说去领结婚证吗？怎么领完证两个人都没影了？这都几天了，就领完证那会儿打个电话说累了要先回去休息，结果就没影了。婚宴办不办另说，连一起回家吃个饭的时间都没有吗？"

夏言这才想起来，领证的事不光是她和沈靳两个人的事，他是陪她回过家的，家里人都知道，连沈靳的彩礼钱都收了。

"妈……"夏言头疼地抚额，"我最近工作忙，没时间呢。"

徐佳玉道："再怎么忙，回家吃个饭的时间总抽得出来吧？明天就第三天了，按风俗是回门的日子，亲戚朋友都想见见新姑爷呢。"

夏言："……"

徐佳玉又道："你和沈靳商量一下，看明天能不能抽个时间回家吃顿饭吧，别结个婚跟玩儿似的。"她说完挂了电话。

夏言听着电话那头的嘟嘟声，转向沈靳，想哭。

沈靳正开着车，没听到电话那头说了什么，转头看了她一眼："怎么了？"

夏言头无力地靠在车窗上："没事，你开你的车。"

她琢磨着明天怎么糊弄过去，没想到徐佳玉的电话直接打到沈靳的手机上了。

夏言原本没注意，直到他眼神古怪地看了她一眼，对着电话那头温和地应了声："好，我先和夏言商量看看，回头我再给您打电话。"

挂了电话后，把手机往车载箱一扔，沈靳平静地道："你妈说你家亲戚想见见新姑爷，让我们明晚一起回去吃个饭。"

夏言："……"

她想哭的感觉更加强烈。

相比之下沈靳平静许多："明天我陪你回去。"

"不要。"夏言本能地阻止，"你见光后更加说不清了。"

"我不见光我在丈母娘心目中的形象一落千丈。"沈靳扭头看她，"要是我和你真有点什么，一个你就已经够难应付了，再加一个丈母娘……"沈靳偏开头，"明天我陪你回去。"

第二天快下班时，沈靳提醒了她回家吃饭的事。

夏言不想带沈靳回去，还没想好怎么敷衍过去，纪沉的电话打过来了。

"夏言，你妈刚给我打电话，问我有没有空过去吃饭，说你今天要带新姑爷回门。"纪沉话锋一转，"我就奇了怪了，咱家什么时候多了个新姑爷？"

"……"夏言越发觉得头疼，"我妈误会了……你先等会儿，我先给我妈打个电话。"

挂了纪沉的电话，夏言给徐佳玉拨了过去。

徐佳玉声音轻快："言言啊，你们是不是快到了？我让——"

"妈……"夏言硬着头皮打断了她的话，"我们还没领证……"

徐佳玉："……"

夏言道："那天是骗你的，后来没领证。我觉得还是得慎重考虑一下。"

徐佳玉愣了好一会儿才缓过神："还没领证是好事，那天我还劝你先好好考虑，还以为你不听。不过不管领没领证，你和沈靳到底是未婚夫妻了，彩礼钱都收了，你们一起回家吃个饭是应该的。”

夏言：“……”

所以问题的症结根本不是结不结婚?

告诉徐佳玉她和沈靳分了？或者离婚了?

各种念头在脑海中转过时，夏言已轻声开口：“妈，彻底定下来前什么意外都有可能发生的，我和他的事还是等稳定下来再说吧。今天我们就先不回去了，你好好招待阿姨他们。”

本是她敷衍的话，落在徐佳玉耳中就变成了她和沈靳出问题了。尤其是两人都到民政局了，电话也打过了，说是已经领完证了，之后又两天没和家里联系，这些事件一串起来，徐佳玉顿觉不对劲了，连语气都不自觉地严肃起来：“言言，你老实告诉我，你和沈靳是不是出问题了？他反悔了是吗？”

在徐佳玉眼中，夏言是万不会反悔的，那天晚上她劝夏言慎重考虑时，夏言满心满脑替沈靳说话，这样的夏言又怎么可能会反悔?

夏言看了眼旁边的沈靳，硬着头皮道：“嗯。”

又怕她瞎想，夏言赶紧软声安抚：“妈，我没事的，你不用担心。”

电话那头的徐佳玉叹息了声：“算了，可能只是缘分没到吧。幸好那些彩礼都没动，回头我让你爸给他还回去。你也别太难过，忙完了回——”

夏言没听完，手中突然一空，手机被沈靳抽走了。

她下意识地回头，沈靳面色平静，对着电话那头声音平稳温和：“妈，我和夏言过些天回去。”

“嗯，您别担心，我们没吵架。”

“我知道，我会好好和她说，您不用担心。”

“家里亲戚那边就麻烦您了。”

“好，到时我再给您打电话。”

“您也要注意休息，别胡思乱想，我和夏言没问题。”

“好。”

沈靳挂了电话，转过身，将手机重新塞回她手中，顺手将一份新打印的设计图纸摊在她面前："这是在你原稿的基础上调整过的设计稿，你看看还有没有需要调整的。"

"至于材质选择上，我目前倾向于先用玛瑙藤做模型。"沈靳反手从墙边的陈列架上抽了段竹藤，"这是目前市面上最好的原材料。以前公司合作过的原材料公司关系还在，原材料供应上暂时不是太大的问题，主要是原材料加工和产品制作问题。"

夏言看着他没说话。

他刚刚讲那个电话过于冷静自然，恍惚有些她熟悉的沈靳的感觉。

在处理关于她家人的问题上，他一贯是沉稳周到，让人心安的。

她家没有儿子，沈靳完全承担起了半子的责任，对她的父母、她的家人照顾得极尽周全。

他会在她父亲半夜身体不适时，连夜赶过去送他去医院，安抚她受惊的母亲和妹妹；会每个月认真地给夏晓挑课外读物和家教老师，她在学校被小混混欺凌时，亲自去学校帮她解决；会陪着她的母亲去菜市场，帮着提一些重物，帮忙做家务。

他就像这个家的支柱一般，是让所有人心安的存在。

他一直是个好女婿。

"夏小姐？"他在她眼前晃动的藤条让她回过神来。

夏言眼眸对上他的："沈先生是不是入戏太快了？"

"不是我入戏快，是夏小姐挖坑的能力太强。"沈靳身子微倾，目光与她缓缓平视，"夏小姐，虽说我们是在非个人意愿下成了夫妻，但世界是变化发展的，如果最后我和夏小姐不小心将错就错下去了，你刚刚不是在给我挖坑吗？"

"而我……"沈靳看着她，徐徐补充，"做事向来习惯给自己留后路。"

他的身体离她太近，说话时夏言能清晰地感觉到他逼近的温热气息。

夏言转着办公椅从他面前退开："我也喜欢给自己留后路，所以我不能让我妈知道我们领证了。"

沈靳看了她一眼："但已经是既定事实不是吗？你以为你还有后路

可留？”

夏言：“……”

沈靳已直起身，拿过那份图纸，冲她晃了晃，扔在她面前：“看看还有没有需要调整的。”

他已进入工作状态。

夏言看了他一眼，将图纸拿了过来，看了会儿。沈靳比她专业，更了解市场，他调整过的东西，在她看来是没有什么问题的。

“我觉得挺好的，不用动了。”她将图纸递还给他。

“这套模型我负责完成。”沈靳将图纸搁在桌上，“但后期量产后，我不可能时刻盯着。我们这一整套工艺是要连同藤条的打磨加工处理一起，还是得找经验老到技艺成熟的老师傅盯着。业界手艺目前最受认可的，一个是王叔的打磨加工技艺，一个是曹华老先生的编织水准。我想请至少一个人来公司坐镇。”

夏言皱眉：“不好请吧？”

她记得程谦也去请过王叔，现在也不知道是个什么结果。

沈靳看她：“他们两个你似乎都认识？”

夏言迟疑了下，点了点头：“算认识吧。不过他们都不喜欢去企业，而且年纪也大了，不方便。”她说着抬头看他，“你和王叔应该挺熟的吧，你了解他的脾性的，他觉得你们这些商人纯粹在糟蹋手艺。”

沈靳道：“曹华老先生呢？”

“他……”夏言想了想，“他以前好像也被企业邀请过，但都只是为了借用他的名气，他的意见和手艺不被尊重，他自己也觉得没意思，待了两个月就回去了。就老想着开班授课，但山旮旯里，年轻人都想着往外跑，谁愿意花时间学些在他们看来没用的手艺啊？而且，怎么说呢，这不是什么大众手艺，其实是挺偏门的东西，他虽然是被业界认可的，作品也拿过不少大奖，但普及度不高，所以大众对他的认知还是有限的。他那些手艺在业内人眼中可能是个宝，但在普通人眼里，什么也不是，尤其是在小山旮旯里。大家都是做这个的，自己辛辛苦苦采集藤条，抛光、打磨、加工、冷却、组装、盘花，花了那么多时间和心思，但最后都挣不到几个钱。连最基本的生活需求都满足不了，所以在普通人看来，这不是什么值得学习的手艺。他拿了奖后生活看着也没有太大变化，被企业请去两个月又回来了，不了解内情的人更加觉得学这东西没用了。”

夏言叹了口气：“反正就是骨子里都挺孤傲的吧，不想给人做踏板。”

沈靳沉吟地看着她：“你似乎对他特别了解？”

夏言也不回避：“还好吧。”

“他已经将近十年没消息了，坊间都猜测他可能已经不在了。但听你的意思……”沈靳目光缓缓落在她脸上，“他还健在，而且你知道他在哪儿。”

夏言道：“知道也没用的，我没有说服他的能力。”

沈靳道：“方便引见一下吗？”

夏言有些头疼地皱了皱眉：“如果我们没领结婚证还是挺方便的，现在这样……有点难办。”

沈靳道：“怎么个难办法？”

夏言看向他：“大概是你会被扫地出门那种。”

沈靳：“……”

他抬腕看了眼表：“我去王叔那儿一趟，你陪我一起过去吧。”

夏言想了想，点点头。

到那边才下午六点多，王叔正在吃饭，一抬头看到进屋的夏言，诧异了下：“你妈不是说你今晚要带新姑爷回门吗，怎么跑过来了？”

夏言：“……”

王叔搁下筷子：“我说丫头，怎么一声不吭就结婚了？喜糖也不发一颗。是谁这么好命，把你娶回去了？”

“……”夏言偷偷瞥了眼“好命”的男人。

沈靳面色平静依旧，打了声招呼：“王叔。”

王叔愣了好一会儿，视线在两人身上来回游移。

夏言看他的眼神似乎要误会，微微侧过身，给王叔做介绍：“王叔，这是我们公司的老板，沈靳，来找您有点事。”

王叔奇怪地看了她一眼：“我和沈靳熟着呢，要你介绍？”

抬头冲沈靳招呼了声，王叔视线在两人身上转了圈，笑道：“你们两个怎么在一家公司了？”他又转头看夏言，“你妈前一阵托我给你介绍对象，我还想着要不要给你们搭个线，没想到我这线还没搭成，你倒是一声不吭结婚了。也不知是哪家的小伙子这么有福气，什么时候也带过来让王叔见见？”

夏言硬着头皮道：“……老板在呢。”

沈靳看了她一眼。

王叔笑着拍了记脑门：“瞧我……”

他只当她顾虑上司在场，不好意思在老板面前谈论个人感情问题，笑着看向沈靳：“沈二啊，你也别介意，我和这丫头熟，说话无遮无拦惯了。你们都是年轻人，下班时间，也不用太讲究职场那套，随意点也没事。”

沈靳看了眼夏言，平静地笑了笑：“没事。”

王叔招呼着入座：“你们都还没吃饭吧？坐下一起吃吧，一个人住，也没准备什么……”

“没事，我们吃过了。”沈靳劝止了他，“王叔，您先吃饭，我和夏言就先随便看看。”

“好。”王叔重新拿起筷子，“你们随意就好，不用客气。”

沈靳转身看着货架上的小工艺品。

铺面不大，货架也不多，只是两个三层的玻璃陈列架，摆满了各式编织小工艺品。

夏言站在沈靳身侧，与他一起看着货架上的小东西。

沈靳随手拿起一个藤编花草篮，一边漫不经心地打量，一边轻声道：“以后要是让王叔知道了，你打算怎么解释老板到老公的身份转变？”

夏言也随手拿起一个小笔筒：“说不定等王叔知道的时候，我老公已经换人了。”

沈靳沉默不语。

餐桌前的王叔后知后觉地叫了夏言一声："不对啊，你今晚不是要回家吃饭吗？怎么这个点儿还在这里加班？你妈今天还特地给我打电话让我过去吃饭。我这儿有事走不开，还想着等你补办喜酒了再过去呢。"

夏言看了沈靳一眼，又回头看王叔。

"工作忙呢。"她声音柔软，"最近公司计划要推新产品，实在忙得抽不开身，今天特地过来还想找您帮个忙呢。"

她想趁机进入话题，没想到王叔注意力全在结婚一事上，连连冲她挥手，苦口婆心地道："工作再忙，结婚也是大事，怎么能疏忽了？"他又看着她道，"对方是哪里人？叫什么名字？做什么的？在哪儿上班？这么个大日子怎么也由着你？"

他又转向沈靳："沈二啊，不是王叔说你，你这当人老板的，不能光顾着挣钱，还是得体恤一下员工。结婚不放假就算了，这种时候怎么还能要求加班呢？"

"不是，是我自己要求加班的。"夏言下意识地接话，想把话题导回找他的目的上。

没想到沈靳已平静地出声："是我疏忽了。"

他搁下藤编花草篮，回头时看了眼夏言："还是得体恤一下新员工。"

王叔笑道："可不是，哪有人家刚新婚就让人陪你加班的。你不多想，人家的丈夫能不多想吗？"

夏言："……"

沈靳道："王叔教训得是。"

沈靳缓步朝他走去，在他对面坐了下来："主要也是最近公司人手不够，找不到什么懂行的，就招了她一个，设计、制作都得她一个人负责，工作量确实大了些。"

王叔皱眉："这可不行，小丫头从小身体不好，这个工作强度她可吃不消。"

"可不是，刚忙了几天就病倒住院了。"沈靳拎过茶壶，给三人各添了杯茶，道，"劝她慢着点，不用那么拼命，但劝不动，说是不放心交给其他人。什么都得亲力亲为，设计要自己做，选材也要自己来，藤条打磨加工上色也非得自己来，编织也想自己上，现在只是准备模型都吃不大消了，以后要是开始量产，她一个人怎么受得住？”

夏言狐疑地看了眼沈靳。

王叔抬头看她：“丫头，打个工而已，你这么拼命做什么？连你们老板都看不过去了。”

沈靳也回头看她，明明什么也没说，夏言突然就懂了，配合着沈靳换上可怜兮兮的神色：“王叔您身体不好不也老爱整这些小东西嘛，就是喜欢嘛。”

“从小您就老爱对我唠叨，说这些老手艺越来越没人愿意学了，以后估计慢慢就要失传了。要是真失传了多可惜啊。”夏言抬头看他，“王叔，您看您每次把那么大一根藤条，打磨加工得多匀称、有韧性，我想学都学不好。要是以后失传了多遗憾。”

王叔缓缓抬头，看了她一眼，又看了眼沈靳：“你们这一唱一和的，想干吗？”

夏言：“……”

她讨好地冲他笑了笑：“王叔……又让您看出来了。”

“其实……”她小心地看着他，“我就是想请您出山。您不是一直担心您这一身手艺后继无人，想开班授课吗？那不如来公司，直接在车间授课，有设备、有实操平台，材料也应有尽有，那不是比您空口传授好太多了？”

王叔道：“说得好听，不就是让我过去打工嘛。”

“王叔，”沈靳缓缓地开口，“不是打工，是把整个藤条加工链条交给您指挥和管控。”

王叔目光转向夏言。

夏言点点头：“王叔，您要是喜欢的话还可以参与设计，然后我们再根据设计方案选材和准备，到时整个藤条加工流程是由您全程掌控的。有您在，藤条的工艺和质量我们也比较放心，我也不用老想着自己盯着了，你也不用担心我的身体吃不消了不是吗？”

王叔看了她一眼："你不也是个打工的吗，怎么整得跟老板娘似的？"

夏言噎住。

沈靳轻咳了声，不说话。

夏言好一会儿才找回自己的声音："我有股份嘛。而且我亲自参与产品设计了，就是想把自己设计的品牌打出去嘛。要是我们的品牌成功推出去了，喜欢的人越来越多，肯定会有越来越多的人来向您学习和讨教，您还怕没人继承啊？"

王叔给了她一个白眼："就你大道理多。"但他也没当场应承下来，"我先考虑考虑。"

夏言笑道："好，我们等您的好消息。"

她的话音刚落，门口响起了咚咚的敲门声。

夏言循声扭头，一眼便看到了门口的程谦和程让兄弟俩，一起的还有宋乾。

几人像是特地来找王叔的，还提了大袋的礼品。

程让也看到了夏言，诧异地叫了她一声："夏言？"而后他嬉皮笑脸地冲沈靳也打了声招呼，"沈哥。"

沈靳淡淡地颔首，面色平静，并未与程谦、宋乾打招呼。

程谦、宋乾也没有打招呼。

宋乾收起了那日在山庄时的嚣张，在程谦面前乖得像条狗。

因着那天的事，夏言对宋乾的印象算不得好，连带着因为他的存在，她看到程谦都有些不适起来。

程谦一如第一次见面时的冷峻严肃和高高在上，看到她时眼神从她身上平静地掠过，转向王叔时脸上的冷峻才稍稍融化了些，客气地打了声招呼。

王叔也乐呵呵地回了声招呼。

他对谁都一样，面上乐呵呵的，对谁都和蔼可亲，但哪些该深交，哪些该浅交，心里门儿清。

夏言看着他乐呵呵地招呼程谦几人入座，将宋乾递上来的礼品推了回去，一脸歉意："程总，您前几天让我考虑的事，我恐怕是不能答应您了。"

他手指向夏言，“我已经答应帮这丫头了，估计是没法去您的公司了，实在对不住。”

程谦回头看了夏言一眼，眼里掠过一丝诧异。

宋乾也诧异地看向夏言。

沈靳缓缓站起身，平静地与王叔道别：“王叔，您有客人，我们就先不打扰了，回头再聊。”他说完与夏言一道出了门。

走过小巷转角时，夏言回头看了眼王叔家，又偷偷看了眼沈靳，他始终面色平静，又有些深沉。

“你和程谦、宋乾两个人气场有些微妙。”上了车，夏言扭头看他，“他们不会就是害你入狱的罪魁祸首吧？”

沈靳面色并无变化，慢慢启动了车子：“算是吧。”他扭头看她，“刚刚谢谢你。”

夏言微愣，很快反应过来，他是在谢她配合说服王叔。

“不用客气，我也要仰赖他。”夏言不是很自在地接过话。

沈靳道：“他和你家关系似乎不错。”

夏言道：“他和我爸是一起学手艺的，算是一起长大的拜把子兄弟。”

只是这种小手艺不挣钱，她幼时身体不好，家里开销大，压力也大，她父亲才转行下海，做点小生意。

王叔就一直守着这门小手艺过活，一世清贫，孤寡了半生。

“王叔条件应该不算差，一辈子没结婚吗？”沈靳随口问道。

他和王叔打交道多年，但算不得交情深，多是探讨手工技艺为主，不会过多涉及私事。

夏言道：“年轻时结过的，听说感情很好，可惜他老婆身体不太好，结婚没几年就病逝了，没留下孩子。他也没再娶，就几十年如一日地守着他们当初经营的这家小店。”

沈靳不知为什么，怔了下，不觉扭头看她。

夏言回头，看他神色似是有些恍惚，问了句：“怎么了？”

沈靳转开头："没事。"

两人没再说话。

王叔在两天后给了沈靳答复，确定来公司上班。

接到王叔的电话时沈靳和夏言正在办公室讨论推广方案。

挂断电话后，沈靳抬头看她："晚上有空吗？我请你吃饭。"

夏言有些莫名其妙："干吗要请我吃饭啊？"

沈靳瞥了眼手机："王叔那边定下来了。"

夏言哦了声："恭喜啊，不过吃饭还是算了吧。"

这时门外响起敲门声，沈桥站在门口道："二哥，有人面试设计师，现在在会议室。"

沈靳站起身："我马上过去。"他又看向夏言，"你也一起过去吧。"说完他转身拿起桌上的本子，出去了。

夏言也赶紧抱了个本子和笔跟上，在会议室门口时终于追上了沈靳的脚步。

"为什么我也要一起面试？"她压低了声音问，"我从没面试过别人，也没准备过，这要怎么面啊？"

沈靳道："就拿出你那天的老板娘架势来就够了。"

夏言："……"

她脚步生生刹住，转身想走，被沈靳扣住了肩。

"新设计师以后是要和你组搭档的，日常工作沟通少不了，你自然也得参与面试，看看合不合眼缘。"

沈靳将她推进了会议室。

头刚抬起，夏言愣了愣，应聘者是程让。

程让还是一副大少爷行径，半个身子慵懒地倚靠在椅背上，一只手臂搭在桌上，歪头看门口。

沈靳似乎也没想到来的人是程让，看了他一眼："你怎么来了？"

程让笑嘻嘻地站起身："沈哥。在自己家公司没意思，没有从底层干起的兴奋劲，想来和你们一起创业。”

沈靳将手中的本子啪的一下轻搁在了桌上：“我以后是要吃掉你家公司的，你这是打算过来助攻？”

程让无所谓地摆摆手：“那也得你吞得下啊。”

沈靳手伸向他：“作品我看看。”

程让将一个硬皮本子递了过来。

沈靳扫了眼：“不合格。”他合上扔还给程让。

程让道：“我可以打杂。”

沈靳道：“你一二少爷跑我这儿打什么杂？”

程让揉着鼻子轻咳了两声，看了眼夏言：“能让夏言先出去吗？”

夏言马上收拾本子：“好。”

沈靳坐着没动：“没什么好回避的，有话直说。”

程让嘿嘿笑了两声：“想近水楼台嘛。”他看了眼夏言，手直直地指向她，“我想追她！”

“……”夏言差点被自己口水呛到。

沈靳似是笑了下：“你想追她？”

程让坦然地点头：“对。”他手肘往桌面上一撑，身体前倾向沈靳，“沈哥，怎么样，给个机会吗？”

沈靳看了他一眼：“又不是追我，你找我要什么机会？”

“……”程让目光缓缓地转向一边呆愣住的夏言，“夏言，我是认真的。”

夏言：“……”

程让目光又转向沈靳：“沈哥，我无所谓工资，你给我派什么活儿我就干什么，不挑。”

沈靳道：“公司只缺个扫厕所的，你能胜任？”

程让被问住。

沈靳起身：“如果你自认能胜任，就去找老六办入职手续。无法胜任的话，你自便就好。”

出了会议室门，发现夏言没跟上，沈靳又回头敲了敲门，看向还坐在原处的夏言："还不回去工作？"

夏言应了声，和程让道别，收拾东西出来了。

"怎么看上你的男人尽是些脑回路清奇的？"回办公室的路上，沈靳淡淡地道。

夏言扭头看了他一眼："你又知道哪些男人看上我了？"

沈靳不语。

明明白白说要追她还追到公司来的程让算一个，对他严防死守的纪沉算一个，再加一个属性不明的江熠。

起码三个了。

程让和江熠是不是认真的不好说，但纪沉……

沈靳还记得相亲那次，纪沉进来时对她的护犊子姿态。

第六章 暧昧

沈靳原以为程让只是闹着玩儿，夏言原也是这么认为的。她和程让虽同窗两年，但交集不深，也就前一阵一起唱了个歌吃了顿饭，她的性格也没有趣到让人一顿饭爱上。两人以为这场小闹剧就这么过去了，没想到下午快下班时，沈桥突然来敲门，半个脑袋探了进来："二哥，你怎么招了个大老爷们来扫厕所？"

夏言诧异地抬头看他。

沈靳也从电脑前抬起头，看向他："程让入职了？"

沈桥点头："对啊，明天就正式上班了。"

沈靳："……"

他看了眼夏言。

夏言一脸莫名其妙："……看我做什么？"

沈靳没回，平静地看向沈桥："把他交给清洁阿姨就好。"

沈桥哦了声，关上门，走了。

办公室重归平静。

沈靳隔着办公桌，远远地打量夏言。

那眼神看得夏言很是不自在："沈总这是什么眼神？"

"惊叹！"沈靳起身，边拿过水杯去接水边道，"夏小姐再多几个这样的追求者，我这公司清洁工都能组一模特队了。"

夏言回头看他："我怎么觉得沈总这话这么酸啊？是不是还没有人为了追沈总甘愿扫厕所，沈总心里不平衡了啊？"

"一个男人跑到我面前，指着我老婆告诉我，他想追她，让我给他安排一个在她身边的机会方便他近水楼台。"沈靳回头看她，"夏小姐觉得我应该平衡吗？"

夏言哦了声，慢吞吞地道："可我也没觉得沈总有什么不平衡啊，您不都把人安排进来了吗？"

沈靳直接转头继续接他的水。

第二天一早，夏言刚到公司便被一大束玫瑰闪瞎了眼。

程让不知道什么时候已经过来，穿得西装笔挺，抱着束红玫瑰，她刚走进办公室，他的玫瑰花就呈了上来。

办公室的其他人也都在，一个个诧异地看向这边。

夏言看着面前那一大束花，愣了好一会儿，看向他："你干吗啊？"

程让道："喜欢吗？"

夏言："……"

徐菲凑了过来，手臂搭在了夏言肩上："言言，追求者啊？"

"什么追求者，"沈靳浅淡的嗓音徐徐插入，"公司新招的厕所清洁工。"

徐菲神色古怪地看向程让。

程让像没听到，笑嘻嘻地和沈靳打招呼。

沈靳扫了他一眼：白衬衫、黑西装、黑西裤、长领带、黑皮鞋、红玫瑰。

"你就这样去扫厕所？"他问，"清洁工工作套装一般是入职后才定做，一周后到货。"

程让嘴角得意地一勾："怎么会要我亲自上阵？"

他右手潇洒地打了个响指，两个矮胖的大妈从外面走了进来。

程让指着两位大妈介绍："这是我花了双倍工资雇用的小工，以后我的工作内容交给她们就好，保证比我这个新手做得好。"

沈靳："……"

夏言："……"

沈桥："……"

沈桥手颤巍巍地指向程让："那你干吗？"

程让道："追人啊。"他将玫瑰塞入夏言手中，"夏言，我们同学一场，就不玩那些虚的了，我是真的想追你。"

夏言："……"

其他人也都一个个看向夏言。

沈桥更是惊得张大了嘴，看了看夏言，又看了看沈靳。

沈靳面色平静如常。

送完玫瑰的程让回头看沈靳："沈哥，劳动合同只规定我完成上司交代的工作，没强调一定要本人完成。我自己掏钱请人干活，这不算违反合同规定吧？"

沈靳道："保证厕所清洁就好。不过鉴于你身份敏感，身为敌手公司领导的家属，为避免不必要的商业纠纷，还是要避一避嫌，以后除了你个人的工作区域，办公空间禁止涉足。"他转头看向沈桥，"通知门卫，在洗手间门口给程让腾一套办公桌椅。以后洗手间的厕纸和堵塞问题，找程让就好。"

程让："……"

沈桥很快安排了下去，在洗手间门口支了套桌椅，把程让撵过去了。

程让没想到沈靳真安排他来管理厕所了，四下扫了眼，拽住沈桥的胳膊："哎，不是……我不是保证厕所干净就好了吗，怎么还得守厕所了？"

沈桥抽回了手："管理厕所你不守厕所干吗？"

"也不看看你要追的人是谁！"鄙视完，沈桥留下他，回去向沈靳汇报了。

"不用管他。"沈靳头也没抬，"他待腻了自然会走。"

夏言没想到沈靳真把人安排去管理厕所了，程让一个校园里开着超跑满校道转悠的富家少爷来这小破公司扫厕所……

“沈总。”夏言忍不住扭头看他，“人家程让好歹一校草级的人物，您这样糟蹋，会不会不太好啊？”

沈靳道：“这不是他上赶着来的吗？”他抬头看她，“倒是你，做了什么，让人放着好好一大少爷不做，上赶着来为你扫厕所？”

“……”夏言状似苦恼地想了想，“大概是……我魅力比较大？”

沈靳淡淡的眼神扫过来，没理她了。

夏言原以为程让待不到两个小时估计就得走了，没想到中午吃饭时，刚出了电梯便看到了跷着二郎腿坐在会客区玩手机的程让。他依然是一副怡然自得的少爷模样。

他也回头看到了他们，把手机往口袋里一收，站起身，爽快地招手打招呼：“是去吃饭的吧？我也没吃，一起了。”

沈靳道：“你还没舍得走呢？”

程让道：“我找了个阿姨在那儿帮我守着呢，办公区我可没上去。”

他站在夏言身侧，打饭时也亦步亦趋地跟着夏言，落座时也坐在夏言旁边。

沈桥鼓着眼睛，看了看他，又看了看面色如常的沈靳，有些闹不明白眼下的情况。

程让除了不按常理出牌外，其他举动一切正常，对沈靳也不像程谦面对沈靳时的高冷。

饭吃到一半时，他突然抬头看沈靳：“沈哥，你就打算一直让我这样守厕所啊？我好歹一名校毕业生，来给你守厕所也太屈才了吧？”

沈靳看了他一眼：“这不是你自愿来的嘛。”

程让道：“那我不都给你找了俩清洁阿姨了嘛。”

“我是真心想进你的团队。”程让两根手指抵在头侧，“我发誓，我真不是我哥安排过来的细作，就是纯粹想跟着你一起混。我觉得你和我哥吧，真没必要闹到现在这样老死不相往来的地步，我居中调解一下，说不定你们能破冰呢？”

“你是傻还是没睡醒呢？”没等沈靳说话，沈桥已接过了话，“就你那个趁火打劫的哥，还破什么冰，不给他破膛就不错了。”

沈靳抬头看了程让一眼：“玩够了就回去。我和你哥从来就不是什么朋友，也不是什么敌人，就是单纯的竞争关系，不存在所谓的破冰。”

夏言不觉看了他一眼。

沈靳被身边人捅刀陷害入狱的事她知道一些，但知道得不多，程谦在里面扮演什么样的角色她并不清楚，只知道捅刀的人是宋乾。

这些事沈靳从没和她提过，她曾问过他一次，他并不想多谈，以一句“过去的事了”结束了所有的话题。

她和沈靳的缺乏交流多半也是因为他不爱说的话题从来不会多说一个字，她问过一次的话，被他一句话结束话题后，她也从不会缠着他深究，更不会撒娇。他沉默的时候，她只会更沉默而已。

一想起过去的事心情总不会很好，夏言默默地吃饭不说话。

程让还在那边试图说服沈靳：“我真不是来玩儿的。”他两指抵在额角发誓，“我和我哥一样，是真钦佩你。只不过他把你当对手，我把你当偶像，我就想跟在偶像手下干事，有成就感。”

沈靳看了眼夏言：“不是冲着她来的吗？”

程让道：“偶像和对象不矛盾啊。而且偶像和对象在一家公司，我还缩短作战距离了。”

沈桥白了他一眼：“那是我二嫂。”

夏言一口汤呛进了喉咙里，捂着嘴偏开头猛咳。

一张纸巾从对面递了过来。

夏言看了眼沈靳，沉默地接过纸巾。

程让摆明了不信：“少来，我和夏言是同班同学，她有没有男朋友、结没结婚我还会不了解啊？”

“再说了。”程让眼角瞥了眼夏言和沈靳，“他们两个哪里有一点情侣的样子了？老子猎艳无数的人，哪些是真情侣，哪些是假情侣，一眼就能识破。”

沈桥被堵住，除了撞见沈靳偷吻夏言和抱夏言，他也没看出两人有半点情侣的模样。

夏言默默地吃饭，不发表意见，本来就不是。

沈靳也没说话。

午饭后程让没了影儿。

夏言不知道他是依着沈靳的意思玩儿够了回去了还是忙什么去了，也没工夫理他。

下午时，沈靳将完成的藤编沙发模型交给了她。

他亲自打磨和加工上色的藤条，亲自编织成型，精致结实。

夏言虽不是第一次见沈靳的作品，但乍看到时还是倍觉惊艳。

他是精于编织工艺和木雕的人，他们家的书房里还摆着不少他当年制作的小摆件，以前只是简单地陈列在那儿，自从童童长大些后，那些小东西便成了她的玩具。

她平时最爱拿着它们，以独有的小奶音，一遍遍地问沈靳："爸爸，这是什么？"

沈靳对她也向来是极具耐心和温和的，不管多忙，只要她找他说话，总会放下手中的工作，抱起她，一遍遍不厌其烦地回答她那些过于稚气的问题。

以前夏言总觉得沈靳不是个适合做父亲的男人，但有了童童以后，他这个父亲做得比任何人都要称职。

她的视线不觉转向办公桌前忙碌的男人。

沈靳抬头："有事？"

他的目光一如既往地平和，有温度，但没有感情。

夏言转开头："没事。"

她拿过那套藤编沙发模具："我晚上约江熠吃个饭。"

沈靳看她："直接送给他？你认为，他看上的可能性多大？"

夏言不好预估。

"他还欠我一个人情呢。"夏言想起他找她做戏那次，"他承诺过会答应我任何条件。”

沈靳道：“任何条件？”

夏言道：“对啊，他自己给的承诺，我还没找他兑现呢。”

沈靳道：“他怎么会给你这种承诺？”

“就他强吻——”夏言打住，换了个词，“让我陪他做戏那次，仓促之下承诺的。”

沈靳记得她似乎解释过那晚的事，就是夜游那夜，那时的她比平日里单纯许多，对他也没有那么多防备，而他对她……

沈靳想起那一夜的种种，视线不觉在她脸上停了停。

这张脸看久后也没了一开始的陌生感，只是大脑里并没有任何过去与她有交集的记忆。

他想到了她那套前世今生的理论。

前世是夫妻……

“夫妻”两个字撞进他的胸口时有种微妙的电流感，活了近三十年，他的心思全在各类木雕和编织等工艺研究上，女人和婚姻于他是很淡的渴望。

“沈总？”夏言困惑的声音让他回过神。

沈靳移开了视线：“晚上我陪你过去。”

他另外让人把夏言参考的江熠那套设计图纸做了个样板间，将沙发模型嵌了进去，用礼品盒打包，到餐厅那边时，没提前进去，让夏言托餐厅的工作人员给江熠送了过去。

东西搁在桌上时，江熠回头看了眼工作人员：“谁送的？”

“一个年轻女孩让送过来的。”

江熠困惑地四下看了眼，没看到什么熟人，迟疑地揭开了礼品盒，怔了下。

模型里面贴了张小卡片，卡片背后写着字：“江总，当传统手工艺元素强化了现代几何线条感，搭配您的极简主义设计，同样可以达到轻盈简约的效果，同时赋予了整个空间沉淀后的宁静和艺术感。你觉得呢？”

字迹娟秀，是女孩子的笔迹，没有署名。

江熠视线缓缓地落在桌上的样板模型上，而后又四下看了看，猜不出是谁送过来的东西。

江熠的反应全落在了楼上的沈靳和夏言眼中。

“要现在下去吗？”夏言问沈靳。

沈靳道：“不急。”

看着江熠招来刚才送过去礼物的服务员，询问他送礼人的外形特征、人在哪儿等，距离约江熠的时间还剩五分钟时，沈靳终于站起身：“走吧。”

夏言和沈靳走到桌前时，江熠正好站起身，想出门找人。

“江总。”夏言出声叫住了他，“不好意思，来晚了。”

江熠道：“没事。”他重新坐了回去，笑着看向夏言，“听说前几天夏小姐身体不太舒服，好些了吗？”

“好多了。”夏言看了眼桌上的样板模型，“江总觉得这套沙发搭配得怎么样？”

“还不错，工艺——”江熠话说到一半倏然顿住，缓缓抬头看向夏言，“这不会是夏小姐送的吧？”

夏言坦然地点头：“江总喜欢吗？”

江熠点点头：“还不错。”

手伸向样板模具，将那套藤编沙发模型取了下来，他打量了会儿：“夏小姐的作品？”

夏言不敢居功，大部分是沈靳调整过的，模型也是沈靳自己做的。她正要否认时，沈靳已开口：“对。这套藤编家居，风格搭配江总的家居设计风格，江总觉得怎么样？”

沈靳说着从文件袋里抽了份设计图纸递给他，除了主打的这套沙发，图纸上另有几套茶几、座椅和餐桌等同系列设计。

江熠往沈靳和夏言身上各看了眼：“看来沈总和夏小姐是有求而来？”

沈靳很坦然地点头：“确实别有目的。不过我们寻找的是和江总的共赢。江总的设计陷入了瓶颈，我们的产品需要寻找上市机会，我们的合作是相互成就。”

江熠笑了下：“算起来还是我吃亏。现在我是万人景仰，品牌价值在那儿摆着，沈总的公司全无价值。”

沈靳点点头："目前来说确实如此。但既然当年我能在短时间内打造出一个软宸集团，江总又怎么知道我不会打造出另一个软宸集团？我记得三年前江总有找过我，希望将你们的方案定制与家居工艺定制结合，两个品牌联动。只是那时刚好赶上公司内部财务出现问题，之后又遭逢破产，没能如愿合作。现在我要重新开始，不知道江总敢不敢也跟着我赌一把，试试我能不能再造一个软宸集团？"

江熠不应，平静的脸上看不出情绪。

沈靳继续道："如果当年我们合作了，是江总蹭我的品牌价值。现在合作了，是我蹭江总的品牌价值，两者所带来的挑战和成就感是完全不同的。以江总的脾性，应该更倾向于亲手拉起一个品牌，而不是被人一手拉起来。"

江熠沉吟地看他："沈总的优势在哪儿？"

沈靳右手食指缓缓抵在额角："这里！"然后他看了眼夏言，"以及她。"

"还有安城手艺最精湛的手工艺者，以及紫盛整个设计团队。"沈靳补充。

江熠询问的眼神对上他的。

沈靳道："紫盛的整个核心团队是我亲手组建。"

江熠沉吟了会儿，点点头："行，我可以让沈总借一趟东风。不过……"他看了沈靳一眼，"我要入股。"

沈靳道："当然。"

入股方式和占比沈靳和江熠私下谈，夏言没参与。

吃过饭后沈靳给夏言开了房让她先休息，他和江熠去谈了。

两人应是谈得很不错，谈到了晚上十一点多，出来时面色都很轻松。

第二天，江熠亲自来公司签订了合作协议。

签完协议，江熠打量着整个办公区，扭头看沈靳："看来，这里还得给我整一个办公室。"

"这是自然。"沈靳站起身，边将合同收起，边向一边的沈桥吩咐，让他给江熠整理一个办公室。

江熠不会常来，但偶尔过来时，还是要有他的独立办公室。

沈靳前期的策略，产品设计都是要搭载江熠的家居设计推出，夏言要与江熠沟通和磨合的机会会很多。

收笔起身时，江熠笑着看向夏言：“夏小姐，以后多多指教了。”

夏言笑道：“江总怎么说也算我的老板了，还是直接叫我夏言吧，叫夏小姐听得我有些惶恐。”

江熠不觉看了眼沈靳，他记得沈靳也一直叫夏言“夏小姐”，那还是最大的boss呢。

他也没多问，签完协议后便回去了。

夏言和沈靳送江熠下楼。

程让也在楼下的会客区。

他昨天下午消失了一阵，今天又过来上班了。

他不认识江熠，看着两人送他下楼，也只是好奇地看了眼，等两人送完人回来时，才叫了夏言一声：“夏言，晚上学校有会呢，别忘了啊。”

他一提醒，夏言才想起她还没毕业的事。目前还处于实习阶段，学院管得紧，一些重要会议还是得回去参加。

“我一会儿就回去。”

程让站起身：“我也得回去，顺便捎你一程吧。”

夏言看了看时间，估算了下公交车时间，而后点点头：“好啊，麻烦你了。”

回办公室关了电脑，取了包，夏言和沈靳道别：“沈总，我先走了。”

沈靳看了她一眼：“夏小姐对我的习惯性客气还是没改。”

夏言一愣，不解地看向他。

沈靳道：“怎么说我也是这公司最大的老板，夏小姐似乎对我有些有恃无恐？”

夏言明白过来了，他这是为江熠刚才的话秋后算账呢。

夏言想了想：“可能是我是沈总求着来的，但江熠是我求着来的，待遇自然不太一样。”

沈靳平静的眼神扫过，他站起身：“我顺路送你吧，我今晚也得回一趟家。”

夏言道：“不用了，我搭程让的顺风车就好了。”

沈靳没理她，关了电脑，与她一块儿下楼。

程让的车已经停在楼下，还是那辆拉风的超跑。人倚在车旁，一只手钩着钥匙，有一下没一下地晃着，远远地看到夏言便冲她招了招手。

沈靳与夏言一块儿走了出来。

程让笑嘻嘻地看向沈靳：“沈哥，你也要出去吗，要不要我顺路送你一程？”

沈靳道：“不用了。”他看了程让一眼，“还没下班你跑什么跑？”

“……”程让低头看了眼表，确实没到下班时间。

沈靳回头瞥了眼贴在前台墙上的公司规章制度：“按公司规定，无缘无故旷工按自离处理。”

程让：“……”

他默默地收了钥匙：“好了好了，我先不走还不成嘛。”他看向夏言，“夏言，要不你也先等会儿吧，下班了我再送你回去，时间还是来得及的。”

夏言迟疑地点头：“哦。”

她转身想先回办公室，冷不丁被沈靳拽住了手臂。

“有私事要处理就抓紧时间处理，未来一阵估计不会太有空。”

程让不服：“沈哥，我也有私事要处理的啊。”他指了指夏言，“我和她是同学，都要回学校的。”

沈靳回头看他：“她要加班加点忙设计，你守个茅坑，能有多忙？”

说完他拉开车门，把夏言推进去了。

夏言揉着被他抓过的手腕，偏头看他：“沈总今天双重标准有点严重哦。”

沈靳道：“这不是和你现学的嘛，你是我求着来的，他是上赶着求我，待遇自然不能一样。”

启动了车子，沈靳一路把她送到了学校门口。

“会议大概多久？”开了车锁，沈靳扭头问她。

夏言愣了下：“得一两个小时吧。”

沈靳点点头：“好，我在外面等你。”

夏言困惑地看了他一眼：“我今晚住学校。”

沈靳拿出手机，冲她晃了晃：“你妈中午又给我打电话了。”

夏言：“……”

沈靳道：“她说你身体不好，让我别让你太累，下午有时间还是要一起回家吃个饭。”

“……”夏言狐疑地拿过他的手机，还真有她母亲的通话记录。

连吃饭这种事她母亲都直接打到沈靳的手机上，不找她了。

“沈先生不会想就这么将错就错下去吧？”将手机还给他，夏言问。

“在你妈眼里，我都快成压榨你的黄世仁了，连放你回家吃顿饭的机会都不给。”他扭头看她，“要不你告诉我一个两全其美的解决办法，怎么在保住我这个挂名女婿形象的同时，又不用陪你回家吃饭？”

夏言无言：“你一挂名的还需要什么形象啊？名号说摘就摘了，何必白忙活？”

说着她推开车门，下了车，弯身冲他挥手告别：“沈总有空还是回家好好陪陪你妈吧，那个才是永远不会白忙活……”

电话很不凑巧地在这时响起，是她母亲打过来的。

夏言迟疑地接起。

“言言啊，沈靳和你说了吗？什么时候回来？”

夏言道：“妈，我学校要开会呢。”

徐佳玉皱眉：“怎么每次一让你们回家吃饭你就有事？老实说你是不是故意的？

“别人嫁个女儿还多了半个儿子，我嫁个女儿怎么连女儿都跑了？

“又不是不让你嫁，你怎么就整得跟私奔似的了？

“你好好算算，自从你和沈靳领证开始，你有回过家吗？

“你说你人在外地也就算了，同一座城市工作，回家也就一个多小时车程，能忙到回家吃个饭的时间都没有？

“这沈靳也真是的，说结婚就结婚，也没见家人有什么表示，说好领完证再商量婚礼的事，结果他也跑得不见人影了。

“他是不是把人骗过去就算完事了啊？”

……

连珠炮似的话砸下来，夏言都能听出她话里压着的怨气了。

她偷偷地看了眼沈靳，沈靳也在看她，看她眼神不对，手伸向她：“手机给我。”

夏言侧过身，没给。

她妈还在电话那头念叨：“你说你们那天吧，突然就说要结婚，一个两个的，弄得跟苦命鸳鸯似的，好话歹话都说尽了就非得马上结婚。就你那身体，我又不能强硬不给，要是把你给刺激得犯病了，那不得出事吗？”

“言言啊。”叹了口气，徐佳玉语气软了下来，“我也不是真嫌弃沈靳，他是我看中的人，我看得出来他是真的在乎你才同意你们结婚的。你过得好就够了，其他都是虚的。但你们也不能突然就连家都不回了，弄得我跟你爸心里整天七上八下的，踏实不下来。”

夏言没法接话，她就是担心回去后，她和沈靳就什么都坐实了，上辈子吊死在了沈靳这棵树上，这辈子又得再吊一次。

“妈……”夏言只觉得脑袋发疼，也不知道这叫什么事，自己坑了自己，还没处说理和解释。

她就想不明白了，当时沈靳坑都坑她了，怎么就不坑得彻底点，直接骗她回去偷个户口本，偷偷把证领了算了，搞个地下婚姻除了天知地知沈靳知她知，谁都不知道，现在也没这么多后续了。

一直没听到夏言回话，徐佳玉当她是愧疚，缓了语气：“好了好了，你也别想太多。开完会就回来，一起吃个饭，好歹让我和你爸把心放一放。”说完她挂了电话。

夏言的脸整个垮了下来，有些无力。

沈靳和她隔得远，听不清徐佳玉说了什么，问她：“怎么了？”

夏言摇摇头，想了想，又问他：“结婚这件事，为什么你就能接受得这么坦然？”

沈靳沉默了会儿：“要不然呢？沮丧、难过，它就不存在了吗？自己挖的坑，能怪谁？”

夏言没说话了，人看着要哭不哭的。

沈靳安慰她："好了，赶紧去开会，船到桥头自然直。"他看了眼表，又叮嘱她，"开完会记得给我打电话。"

夏言哦了声。

会议时间不长，一个多小时，开完晚上七点多。

沈靳像算准了时间，她还没从会议室出来他的短信就过来了："会议结束了吗？"

她和余声声、陈姗姗并排坐着，两人一偏头就看到了她的手机屏幕，以及屏幕上的"沈靳"两个字。

陈姗姗脸色看着有些微妙，但反应已不像上次那样激烈，只是沉默地整理笔记。

程让坐在前面，人已回过头："夏言，一会儿一起吃饭吧，我请你。"

余声声奇怪地看了他一眼："程让，你什么时候和我们言言这么熟了？"

"这个嘛……"程让轻咳了声，并不是很想让人知道他在沈靳的公司的事，"好歹两年同学了。"

夏言有些蔫蔫地整理着笔记："我一会儿得回家呢，我妈催得紧。"她看向程让和余声声，"你们先去吃吧，下次再约。"

程让皱眉："夏言我怎么觉得你是在故意回避我？"

夏言无语："我是怎么给你这种错觉了？我家里真有事。"

从会议室出来，程让亦步亦趋地跟上夏言，道："你没发现每次我约你你都在拒绝吗？"

夏言偏头想了想："你什么时候约过我了？"

程让噎了下，好像真的没正式约过。

"那今晚算吧？"程让朝她比了根手指，"就今晚，我约你，赏个脸？"

他身形高大，外形好看，又是院里的知名人物，这样亦步亦趋地缠着她，很快将周围人的目光引向了这边。

程让的花心是全院出了名的，校花、院花、系花、班花，学姐、学妹，每隔一段时间，他身边的女孩便换一个，但每一任女朋友，都是网红级别，身材、脸蛋俱佳，打扮青春时尚，是很养眼的存在。

夏言虽也长得纤瘦漂亮，但不是时尚那种，整个人显得素净乖巧许多，与程让的花花公子画风有些违和，因此程让这么缠着她，惹来的好奇和议论不少。

夏言看着周边投过来的目光，压力有些大。

出了教学楼，她忍不住问程让："程让你是不是对我别有所图啊？你突然对我殷勤起来了我不习惯。"

没想到程让很是爽快地点了点头："对，我对你是别有所图。"他又补充道，"我喜欢你你没发现吗？"

夏言老实地摇头："我觉得不像。"

"……"程让看着大受打击，"我都为你去守茅坑了还不像？"

夏言道："就是这样才更显得可疑。一点征兆都没有，突然就喜欢得死去活来了，电视剧里都没这么拍的。"

而且她是比他多活了五年的人，那五年里，她和他根本没交集。

程让憋了好一会儿："我感情浓烈你不知道吗？"

夏言被他逗笑："浓烈好像没感觉出来，滥情倒是感觉到了。"

程让也不避讳："那只是没遇到真爱。"

夏言笑了笑不说话，滥情就是滥情，哪有那么多借口？

程让也不管她，随着她一块儿往校门口走，远远地便看到沈靳停在校门口的车，抬手冲他打了声招呼。

沈靳摇下车窗，看了看他，又看了看夏言。

程让已经到近前，依然是吊儿郎当笑嘻嘻的模样："沈哥，你怎么又在这儿？"

沈靳道："接人。"他说着开了副驾驶座的车门。

夏言转身和程让道别。

程让两手缓缓插入裤兜，歪着头打量两人："大晚上还待一块儿？"

他视线在两人脸上来回转了一圈，也没看出情侣该有的亲昵感。

"我先走了。"夏言冲他挥了挥手，弯身上了车。

程让也弯身看向车里的两人，没看出什么。

沈靳已启动了车子，平静地驶了出去。

夏言扭头看他："你一直在校门口等啊？"

沈靳道："没有，去附近商场买了些礼物。"

夏言回头，车后座上摆满了礼盒，大箱小箱的，看着确实是和她回娘家的架势。

夏言看着那堆东西心情有些复杂，当年她和沈靳结婚，回娘家也差不多是这个样子。

他的考虑向来周详，准备也周到。

现在的沈靳和当年一样，一样的周到、一样的体贴、一样的冷静，只是缺了点什么而已。

夏言看着车窗外满路霓虹，也说不上是什么感觉，有种重走了一遍，又不知不觉走回原点的错觉。

"别回去了。"车行到一半时，夏言突然出声。

沈靳扭头看她。

夏言头枕着车窗，看着窗外："真的别回去了，我爸妈那边我和他们解释就好。"

沈靳沉默了会儿："好。"他又问她，"现在要去哪儿？回学校还是去纪沉那边？"

夏言道："回学校吧。"

沈靳嗯了声，在前面的路口左拐，与迎面过来的车刚好打了个照面。

"姐？"夏晓的声音突然响起。

夏言抬眸，看到了副驾驶座上的夏晓，以及驾驶座上的父亲夏川。

夏川冲她招手："到了？刚好，我刚接夏晓回来，你妈估计也做好饭了。"

沈靳看了眼夏言。

夏言不得不硬着头皮道："跟着我爸一起走吧。"

徐佳玉早已在家门口等着，看着慢慢驶近的两辆车，徐佳玉脸上的笑容越发灿烂。

沈靳的车停稳后，徐佳玉亲自上前帮忙拉开车门，对沈靳嘘寒问暖，眉眼间都透着欢喜。

沈靳客气地与她寒暄，不过于生疏，但也没有过于热络，礼数控制得很好。

夏言看着他脸上的沉稳平和，心里越发复杂，有点陷入局中又破不了的无力感。

她体内还藏着一个五年前的自己，沈靳体内还藏着一个五年后的沈靳，都有着行为不可控的时候，只要彼此还存在联系，就破不了这个局。

如果彻底切断联系……

夏言看着客厅里自己亲手设计和制作的手工小摆件，想到他说服她加入安城实业时的那番话，以及这段时间以来的工作默契。

他和她一样，都是对这些传统工艺有情结的人，都想着把这份工艺，传承下去。他也给了她一个很自由的平台，和他一起工作，她过得很开心也很有成就感，每一天都是充满冲劲和激情的，不像那五年，死水一般孤独无趣。

她当年来不及尝试的东西，现在正在一步步实现。

与沈靳断了联系，意味着要放弃这所有让她觉得有意义的事。

她有点难以抉择。

但其实不谈感情，只谈工作的话，她根本不会有所谓的抉择问题。

沈靳确实是一个很好的工作伙伴和良师益友。

夏言有点苦恼于体内五年前的自己和沈靳体内五年后的他，关键还碰不到一块儿，连好好谈一次的机会都没有。

“言言？”徐佳玉的手在她面前晃动，一脸担心，“怎么回来后心不在焉的？”

夏言抬眸：“没有啊。”

她的视线与沈靳的撞上，他的眼眸深邃平静，隐隐藏着安抚之意。

夏言转开视线，看着满桌的菜。

菜都是徐佳玉亲自下厨做的，特地为沈靳这位新晋女婿准备的。

徐佳玉显然很喜欢沈靳这个女婿，一个劲儿地给他夹菜，劝他多吃点。

夏晓虽然对沈靳还是陌生的，但对于他这个突然冒出来的姐夫，她接受能力很强，从沈靳刚进屋，在徐佳玉的介绍下怯生生地叫了声“姐夫”后，在餐桌上“姐夫”已经叫得很是顺口。

小丫头年纪小，人也相对比夏言活泼些，几声“姐夫”下来对沈靳就没了怯意，边啃着鸡腿边问沈靳：“姐夫，你和我姐是什么时候开始的啊？是你追的我姐还是我姐追的你啊？”

正喝着汤的夏言被呛到。

沈靳抽了张纸巾递给她，淡淡地回答夏晓：“没有特别的谁追谁。”

夏晓好奇：“那谁先告白的啊？”

夏言轻咳了声，端着长姐的威仪：“吃你的饭，小孩子家哪那么多问题？！”

夏晓咕哝：“就是好奇问一下嘛。”她也没敢再追问。

这一顿饭吃了两个多小时。

夏言家没有儿子，夏言的爸爸平时有很多话没法和人说，餐桌上几杯黄酒下肚，就打开了话匣子，和沈靳聊夏言的过往。

夏言听着有些尴尬，阻止了几次，但没有合上她爸的话匣子。

沈靳偶尔一眼看过来，眉目平和。

他话并不多，但极具耐心，一直安静地听夏川唠叨，偶尔才回一两个字。

饭后，徐佳玉去厨房切水果，把水果端出来时，对沈靳道：“你和言言今晚就在这儿住下吧，这么晚了，开车也不安全。”

“……”夏言正坐在沙发上，闻言疾声阻止，“妈，我们今晚要回去的，明天要上班。”

徐佳玉看了她一眼：“周六上什么班？”她又看向沈靳，“你们难得回来一次，就在家里多住两天吧。”她又看向夏言，“你房间的床单我前两天给你们换过了，都是新买的，你不用担心。你爸也顺便给沈靳带了两套洗漱用品和睡衣，该有的东西家里都有。”

夏言求助地看向沈靳。

“妈，”沈靳视线转向徐佳玉，“最近公司要推新产品，这一阵比较忙，今晚估计得先赶回去。”

徐佳玉抬头看墙上的壁钟：“这都晚上十一点了，再忙总还是要休息的。”她的视线转向外面黑漆漆的天色，“这么晚还开车回去，最近怕是也忙得没能好好休息过了……”

徐佳玉担忧的眼眸对上沈靳的：“还是先在这里好好休息一晚上，把精神养足了再继续忙。疲劳驾驶总不太好，也不急于这几个小时。”

她关切的语气把沈靳也堵住了，这约莫就是盛情难却了，一时间他竟找不到合适的理由婉拒。

夏言在一边低低地道：“妈，现在也没多晚——”

“哎，你这孩子，这都几点了，怎么就不懂得体谅一下——”徐佳玉皱眉打断了夏言的话，“你们这整天忙得没影儿，这疲劳驾驶多危险你不知道吗？”

夏言不敢吭声了，偷偷看沈靳。

沈靳回了她一个无可奈何的眼神。

徐佳玉催夏言：“言言，你爸买的睡衣和洗漱用品还在我们房间搁着，睡衣洗过了，你去给沈靳取过来吧。”她又看向沈靳，“你也别着急回去，早点去洗洗睡吧。好好休息一下，别太累了，养足精神了明天再走也不迟。”

两个人被轰进了夏言的房间。

夏言几天没回来，房间果然已经被收拾得焕然一新，床单和被套也都换了全新的，一米八的大床上也体贴地搁了两个枕头。

房间虽大，但只有一张床，连个沙发都没有。

夏言抱着从她母亲房间里拿过来的沈靳的睡衣，沮丧着脸，与沈靳面面相觑。

沈靳轻咳了声，把手伸向她：“睡衣给我。”

夏言：“……”

那套男士睡衣拿在她手上有些扎手，还让她有些尴尬。

“你……”她小心地看他，“不会今晚真要住这里吧？”

沈靳道：“不然呢？你妈这副丈母娘看女婿的架势，我插翅都飞不出去。”

“她……就是热情了些。”手烦躁地从头发上爬过，夏言扫了眼屋子，卧室和工作间相连，连个打地铺的地方都没有，也没有多余的被子。

沈靳倾身拿过她手上的睡衣，扫了眼那张一米八的大床："床还是够大的，就先凑合住一晚吧。你不用瞎担心，乘人之危的事我还干不出来。"

夏言自然知道他不会乘人之危。

当年都结婚了，两个人在同一张床上躺了两年，他一直是正人君子，除了新婚那晚，他从没有任何过分的举动。每天晚上就直挺挺地躺在那儿，顶多是后来慢慢熟悉后，翻个身，搂着她入睡。

她只是……有些不习惯。

沈靳很快洗完澡出来，人已换下白日里的西装，换上了睡衣。

夏言的爸爸买的男士睡衣，深色的薄款棉质睡衣，质感很好。

结婚五年，沈靳穿睡衣的样子夏言已经不知道见过多少次，但总还是不太习惯，现在乍见到时，还是有些面色发烫。

夏言知道他睡衣下的身材有多好，比例均匀肌理分明。

冷漠的男人，骨子里都透着股禁欲的性感。

沈靳还在擦湿发，看了她一眼："你也早点洗漱，早点休息。"

夏言轻嗯了声。

沈靳在，她不敢像自己一人时那样穿着睡衣，找了套保守的家居服换上。

她从浴室出来，沈靳还站在电脑桌前，手里捧着本书，正在看书，面色平静。

夏言看了眼大床，还是有些头疼。

沈靳合上书，瞥了眼大床，看向她："要不你睡里侧，我在外侧？"

夏言迟疑了下，轻轻点头。

掀开被子躺下来，两手交叠在小腹上，夏言心情有些复杂，这种感觉，一如过去几年里的一千多个夜晚。

沈靳很快走了过来，在床的外侧躺了下来，顺手关了灯。

他那平静的脸色，自然的语气，让夏言恍惚间有种回到当年刚结婚时的感觉。

那时他也躺得很笔直，两手规矩地放在身体两侧，呼吸平缓。

这种感觉和当年结婚时一模一样，只是到底不像当年是在意识清醒的情况下领的证。现在沈靳和她的距离要比以前拉得开一些，她和他中间隔了很大一个空位。

静默的空间里，两人只听到彼此均匀的呼吸声。

夏言睁着眼，看着天花板，问他：“沈靳，你有没有觉得很荒谬？”

这还是她第一次叫他的名字。

他微微侧头，看向她暗夜里平静的侧脸。

她没有看他：“明天我们去把婚离了吧。”

沈靳看着她不语。

她还是直直地盯着天花板：“你看，这种硬绑在一起的生活，好像总是特别尴尬。其实我蛮喜欢和你一起共事的感觉的，你有点严厉，又很包容，这种单纯的共事关系会自在很多。”

沈靳轻嘘了口气，收回视线，盯着天花板轻轻应了声：“好，明天我陪你去民政局把手续办了。”

“谢谢。”轻声道谢后，夏言缓缓合上眼，很快入睡。

她绵长的呼吸声传来时，沈靳侧头看她。

她的睡颜很安静，带着全然的放松和毫无戒备。

哪怕明知道她的床上正躺着一个男人，她依然睡得毫无防备，似乎很肯定他不会对她胡来般。

他也确实没想过要对她胡来，只是也没有像她说的，会很尴尬。

这样的画面，对他似乎是很自然而然的一件事，自然得像是已经重复了千百遍。

沈靳看着她的睡颜的眼眸缓缓闭上，但不算熟悉的床铺，令他下半夜时又倏然惊醒。像过去几个倏然惊醒的夜里一样，那些与她有关的记忆随着缓缓睁开的眼眸如潮水般涌来，他垂在身侧的手掌一点点收紧，他缓缓侧头，看着夜色下睡得安详的漂亮脸蛋。

她被子下的胸脯，正随着呼吸轻微起伏着，她是活生生的夏言。

喉咙微哽，沈靳侧过身，手掌轻落在她的脸颊上，指尖下的触感也是温热的，一如过去般。

头微微仰起，沈靳逼回眼睛里的酸涩，落在她脸上的手却舍不得收回。

他细微的动作吵醒了她。

她嘤咛了声，翻了个身，偎入他怀中，微微睁眼看了他一眼，含糊地问：“你还没睡吗？”

沈靳突然屏了息，动也不动地看着她，不知道她是记得的，还是遗忘了。

夏言并没有完全清醒，打了个哈欠，拉下他的手，往他怀里缩了缩，又继续睡。

沈靳垂眸看着她，叫她的名字：“夏言？”

她闭着眼睛嗯了声，手搭在他的腰上，脸蹭在他的怀里，抱着他继续睡。

“夏言，”他低头，唇轻落在她的唇上，“醒醒。”

她又轻嗯了声，嘴唇无意识地动了动，贴在了他的唇上。

她的动作一下顿住，闭着的眼眸缓缓睁开，看到近在咫尺的俊脸时，她惊得一下推开了他，连连后拱，差点摔下床时，被沈靳重新捞回了怀中。

“对……对不起。”她连声音也变得结结巴巴了。

沈靳看着她脸上的无措，哑声叫了她一声：“夏言？”

她茫然地抬头：“嗯？”

沈靳微微偏开头，轻嘘了口气：“没事。”

他手掌压扣在她脑后，将她轻搂入怀中。

她从他怀中抬起头，担心地看他：“怎么了？”

沈靳摇摇头，压在她后背的手掌稍稍用力，让她靠躺在胸膛上。

她还不是很习惯这样的亲昵行为，人靠在他的胸膛上，忍不住小幅度移动身体，想从他身上下来。

临近清晨的身体本就容易敏感，沈靳被她蹭得身体渐渐紧绷，手掌使力压住了她：“别乱动。”声音微哑。

夏言顿住，茫然地看他，无辜的眼神一如当年刚结婚那夜，勾得男人体内潜藏的欲望蠢蠢欲动。

他低头，吻住了她。

她一下僵住。

他含着她的唇，熟悉的气息和触感，让他在对她生生死死的猜测中剧烈起伏的情绪一下失了控，手掌克制着缓缓地插入她的发中，迫使她仰头，另一只手滑向她的肩膀，拽下了她的衣服。吻渐渐浓烈粗暴。

她有些无措，也有些紧张，被动地任由他将她压在了身下。

他的吻由轻而重，又由重慢慢变得温柔，呼吸渐渐粗重。

他问她："可以吗？"

他渐低渐哑的声音落在耳中，激得她心思迷乱，茫然地点头。

唇再次被温柔地覆上，他的动作极尽温柔缠绵，又隐隐夹着克制和失控。

从未经历过的情潮席卷了她，紧张与羞窘让她一向不太舒服的心脏变得难受，呼吸也开始变得急促。

"夏言？"沈靳停下所有的动作，担心地看她。

她红着脸："我……有点紧张。"

她的反应一如当年，沈靳突然红了眼眶，张臂将她紧紧地搂入怀中，下巴轻抵着她的头顶，不想放开，也舍不得放开。

"沈靳？"她绵软的声音从他的胸膛处闷闷地传来。她仰头担心地看他。

"没事。"他低头在她唇上吻了吻，"是我躁进了。等你的身体慢慢适应了再说。"

她红着脸嗯了声，腻在他怀里，也有些舍不得退开。

沈靳轻拍着她的背："睡吧。"

她又是低低的一声"嗯"，没一会儿人已乖顺地在他怀里睡了过去。

她的头发因刚才的激情已有些湿，凌乱地散在单薄的肩上，肩膀白皙诱人。

夜色下她的脸一如过去，安静乖巧。

手轻轻地拨开她肩上的湿发，头微低，沈靳的唇轻轻地落在她的唇上，吻了会儿，怕吵醒她，又移开。指尖描绘着她脸上的轮廓，睡前的对话随着四下的安静渐渐清晰。

她过于平静的语气，过于安静的神色，以及那几句"这种硬绑在一起的生活，好像总是特别尴尬""其实我蛮喜欢和你一起共事的感觉的……这种单纯的共事关系会自在很多"，话像慢镜头一样，在他脑中一遍遍回放。

他上次和她说，如果还活着，请一定要记得告诉他。

她没回应。

“夏言。”他轻声叫她的名字，“是不是这辈子都不可能再见到你了？”

他转过身，拿过纸和笔，写了两张卡片，分别塞入她和自己手中。

第二天早上，夏言是被体内的生物钟叫醒的。

人还有些困，她打着哈欠，没张开眼，依稀记得今天是周末，不是很想起床。身体无意识地往被窝里蹭，手臂也寻了个舒适的姿势，搭在一具硬实的身体上，然后自动寻找舒适的高度和距离，拽着那处往自己的方向拉了拉，人更往里蹭，蹭着蹭着，动作一下停了下来。

手臂试着动了动，温热、硬实、紧绷……熟悉的触感一点点进入意识，夏言倏然睁开眼，一眼便看到了近在咫尺的男性胸膛，赤裸着。

大脑一下陷入空白，眼睛无意识地一点点往上看，落在沈靳依然沉睡着的俊脸上，她惊得一下收回了手。

她的动作幅度过大，惊醒了沈靳。

沈靳看了她一眼，视线缓缓往下，落在她白皙赤裸的肩上，身上贴着的柔软身段……

两人视线缓缓对上，而后又像突然清醒般，身体瞬间弹开。夏言还本能地卷走了被子。

沈靳光裸的身体一下暴露在空气中。

沈靳轻咳了声，背过身，一把扯过扔在床尾的睡衣，披在了身上。

夏言背对着沈靳，听着身后窸窸窣窣的穿衣声，尴尬得头皮一阵发麻，揪着被角的手懊恼得差点撕了被子。

沈靳很快穿好衣服，转身看了眼蜷着身子卷在被窝里背对着他的夏言，视线缓缓移开，落在枕头旁边的两张纸片上。

他怔了下，弯身拿起。

是他的笔迹，和上次的卡片一样。

他记得那次给夏言留卡片的事，只是那种类似遗失了什么的感觉，让他想不明白是以怎样的心态留下了那样的文字。

这两张纸片上文字不一样，一张是给他自己的，上面写的是："别放手。"

另一张是给夏言的，沈靳看了眼，弯下身，将纸片放在她的枕头下。

夏言明显感觉到阴影压下，以及他气息的逼近，攥着被角紧闭着眼睛不敢回头，懊恼得无所适从。

沈靳将东西放下后，又很快起身。

他轻咳了声："我先回去了，有什么事电话联系。"

夏言脸都快皱成一团了，声音很轻地哦了声。

身后传来脚步声，门口响起开门声，门又被合上，脚步声渐渐远去，楼下依稀响起沈靳和徐佳玉打招呼的声音，又渐渐安静下来。

夏言攥着被角的手终于慢慢放了下来，她翻了个身，身体也渐渐放松，意识到被子下身无寸缕后，尴尬感又汹涌而来，伴随着前一夜模糊的记忆。

他的温柔、他的失控，以及他撩拨的手掌……他看她时的眼神……

她懊恼地抓着头发的手缓缓停了下来，目光微微一转，看到了枕头下压着的纸片。

是沈靳的文字："夏言，有很多话想对你说，可真的要下笔时，却不知道还能说什么。这几天整夜整夜地睡不着，无数次地想，如果时间能重回到你出事的那个早晨该有多好。我不管什么客户、什么生意，就好好在家陪你和童童，是不是就什么也不会发生了？

"人们都说，没有无缘无故的恨，也没有无缘无故的失望，你对我有多失望，就证明我有多糟糕。可明知道活该，我却还是忍不住希冀我还来得及。

"夏言，生完气了，就回家，好吗？"

夏言的眼泪一下掉了下来。

门外响起敲门声，敲了两声门就被从外面推开了，徐佳玉的声音响起："言言，吃饭了——"

声音在徐佳玉看到她满脸的泪水时顿住。

徐佳玉一脸担心地走了过来："怎么了？出什么事了？"

想到沈靳刚才没吃早餐就赶着离开，她心里一沉："是不是和沈靳闹矛盾了？怎么才刚结婚就——”

夏言压下纸片，打断她的话：“妈，我没事。看书感动的。”

徐佳玉摆明了不信：“沈靳连早餐都没吃就走了还没事？”

夏言道：“他就是公司忙，昨晚在这儿住一晚已经耽搁不少时间，赶着回去处理工作呢。”

徐佳玉将信将疑地看了她一眼，看到她被子下微露出的白皙肩膀，转开了视线，叮嘱她洗漱下楼吃早餐后就出去了。

夏言将纸片收了起来，起身洗漱。

今天是周六，夏言没去公司。

早上起来时的尴尬后，她也有些不知道该怎么面对沈靳。

他显然又是不记得那五年的。

沈靳显然也是尴尬的，他回去后便没再联系她，也没催她工作。

夏言在家里待了两天，哪儿也没去，也没回纪沉那里，和沈靳也两天没联系。

周一上班等电梯时，夏言和沈靳在电梯口不期而遇。

这个点儿还没什么人，电梯口空荡荡的。

夏言先看到的沈靳，脚步不自觉地停下，有点想避开，但避无可避，沈靳看到了她。

夏言只能避开他的目光，只觉异常尴尬。

那一晚除了最后一步，两人该做的基本都做了。

她至今清楚地记得，他伏在她身上吻她的样子。

夏言头疼地皱起脸，打招呼也不是，不打也不是，头皮发麻。

沈靳也没出声，盯着电梯上方的显示屏，面容平静。

沈桥刚好过来，奇怪地看着两人：“干吗呢？怎么一下子都变得生疏了？”

沈靳瞥了他一眼，没说话。

夏言也默默地看了他一眼。

沈桥挠头，眼神古怪地在两人身上来回扫了几圈。

电梯门开，沈靳先进去，站在控制板旁边，沈桥跟着入内。夏言是最后一个进去的，站在离沈靳最远的角落，面色看着很平静，与平常无异。

沈桥又偷偷看了眼沈靳，他的侧脸同样平静，但两个人都有种说不出的诡异感觉。

电梯很快到办公楼层，沈靳长腿跨了出去，边走边吩咐："老六，江熠如果过来，让他来我的办公室一趟。上午十点例会，我吩咐你准备的会议资料记得备好。"说着他已渐渐往办公室而去。

沈桥愣愣地应了声，看着沈靳的背影，又看了看跟在沈靳身后的夏言，凑前几步，偷偷拽了拽夏言的衣角，压低了声音："你和二哥怎么了？"

她回他一个略显茫然的表情："没什么啊。"她说完扔下老六，去办公室了。

夏言到办公室时，沈靳正脱了西装往衣帽架上挂，上半身只穿了件合体的黑色衬衫，将他匀称结实的身形勾勒得越发禁欲。

夏言看了眼便默默地偏开了头，一个办公空间里，尴尬感更甚，还都不说话。

她实在不知道该找什么话题冲散这种尴尬，默不吭声地到了座位，开了电脑，将注意力全落在屏幕上。

"一会儿例会把我前几天发你的那系列作品一起带上。"沈靳突然出声，"全部彩印出来，人手一份。"

夏言嗯了声，打开邮箱整理他发过来的作品，而后去彩印，忙完已经到会议时间。

今天的会议比较重要，是产品正式推出前的一场动员会。

这次没有提问，几乎都是沈靳一个人在讲。

他站在投影仪前，分析公司当前的优劣势，以及一炮打响的重要性。

最后才是提问时间，是对于这次产品搭载江熠的设计作品呈现在展会上，能拿到多少金额的订单量的提问。

"夏言，你先说。"

习惯性地，夏言依然是第一个被沈靳点名的人。

不好估算，夏言想了想，保守估算了一个数据："两百万元？"

沈靳看向其他人："程剑，你呢？"

程剑估算的金额和夏言差不多。

沈靳又问了其他几个人，全都在一二百万元区间打转，都不敢往大的估。

沈靳两手缓缓撑在会议桌上，看向夏言："两百万元的单子，我们自己拉不来？如果只是抱着两百万元的目的，我们搭载江熠品牌的意义是什么？参展的意义是什么？"

他眼眸深邃，这么平静地看过来时，那天晚上他伏在她身上、吻她的画面很不合时宜地蹦入脑海。夏言尴尬地避开了他的眼神，红晕不受控制地从耳根一点点爬上脸颊。

沈桥就坐在她旁边，一眼便看到了她红透的耳根，看会议气氛有些紧张，想活跃气氛，笑道："二哥，哪有提问还带放电的，夏言都脸红了。"

夏言："……"

她想掐死沈桥。

沈靳面色如常，看了眼夏言，目光转向沈桥："老六，你替她回答。"

沈桥给了自己的嘴巴一记，多什么嘴啊。

沈靳看着他不动："说啊。"

沈桥哭丧着脸："……二哥。"

沈靳道："站起来回答。"

对面的老七朝沈桥扔了一个"你活该"的眼神。

沈桥硬着头皮站起身。他本就一向怕沈靳，会议上的沈靳给人的压迫感比平日更甚，那样的眼神扫过来，他压力很大。

"就几个问题。"沈靳慢慢朝他走了过来，"江熠的品牌影响力有多大？这次的国际家装设计展上，参展的厂家有多少？设计作品有多少？直接参与的经销商有多少？预估人流量有多少？转化率多高？"

"……"沈桥回答不上来，感觉压力很大，偷偷看夏言。

沈靳道："看她做什么？她又给不了你答案。"

夏言低着头不敢出声，生怕把沈桥身上的火引到自己身上。工作中的沈靳让她也压力很大。

沈靳随手翻了翻沈桥的笔记本，轻倚着会议桌而立，看他："会议前没做功课吗？"

沈桥含糊地嗯了声，不敢看沈靳。

好在沈靳并没有施压太久，站了会儿，转身回到了投影仪前。

沈桥像被抽掉了力气，坐回座椅时腿还有些软，心跳得有些快，偷眼看了下夏言。

夏言正襟危坐，目不斜视，手拿着笔，认真听讲。

沈靳拿过马克笔，在小白板上写了一串数字：参展经销商总数、参展厂家和设计作品总数、预估人流量、转化率。

"这是综合这几年各大展会流量和订单量评估出的数值。"沈靳的笔轻戳着上面的百分号，他转身在白板上写了个"5000"。

"五千万元。"沈靳轻搁下笔，"我们目标是五千万元。"

夏言和沈桥、徐菲几个面面相觑。

"综合江熠的品牌影响力、展会的影响力以及转化率，这是最基础的回报。"沈靳转身在白板上另写了两个字"造势"，"当然，单靠展会，我们很难拿到这么大数额的订单，展会只是线下，影响力和辐射范围有限。但江熠和展会代表的是权威，我们要做的，是将这种权威影响力从线下辐射到线上。"

沈靳扫了眼会议桌前的众人："程剑、徐菲，你们负责线上造势，周五给我方案。原材料方面我已经和青艺藤业联系过，老三你负责跟进处理。"

"手艺人招聘方面，"沈靳看向夏言，"你对手工艺技艺有甄别能力，你和我负责这一块儿。"

"主推产品厂区生产，以小配件代加工形式完成。"沈靳看向沈遇，"老五，你在地方上比较说得上话，你和老四负责联络代加工点吧，以村落和家庭为单位就行。"

沈桥举手："我呢？"

沈靳道："和我们一起找人。"

转身两手缓缓撑在桌上，沈靳提醒：“产品正式推出去前，禁止任何产品信息泄露，包括设计图纸、推广方案。”

“如果有谁泄露出去了，”沈靳视线从众人的脸上缓缓扫过，“直接走法律程序。另外，麻烦大家上交一份作业：你所了解的，或者听说的，藤编工艺做得比较好的乡镇、村子，或者手艺人有哪些？哪怕是道听途说，也请罗列出来，下午三点交到我的办公桌上。散会。”

沈靳一出去，沈桥整个人瘫在了椅子上。

对面的老七憋不住拍着桌子笑：“老六，被二哥收拾的滋味怎么样？”说着他瞥了眼夏言，“人二嫂是二哥欺负的，是能让你随便开涮的吗？”

夏言正在整理会议笔记，闻言随手拿起本子冲老七虚晃了一下：“胡说什么呢……”

老七笑嘻嘻地侧身避开：“二嫂你就别脸红了，刚刚二哥这赤裸裸的护犊子行径，谁信你们真没什么啊。是吧，老六？”

沈桥拍着胸口：“受害者不想说话。”说完他又生龙活虎地猛捶桌子，“你说你们两个，吻也吻了，抱也抱了，二哥连财政大权都上交了，整天在公司一会儿你侬我侬的，一会儿又装不熟，玩什么呢？”

“可不是。”老七笑嘻嘻地接过话，“大大方方承认了多好。”他手肘撑着桌子朝夏言凑了过来，“夏言，老实说，你和我二哥是不是真在谈？”

“没有。”这个问题夏言还是很能理直气壮回答的，看老六、老七一脸的不相信，她手指了指门后，“不信你们去问你们二哥，你们二哥的话还信不过啊？”

沈桥道：“如果是以前我绝对相信他，但自从他偷吻你那次睁眼说瞎话后，二哥现在的话都得打个三折。”

老七道：“可不是。还害我们跟着冤枉了六哥。”

“再说了，谁敢去二哥面前找死啊？”老七瞥了夏言一眼，“你看每次开会，连你都胆战心惊的，更何况我们。”

夏言不吭声了，私底下她对沈靳是有些有恃无恐，但会议上的他确实让她压力很大。

“反正我和他是真的没有在谈恋爱。”夏言站起身，拿起整理好的会议资料，“你们别整天胡说八道。”

她在几人的笑闹中回了办公室。

沈靳已经在电脑前忙了，没抬头淡淡地吩咐了声：“一会儿吃完饭帮我带一份，我暂时没时间下去。”

夏言看了他一眼，哦了声。

吃完饭后夏言顺便给他打包了一份酸菜牛肉饭配莲藕沙骨汤。

一起生活了五年，夏言对沈靳的口味早已摸得很透，给他打包饭时，点什么菜、什么汤完全是一种本能的行为。

沈桥和老七几个和她一块儿吃的饭，也陪她在一边打包，看着她娴熟不带犹豫地一一点餐，互看了眼。老七好奇地出声：“二嫂，你怎么知道二哥爱吃这些菜？”

夏言动作略顿，然后面色自然地回头：“他点的餐。”

“另外……”夏言看了他一眼，“请叫我夏言，别老乱认亲戚。”

想了想，夏言又加了个沈靳最不爱吃的炒苦瓜。

她回到办公室时，沈靳还在忙。

夏言把快餐搁在他的桌上：“午饭给你搁这儿了。”

沈靳道：“谢谢。”

脸终于从电脑前移开，沈靳打开饭盒，一眼看到上面的苦瓜，眉头蹙了蹙：“你知道我不吃苦瓜……”

声音微顿住，他抬头看她，眉心困惑地拧起。

夏言假装没看到：“对不起，我不知道……”连低下来的声音显得有些底气不足。

沈靳拿起筷子，将苦瓜拨到一边，淡淡地道：“最爱的和最不爱的全让你挑中了，想混淆视听能不能也走点心？”

“……”夏言直接抽走了他的盒饭，“人家送个外卖还有配送费呢，我给你打个饭得我掏钱不说，还要被嫌弃，你自己叫外卖好了。”

沈靳抬头看她：“我的卡不还在你那儿搁着吗？”

夏言动作顿住。

沈靳手伸向她：“给我，早餐没来得及吃，胃正饿得难受。”

“那也是你活该。”夏言咕哝，将盒饭重新搁回桌上，“苦瓜清热去火，你还是多吃点消消火吧，别每次开会都弄得跟修罗场似的。”

沈靳打开饭盒：“你们自己会前不准备，开会心虚没底气，怪我了？”

说是这么说，他却还是老实地夹了块苦瓜。

夏言看着他将苦瓜放入口中，他的眉心毫无意外地拧了个小小的结，他却还是咽了下去。

夏言记得，以前他不吃的东西是从来不碰的。

她也从不敢劝他吃，他不爱吃，她就不做。

现在看来，他也不是全然固执的人。

两个人都是不戳就不会动的，然后两个人都不会主动去戳对方。

沈靳看她一直没说话，抬起头，看她像在走神，长指叩了叩桌面：“要不要再吃点？”

夏言看了他一眼：“我饱了。”她说完回了座位。

沈靳将那一份苦瓜吃了个干净，吃完饭也没休息，又开始忙工作。

下午三点，所有人准时将作业交到了沈靳的办公桌上。

沈靳交给夏言整理，然后一起筛选，最后敲定了一些要重点联系的人和乡镇。

都是一些乡下的手艺人，常年在家种田为生，空闲时才织些藤椅、花篮什么的拿到市集上卖。

“收拾一下，陪我去趟罗良镇。”将整理出来的文件搁下，沈靳站起身。

夏言应了声“好”。

罗良镇是安城最大、最知名的藤编工艺镇。

小镇位于安城东郊，距离市区一个多小时车程，背靠深山老林，山里藤条资源丰富，几乎家家户户都精于编织手艺，二〇〇〇年前后小镇上的家庭小作坊一度火过一阵。有生意头脑的人家在自家院子里搭个棚子，接一些厂家的单子，以代加工或是作坊的方式将农闲想赚点零花钱的手艺人招过来，分发任务，按件结算。

但这种形式被盘剥得厉害，现在一天下来平均也就挣个二三十块钱，相较于南下G省进厂两三千元的工资，一个月几百块的收入连基本的生计都维持不了。因此后来随着进城务工的人越来越多，小镇上的小作坊也都慢慢消失了，现在除了四十岁以上的老手艺人，年轻人已鲜少有人从事这一行业。但相较于其他慢慢没落的乡镇，罗良镇还是血厚一些，历史悠久名气大，也时不时会有外省的厂家来收购藤编制品。

乡镇里留守老人和妇女儿童多，平时闲暇时间也多，为了赚些日常零用，空闲时还是会亲手做些藤编桌椅、篮子什么的囤着等上门收购，或是趁着集日拿到集市兜售。

夏言和沈靳从办公楼下来时，不可避免地在一楼大厅里遇到了还在守着厕所管理员岗位不走的程让。

程让似乎很享受这种被晾着的生活，看到沈靳、夏言下来，还嬉皮笑脸地起身冲两人打招呼："沈哥，去哪儿？我给你们当司机，这里太无聊了。"

沈靳脚步没停："人事和财务都在，离职手续可随时办理。"

程让跟了出去："那可不行，离职了我还怎么追人啊？"他说着看向夏言，"夏言，今天我送你的花收到了吗？"

夏言道："老六看着不错，拿到他的办公室插上了。"然后她又道，"程让，你别老给我送这些东西了，办公室的垃圾桶太小了，装不下。"

沈靳拉开车门，人已弯身上了车，扭头看夏言："上车。"

夏言也上了车。

程让敲车窗，看向沈靳："沈哥，我也跟你们一起哈。"说完他转身上了自己的超跑，开着跟了过去。

快要出城时，程谦给程让来了电话："又跑哪儿去了？最近怎么每天不见影儿的？"

程让看着前方沈靳的车："我在沈哥的公司呢。"

程谦静默了会儿："怎么跑那边去了？"

程让嬉皮笑脸地道："当然是追人啊。哥，你不是嫌弃我那些女朋友没一个上得了台面的，让我要找就找夏言这种乖巧的、有点小才华的，对公司的发展有用的女孩吗？我把她追回来就好了。"明显是赌气的话。

程谦对这话还有些印象。

程家家底不错，最近十年更是发展得家大业大。程让是被宠着长大的，自恃家里有钱，自己也长得不错，一向活得任性，对事业没半点上进心，女人倒是一个接一个地换。程谦对他多少有些恨铁不成钢，对他带回来的女朋友也一向看不上。

前一阵因为余声声托程让给夏言找工作的事，程让在程谦面前把夏言夸上了天。

程谦从没见他在自己面前夸过哪个女人，更别提帮哪个女人找工作了，看夏言的作品也还不错，出于帮他把个关的心思让他约了夏言。

虽然只是一起吃了个饭，程谦对夏言的印象不差，挺安静乖巧的一个女孩，虽然阅历还很简单，但看得出来有些小才华，培养一阵后还是有独挑大梁的潜质的。而且根据两次在王叔那儿的情况，程谦看得出来，她和王叔那边关系匪浅。

王叔的师父是曹华，业界最有声望的两个人无形中都和她沾上了边。

她既然能说动王叔签约沈靳的公司，要说服曹华也不是没可能的事。

因此那天从王叔那儿回来，看到程让又迫不及待地去陪所谓的女朋友逛街买包，程谦当时就沉了脸，说了他几句，让他别整天把时间浪费在那些女人身上，找女朋友起码得找一个正经出身，对他的工作、生活有助益的，而不是找些整天想着吸他的血的女人。

当时他随口拿了夏言举例，没想到程让真和他赌上气，跑去追夏言了。

头疼地揉了揉眉心，程谦语气平缓下来："程让，你别胡闹，不是真心喜欢就别去糟蹋人家。"

程让道："这怎么能叫糟蹋呢？我追她是我的权利，要不要接受是她的权利。如果最后她接受了，那也是两相情愿，我也没玩弄她的感情。再说了，你不是挺看重她的才气和她背后的人脉吗？要是我把她娶了，你还赚大发了。"

"而且，哥，"程让抬头看了眼前方沈靳的车，"我看沈哥这架势，似乎是在谋划着推新品了。他这品牌要是真推出去了，以他的能力，势不可当啊。到时你的公司，威胁可就来了。"

“那也不是你该管的事。”程谦慢慢靠坐回座椅上，“浪够了就赶紧回来。”他说完挂了电话。

宋乾还在办公桌对面恭敬地坐着，隐约听到电话那头的声音，当下皱了皱眉：“沈靳还真重组了一家公司？他手上哪里还有人？这行不同于别的行业，人才奇缺，好的工艺师和设计师全让他当年高薪聘去了软宸集团，现在这批人全在我们公司，他哪儿还有人？”

程谦看了他一眼：“我国这么大，上哪儿找不到人？”

“那也得人家愿意来才行，”宋乾站起身，“他的公司现在是什么情况！程总，我说句实话，如果不趁着沈靳现在还没起来，把他扼杀在摇篮中，以沈靳的能耐，只要走出了这第一步，他得一步步将咱们公司蚕食鲸吞啊。”

程谦面色不动：“他的公司不也是你吃的吗？如果他真要回来，你以为你扼杀得住？”

程谦不疾不徐的两句话听得宋乾心里一个咯噔，下意识地看向程谦。

程谦不同于沈靳，他和程谦没有似他与沈靳挚交多年的情谊，两人顶多是相互合作、相互利用的关系，程谦对他不似沈靳对他信任，程谦的心思也更为深沉难测。

宋乾无法从他的神色判断他这两句话的意思。

程谦也没有与他解释的意思，站起身：“想玩，就放开折腾，你真能将他围追堵截扼杀住了，算你的能耐。他要是顺利杀回来了，算他的能耐，”只不过，到那个时候，已经没你宋乾什么事了。

从办公室出来，程谦又给程让打了个电话，让他马上回来，别在外面瞎混。

程让没听，还在一路跟着沈靳和夏言，跟得毫不遮掩。

夏言看着后视镜里的白色超跑，问沈靳：“不是说产品上线前要全程保密吗？这么让他跟着你不担心出状况啊？”

沈靳瞥了眼后视镜：“没事，多个人还能多个跑腿的。”

罗良镇很快到了，沈靳将车停在镇口的空地上，和夏言一起下车。

程让也跟着下车，嬉皮笑脸地上前：“沈哥，咱来这儿干吗？”

沈靳道："逛街。"

程让："……"

罗良镇是一座很小但很有文化底蕴的古镇，夏言的外婆家就在镇郊的一座小乡村里。

小镇不大，整个集市由两条长街道组成一个"U"形，风格与安城的古巷有些类似，但到底是个生活气息浓郁的镇中心，沿街林立的零售店、手机城、家电门面和水果摊，将当年的文化氛围都驱散了。

夏言小时候常来外婆家，也常来街上逛。

那时候的罗良镇就如同一个传统手工艺品集散区，沿街林立的各类店铺里，除了藤椅、藤床、花篮、藤编茶几等各类竹篾柳编器物店铺外，还有各种木雕、铁艺，各类料器等小手工艺品店；沿街能看到正在编箩筐的老人，以及各种捏面人和吹糖人，银匠、打铁匠、弹棉花等的铺面也不少。如今再进来，昔日的文化气息已经被生活气息冲散，只剩下"U"形的一端还保留着当年的氛围——街道两端摆满了各类藤编家居，除了固定的门面，多是乡下的手艺人趁着集日特地从乡下运过来或者挑过来露天放着的。

沈靳和夏言沿街一个个摊位逛，看到工艺不错的就买下来，然后看向一边百无聊赖的程让："把它们拉回去。"

沈靳买下的东西不是藤编摇椅就是户外小座椅，体积都算不得小。程让没想到沈靳竟会买下来，还让他运回去，他不确定地指了指自己："让我把这些东西拉回去？沈哥，我那是跑车，很贵的，怎么装得下这些东西？"

沈靳道："找辆货车你不会？"

程让没想到这一路跟下来竟是个跑腿的，心不甘情不愿地哦了声后，去打电话联系了货车，然后指挥货车司机将东西搬上车。

沈靳和夏言一个个踩点，他在后头跟着装货。

每到一个手艺不错的摊位，沈靳便给程让打电话，让他过来将东西搬走，自己要了摊主或是供货手艺人的联系方式。

一路下来，沈靳手上已握了好几十份联系名单，程让跟在后面忙得浑身大汗。

临近天黑时，集市的人渐渐散去，程让也终于将沈靳买下的东西安排装完车。

他活了二十多年，从没像今天这样累过，也从来没干过重活，忙完时整个人已是灰头土脸，浑身臭汗，全无平日的潮男形象可言。

沈靳找了家镇上的小酒家请他吃饭。

“今天辛苦了。”餐桌上，沈靳客套道。

程让正累得浑身骨头散架了似的，人也饿得难受，相较于沈靳的优雅，整个人饿虎扑羊似的，光顾着大口吃饭。好不容易终于缓过气来了，不解地看向沈靳：“沈哥，咱跑这破地儿来买这么多这些东西做什么？”

沈靳道：“充门面。”

程让：“……”

沈靳看向他：“今天累坏了吧？吃完饭早点回去。”沈靳又担心地看他，“还开得了车吗？要不先在这边住一晚上？”

小镇上的宾馆住宿条件普通，程让从小锦衣玉食惯了，对住宿要求高，当下摆了摆手：“不用了，这才多远的路？”

沈靳点点头，也没强求。

饭后两人去送他。

程让诧异：“你们今晚不回去？”

沈靳道：“暂时不回去。你路上注意安全，明天太累的话就和人事部打个招呼，请个假，不用硬撑。”

程让：“……”

他看了看沈靳，又看了看夏言：“你们……两个一起住这边？”

“嗯，明天还有点事。”沈靳指了指路口，“懂得怎么回去吧？”

“顺着这条路直走三百米，左拐，进入国道，一路直开下去就行。”沈靳弯身叮嘱他，“这里的路不比安城，慢着点开，到家了给我打个电话。”

程让闷闷地回了声“知道了”后开车走了。

夏言四下看了看已经暗下来的小镇：“我们今晚真要住这儿啊？”

沈靳收起面对程让时刻意的温和，点点头：“今天找的这些手艺人都是手艺比较好的，人品也都不错，而且从他们透出的讯息看，他们的本家兄弟里很多也是做这行的，手艺都不差。能说服一小批过来，一个人再带几个人过来，整个手工艺队伍也就跟着扩大起来了。我们明天的主要目的就是要说服这一批人。”

沈靳对成品工艺技术要求高，厂区招工不能像普通工厂般贴个招聘启事，大批量招普工就完事。他前期要找的都是技艺好的骨干型手工艺师傅，等公司慢慢上了轨道后，再招新人，以老带新，慢慢将手艺传授下去，因此前期人才挑选上要认真谨慎，要花大力气找人。

今天找的手艺人散居在周边的村落，各个村落间距离不算短，今晚回去明天再过来的话，路上过于耽搁时间，因此沈靳的意思是先在这边住一晚。

夏言原是没什么意见的，没想到小镇地方小，像样的宾馆也没有，也就一家条件还过得去的民宿。三层的小楼，房间不多，赶上这两天是集日，有些住在乡下的年轻人不着急赶回去，都在这边住了下来，夏言和沈靳过去订房时，房间基本已经住满了人，仅剩下一个小标间。

听说只有一个房间时，夏言把递过去的身份证一下收了回来，她和沈靳互看了眼后，又尴尬地转开了视线。

白天在忙两人没心思想那么多，现在一空下来，又是深夜旅馆这种地方，尴尬感也随之而来。

沈靳看向前台老板娘：“没别的空房了吗？条件差点也没事。”

老板娘道：“真没了。房间是两张一米二的床，凑合住一晚没事的。”

夏言偷偷拽了拽沈靳的衣角：“换一家试试吧。”

老板娘道：“换多少家都没用，除了我们家，这镇上哪里还有什么宾馆。也就我家房子大些，空着没用才拿出来当旅馆用。一晚上二三十块钱，谁愿意拿出房子给人糟蹋？”

老板娘说的是事实，镇子小，需求也小，确实没什么宾馆。

沈靳将身份证递了过去：“就要这间吧。”

夏言拿着身份证纠结着，不太想递过去，有点后悔刚才没蹭程让的车回去。

老板娘给沈靳登记完，看夏言还一脸纠结地站在那儿，诧异地看沈靳：“只登记你一个人吗？”

沈靳侧身看向夏言，也不出声。

夏言纠结了会儿，迟疑地把身份证递了过去。

他们的房间在三楼，房间不小，干净整洁，东西配备齐全。

到了房间夏言才想起更大的问题，她和沈靳是临时出差，直接从办公室出来，她没带换洗的衣服和睡衣。

沈靳平时有洁癖，而且思虑向来周全，他车上一直备着一套换洗的衣服和睡衣、洗漱用品等，不像她，除了身上的包，什么也没带。

外面的衣服可以再凑合穿一天，内衣裤却是没办法不换洗的。

而且她今天穿的是牛仔九分裤搭配白衬衫，也没法就这么穿着睡。

宾馆里倒是有大浴巾，但想象着穿浴巾的样子，夏言抚额默默转开了脸。

关上门的沈靳也意识到了这个问题，看向她："你没带换洗的衣服？"

夏言哭丧着脸："嗯……"

沈靳回头看了眼门外："我陪你去楼下看看还有没有在营业的内衣店。"

夏言不知道他怎么就能那么坦然地说出"内衣店"三个字，就是有内衣店她也做不到坦然地在他面前挑内衣内裤。

"我自己下去就好。"夏言赶紧阻止。

沈靳已经开了门："大晚上的你一个女孩子独自出什么门？"

夏言不得不跟上。

下楼后，沈靳面色自然地看向前台老板娘："老板娘，请问这附近有内衣店吗？"

老板娘视线一下朝两人看过来。

夏言默默转开了头，而后听到老板娘的声音："前面一百米左右有一家，不过这个点儿不知道关门没有。"她又体贴地提醒了一句，"那旁边还有一家很小的成人用品店。"

夏言："……"

沈靳平静地回她："谢谢。"

出了门，入夜后的小镇一片宁静，连灯光都稀疏暗淡，全无城市的流光霓虹。

夏言四下看了看，是没有其他旅馆，唯一的客运站也已停运。

没有多余的房间，没有回城的车，她也不会开车。都说形势比人强，但尴尬感还是难以避免，无论是让他陪着她一块儿挑贴身衣物还是她裹着浴巾在房间里晃荡，画面都尴尬。

“一会儿我自己进去买就好了，你在外面等我。”快到时，夏言低声吩咐。

沈靳点头：“好。”

但不太走运，这个点儿内衣店没开门。

夏言不得不和沈靳打道回府。

回到房间，沈靳把自己睡衣的上衣扔给了她：“这上衣长度够长，你不介意就凑合穿一晚。”

夏言抬头看他：“那你穿什么？”

他带的也全是配西装的衬衫。

他回到家是一定要换上家居服的，现在上衣给了她……

想着他打赤膊的样子，夏言把衣服扔还给他：“你还是留着自己穿吧。”她弯身从床上拿了条床单，“我裹着这个就行。”

沈靳看了她一眼：“你确定？”

夏言迟疑了下，沈靳又把睡衣照头扔了过来：“还是你换上吧。”

他转身拿过其他衣服：“我先进去梳洗。”

没一会儿，他已洗完出来。

夏言听到开门声本能地抬了下头，目光触到他赤裸的胸膛时又默默偏开头。

沈靳似乎也不是很习惯，轻咳了声，顺手拿过衣帽架上的浴巾，裹在了身上，道：“你也早点洗洗睡吧。”

夏言低低地嗯了声，抓过他之前扔过来的睡衣，递给他：“你穿上吧，我不习惯穿男人的衣服。”

扯了条床单，夏言转身进了浴室，一个人在浴室磨蹭了半天，估摸着沈靳已经睡了才慢吞吞地出来。

没想到沈靳还没睡，正在看书，听到开门声抬头看了她一眼。

夏言里面裹着浴巾，外面还裹了层床单，裹得很严实，但沈靳这一眼扫过来时还是让她有些尴尬，不大自在地转开了视线，随口问了句：“你还没睡啊？”

“准备睡。”沈靳平静地应道。他很自觉地背过身躺了下去。

他的床在靠里的位置，说是一米二，但面积要大一些，估计有一米三宽。

他背过身的样子让夏言放松许多，一声不吭地上床，熄灯，背对着沈靳躺了下去，钻进被窝后才抽掉了床单。

房间里很静，静得夏言能听到他平稳的呼吸声，以及翻书的声音。

两个人都没有说话，背对着彼此。

沈靳那边的床头还有微弱的灯光，他还在看书。

沈靳有睡前读书的习惯，无论去哪儿，不管多忙，他的床头总会备着书。

这样的晚上有点像那几年。

他早早地洗漱好后便靠坐在床头看书，她一般是后面才洗漱，洗完和他打声招呼后便安静地上床休息，背对着他。

头两年，一般是她在睡，他在看书，她在他翻书的声音中慢慢入睡。

后来有了夫妻生活后，这样的状态便有了改变，她上床后他一般会收起书关上灯，躺下时手便自然地将她搂入怀中，低头吻她，问她:“可以吗？”

在床事上，他一向是温柔克制的，但又是激烈失控的，与平日里的平和截然相反。

现在的沈靳与那几年的他并没有什么本质的不同，依然是克制守礼的。其实除掉那份尴尬，哪怕是她脱光了躺在他面前，也不用担心他会越界什么的。

这个世界上大概再没有哪个男人能像沈靳一样，可以心无杂念地与女人共处一室。

夏言就在这种熟悉的翻书声中睡了过去。

平浅的呼吸响起时，沈靳回头看了她一眼。

她整个人蜷缩在被窝里，背对着他，睡得很踏实。

沈靳却没什么睡意，搁下书试着睡了会儿，没睡着，又坐起身，开了床头灯看书，书看到一半听到身后传来窸窸窣窣的起床声。

他下意识地回头看她，她刚掀了被子起身，人还在打着哈欠，似乎没睡醒，摸索着穿鞋，身上只裹了件浴巾，上到胸口下到大腿上部。

沈靳默默地背过身，不去打扰她。

身后传来洗手间的门打开的声音，静默了会儿，抽水马桶声响起，开门声也跟着响起，而后是吧嗒吧嗒的拖鞋声，渐走渐近。

沈靳感觉不对，回过身，夏言不知什么时候已经走到了他的床前，人还打着哈欠，困得连眼睛都没怎么睁开，咕哝着问了他一句："你还没睡啊？"

然后夏言就在他的床上坐了下来，掀开被子躺了下来，整个蜷缩进他怀里，左手一抬，抱住了他，整张脸埋进了他的胸膛。

沈靳身体一下紧绷，垂眸看她，试着叫了她一声："夏言？"

她轻轻嗯了声，眼睛微微睁开，茫然地看他："怎么了？"她又抱着他蹭了蹭，"你怎么这么晚还不睡？"

沈靳绷着身体，轻轻将她的手拉下："准备睡。"

她嗯了声："别熬太晚。"说完她睡过去了，手还是搭在了他的腰上，小猫一样蜷缩在他怀里。人睡着了也不是很老实，睡着睡着一条腿跨在了他的大腿上，完全将他当成了抱枕。

沈靳小心地将她的脚拉下，夏言翻了个身又朝他靠了过来。

她身上的浴巾本就只是将一头压在腋下，没有扣子扣着，只系了根腰带，身体这么一扭动，没几下，腰带松落，浴巾也散了开来，白皙的身子毫无预兆地落入沈靳眼中。

沈靳很快转开了视线，眼睛直勾勾地盯着天花板。一只手小心地摸索着浴巾一头，想给她披上，但到底不是眼睛看着，又贴得近，手一不小心便碰到了某一处，柔软的触感让他手一僵，很快收回了手。两手规规矩矩地平贴在小腹处，想压下血液里的躁动，偏睡着的夏言极不老实，翻了个身，抱住了他的手臂，小半个身体趴在了他身上。

那一夜的记忆随着臂下绵软的触感汹涌而来。他身上的肌肉一块块绷紧，血液急往小腹汇集，喉咙干紧，额上也冒出一层又一层的细汗。

睡着的夏言毫无所觉，只是本能地寻找最舒适的睡姿，一条腿又屈起朝他的小腹靠了过来。

沈靳推开，她又压了上来。

他微微偏头，看向她。

熟睡中的她面容乖巧安静，毫无防备。

沈靳压下喉咙的干哑，扯过浴巾一角，轻轻扔在她身上，给她盖住，又很快将视线转开。绷直着身体，目不斜视地盯着天花板，不断深呼吸，试图压下身体的燥热，偏某个睡死了的人全无自觉，睡着睡着又缠了过来，覆在身上的浴巾也随之掉落。

轰的一声，沈靳只觉脑袋里绷着的那根线一下断裂，手一下失控地扣住了她的腰，反身将她压在了身下，手指从她的发中穿过，唇便压了下去。

唇瓣几欲贴上时，看着她全无所觉的睡颜，沈靳又生生顿住，手掌收起，又张开，手臂上青筋隐隐浮起。

沈靳重重地闭了闭眼，极力压下体内凶猛蹿起的欲念。

夏言隐隐觉得像被什么东西压住了，不太舒服，试着动了动手脚，动不了，本能地睁开了眼。

沈靳也刚好睁眼，两人的眼神一下撞上。

夏言大脑一下空白，眼睛本能地垂下，瞥到两人交叠的身体时，惊惶下用力推了沈靳一把，自己也本能地滚向一边。床铺小，这一滚她差点翻落到床底下，被沈靳手疾眼快地抓住了手。他拽着她往回一带，夏言趴在了沈靳身上。

时间像突然静止了般，所有的动作突然停止。

沈靳先反应过来，扯了张床单往夏言身上一盖，连人带床单地将她推离自己的身体，站起身，背对着她。

夏言抓着被单趴在床上一动不动，尴尬得恨不得挖个坑把自己埋了。

房间里静得吓人。

沈靳轻咳了声：“我们上午八点出发，现在时间还早，你再睡会儿。”他说完去了洗手间。

没一会儿，洗手间里传来哗哗的流水声。

夏言默默地扯过浴巾，人还趴在床上，半张脸压在床褥上，两手紧紧揪着床单，脸火辣辣地烧。眉心懊恼得紧蹙起又松开，松开又蹙起，反反复复。

她不知道为什么会出现眼下的尴尬情况。

昨晚入睡前她明明在自己的床上睡得好好的，半夜……好像去了趟洗手间，回来后……好像稀里糊涂地爬上了沈靳的床？

她手掌懊恼地狠狠拍了记额头。

她不知道她睡梦中到底做了什么，为什么一睁眼会裸身躺在沈靳身下，想着这些眼睛又懊恼地狠狠闭了闭。

洗手间的水声在这时停了下来。

夏言手忙脚乱地将浴巾披上，把棉被用力一扯，整个人蜷在棉被下，背对着浴室方向。

沈靳冲了个冷水澡出来，身体的燥热已经退散。

他看了眼夏言的方向，在另一张床上坐了下来，看着天已快大亮，拿过了床头柜前没看完的书。

狭小的空间里，慢慢传来平稳的翻书声。

夏言缩在被窝里一动不敢动，假装睡着了。

天大亮时，身后的翻书声终于停止。

沈靳起身去洗漱。

没一会儿，身后传来开门声，又关上，脚步声渐渐远去。夏言转动着躺麻了的身体，迟疑地回头看了眼门口，拿过手机看了眼时间，起身洗漱，洗澡换衣服。刚穿戴整齐从洗手间出来，一眼便看到了推门而进的沈靳，她踏出去的脚又尴尬地收了回来。

沈靳看了她一眼，面色如常："早。"

夏言也讷讷地回了声："早。"

沈靳道："我买了早餐，一会儿吃完先去平罗村。"

夏言嗯了声，看着他将早点放在桌上，过去拉了把椅子坐下，低头吃饭，连这种闷不吭声的时候都觉得尴尬异常。

“昨晚的事……”沈靳突然开口。

夏言被嘴里的豆浆呛了下，在沈靳慢慢转过来的眼眸下，手忙脚乱地抽了张纸巾，边擦边疾声道：“那个昨晚我睡糊涂了如果有什么冒犯的地方希望沈总别往心里去。”

她一句话下来不带换气的，说完拿过豆浆佯装低头喝豆浆，又啃了口包子，看着异常忙碌。

沈靳平静地转开视线：“夏小姐不用装得这么辛苦，昨晚的事我也有问题。”

夏言不吱声，啃完包子喝完豆浆，将残物往垃圾桶里一扔，站起身：“我先去楼下转转，沈总慢慢吃。”

第七章 情动

沈靳没一会儿便也下了楼，退了房。像什么事也没发生，与她先去了最远的平罗村，再走访了周边几座村子，访的都是昨天留下了联系方式的人。

他平时虽不太爱说话，但分析起利弊说服起人来头头是道，直戳核心。就如同他当初说服她加入公司一样，他本身是匠人出身，太懂得利用这种匠人情怀去打动人，再辅以薪资待遇上的承诺，很快签下一批人。

这种顺利在陈家村时遇到了阻力。

有人认出了沈靳就是当年的软宸集团的老板。当年“代加工＋保证金”的骗局也扩散到了陈家村，上当受骗的村民不少。一两万块钱对于两年多前的村民来说，相当于整个家底，很多家庭因为那一次的损失一蹶不振，对沈靳的恨意也重。因此当有人指出沈靳就是当年软宸集团的老板时，原本正好好与沈靳聊天的村民一下变了脸。

指出沈靳身份的是一个四十岁左右的工人，常年在安城打工，对沈靳的事比较了解，因此一眼便认出了他，还从家里翻出了当年的旧报纸，那报纸上刊登着软宸集团集资诈骗的报道，版面上刊登着沈靳的照片。

安城是一座宗族观念重、民风彪悍的城市，乡下尤其如此。

照片一出，原本和善的村民当下变了模样，脾气火暴的转身便操起了门口的扁担，朝沈靳身上狠狠打去。

沈靳背对着那人，没留意到。

夏言就站在沈靳旁边，余光瞥到了，面色一变，疾呼了声“小心”后，手臂本能地抬起。

沈靳倏然回头，面色骤变，手臂护着夏言的头将她拽向一边，却还是慢了一步，那扁担狠狠地砸在了夏言的手臂上，夏言疼得闷哼了声。

沈靳眼神一下冷了下来，拽着那根扁担用力一抽，握扁担的人被带着连连往前踉跄了几步，差点摔倒在地，手中的扁担也被沈靳夺了下来。

他脸色极沉，甚至看也没看他，手臂一用力，手中的扁担擦着男人的头侧直直地飞了出去，重重地戳在他身后的墙壁上。砰的一声巨响，扁担倏然落地，墙壁被戳了个口子。

整个屋子里倏然安静，一个个村民惊恐地看向沈靳。

沈靳面上不再温和，黑眸寒厉：“当年的事我能理解你们的心情，但我同样是受害者，我最信任的朋友利用我的信任主导了这场骗局。你们只是损失了几万块，我赔掉的是我一手创办起来的公司和两年的自由。公司欠你们的，我会一一偿还。别人欠我的，我也会一一讨回来。”

沈靳扶住夏言，转头看向离门口最近的半百老人：“陈伯，您是村长对吧？麻烦您帮我统计一下，当年的骗局里各家各户都损失了多少钱，把金额一一列给我，一年内，我会让那个人以三倍数额补偿回来！”

他没再多言，拉着夏言出了门。

人一回到车上，沈靳马上压着夏言的肩膀将她掰转向他，想查看她手臂上的伤。指尖刚碰到她的手臂，便见夏言疼得白了脸，额上还沁着细汗。

沈靳手停了下来，看她：“很疼？”

“还好。”

夏言试着动了动伤臂，刚微微牵扯便疼得龇牙咧嘴。

沈靳压住了她的肩膀：“别乱动。”

他看了眼她的手臂，她今天穿的是长袖时尚版白色雪纺衫，袖口遮住了手臂，看不到手臂上的伤。

袖口不算宽大，挽上去难免会碰到手臂，也挽不到肩膀处。

沈靳直接拉开了车载箱，手再抬起时手上已经多了把小匕首。

夏言戒备地看着他：“你要干吗？”

沈靳轻压着她的肩膀：“坐好，别乱动。”

匕首在他手中一转，刀尖落在她肩膀的袖口处，利落地一划，夏言眼睁睁地看着袖子从衣服上剥离。

“……”她看向他，“这是新衣服。”

沈靳看也没看她：“手臂要是废了衣服再新都没用。”

将那截袖子从她的手臂上剥离，沈靳一眼便看到她的上臂后侧大片的瘀青。

她皮肤白皙，大片的瘀青落在那处显得尤其扎眼。

沈靳看着那处沉默了会儿，轻轻放开了她的手：“我先送你去医院。”

车子很快启动，呼啸而过的风声里，夏言听到他低哑的嗓音：“以后别再这么做了。”

夏言转开头：“那只是一个本能反应，就算是看到旁人这样，眼看着要被爆头了，我肯定也会本能地挡一挡的。”

沈靳扭头看了她一眼：“就不会推开？”

夏言：“……”

沈靳没再说话，很快将她送到了市区医院，拍了片。

还好，没伤到筋骨。

但一个成年男人的力气，这么一闷棍下来，还是伤得不轻，夏言一个下午没敢抬手，太疼了。

拍完片敷完药已经下午五点多，夏言和沈靳准备离去时，在医院门口遇到了宋乾。

他似乎是过来看病的。

两人的眼神撞上时，夏言明显感觉到了沈靳突然生起的沉肃，与上一次在度假山庄里的平静截然不同。

那时的宋乾还是带了挑衅和奚落的，但如今只是一眼过去，他的情绪已有了起伏，夏言估摸着是刚才陈家村的事刺激到了他。

宋乾也明显感觉到了沈靳的不同，没敢像前一次那样堂而皇之地上前挑衅，只是冷笑着勾了勾唇，又很快敛起，冷着脸从沈靳身侧走过。

要擦身而过时，沈靳冷不丁反手扣住了他的手臂。宋乾生生停下脚步，忍着痛回头看沈靳。

沈靳没看他，依然保持着刚才的站姿，目光平静地看着前方，扣着他的手臂的手突然用力一折，咔嚓一声，骨头脱臼的声音。宋乾突然惨叫，挥起另一只手便朝沈靳揍了过来，半途被沈靳扣住，挡了下来。

“信不信，我连你这只手也折了？”

宋乾恨恨地抽回手：“你再狠，还不是栽在了我手上？！”说完他看了夏言一眼，转身走了。

夏言担心地看向沈靳：“你没事吧？上次也不知道是谁说我，一条狗朝你吠了几句，难道还要冲它吠回去，现在怎么突然动起手来了？”

沈靳看向她：“会吠的狗没必要理会，但咬人的狗，不卸了它的牙齿，它永远不会有听话的时候。”

夏言：“……”

啪，啪，啪……

身后突然响起的鼓掌声打断了她要说的话。

夏言下意识地扭头，看到了正推门下车的程谦，他两只手掌正一下一下地交叠，漫不经心地鼓着掌。

“沈总好魄力。”带笑的话语，显然他将刚才那一幕收入了眼底。

夏言客气地打了声招呼：“程总。”

程谦回以一个客气的微笑，视线落在她裹着绷带的手臂上，眉心微蹙：“夏小姐怎么了？”

“不小心摔了下。”手微微侧过，夏言客气地回道。

程谦了然地点头，没再追问，看向一边的沈靳：“沈总什么时候回来了？怎么也不打声招呼？”

“最近比较忙，还没时间找程总叙旧，程总别往心里去。”沈靳淡淡地回道，看向他，“程总怎么也来医院了，不舒服吗？”

“来看个朋友。”程谦笑着回道。

沈靳点点头，抬腕看了眼表：“那先不打扰程总了。改天有空了再约程总喝一杯。”

他手掌轻落在夏言肩上，推着她先走了。

车子离去时，夏言回头看了眼依旧站在医院门口的程谦：“你和程谦……”

“嗯？”沈靳偏头看了她一眼。

夏言摇摇头：“没什么……”

她说不上来是什么感觉，原以为沈靳和程谦才是宿敌，但她并没有在两人身上看到特别的张力，不像沈靳和宋乾。但真要说没什么也不对，两人的平静里藏着暗潮涌动。

沈靳也没再追问，启动了车子：“回哪儿？”

“嗯？”夏言一下没反应过来，困惑地看他。

沈靳道：“我先送你回你爸妈那儿吧，你的手还伤着，先在家休息几天。”

“别，他们看到会担心的。”夏言下意识地阻止，“就回公司那边吧，我的手没事。”

沈靳看了她一眼，也没坚持。

回到家门口，两人遇到了刚好下班的纪沉。

纪沉一眼便看到了夏言撕了袖子的手臂，以及手臂上的绷带，眉心当下拧了起来：“怎么回事？怎么上个班跟生存考验似的，不是住院就是挂彩的？”

夏言偷偷看了他一眼：“不小心摔的……”

她连声音也不自觉地弱了下去，与面对沈靳时的理智自然截然不同。

这细小的区别让沈靳不觉看了她一眼，再看向纪沉时沈靳面色依然是冷静有礼的：“是我没照看好她。”

纪沉似是笑了下：“沈总不用给自己揽责，她好手好脚的一个大活人需要什么照看？”他手一伸便将夏言拉了过来，“怎么摔的？看过医生了吗？拍片检查了吧？医生怎么说？有没有伤到筋骨？”

一连串问题下来，砸得夏言不知道该挑哪个回答，只下意识地点着头：

“看过医生了，医生说没事，好好养几天就好了。”

纪沉不太放心：“回去我看看。”然后他抬头看向沈靳，“麻烦沈先生了。”

说完纪沉把夏言往屋里一推，砰的一声关了门，对他的敌意表现得毫不遮掩。

沈靳摇头笑了笑，回了屋。他估摸着纪沉还在为上次他强闯夏言的房间一事生着气，也可能是将他当成了假想敌。

他还清楚地记得和夏言相亲时，纪沉匆匆闯入的身影，那种将她纳入自己的领地宣告主权的肢体语言，完全是一个男人对另一个男人的防备。

沈靳不确定纪沉对夏言到底抱持着什么样的心思，夏言又对他抱持着怎样的心思。

他想起她几次面对纪沉时的小心谨慎，活泼里带着几分小女儿的娇态，与面对他时的冷静老成截然不同。

对于纪沉，她是全然依赖和信赖的；对于他，她是全然排斥的。

这种区别对待让他心里涌起些许不舒坦，但不深。

严格来说，除去一些他无法解释的奇怪举动，诸如对她家莫名的轻车熟路，肢体接触时莫名的熟悉，莫名的婚姻，甚至是莫名的欲望……他和她其实算不得多熟，至少这种短暂的接触里，他对她并没有产生占有欲之类的情绪。但对于这段莫名的婚姻……

沈靳视线不觉缓缓落向抽屉里的结婚证，法定的夫妻关系。

这几个字让他心口有种轻飘飘的奇妙感，对于这段稀里糊涂的婚姻，他接受得异常平静，似乎合该如此。

但也不正常，没有哪一对夫妻结婚后还像陌生人一般，也没住到一块儿。对于这种分居的生活，他也接受得异常平静。

他和她没有感情基础，除了稀里糊涂扯的证，她和他的状态其实并没有任何改变。

回过神后，沈靳发现他花了太多时间在揣摩夏言和纪沉的心思，这于他也不太正常。

他很快收起了这种不正常，将心思放回今天的事情上，想起稍早前宋乾离去前愤恨的眼神，沉吟了会儿，给沈桥打了个电话，让沈桥盯着宋乾些，并把宋乾这几年的活动情况，在紫盛的工作情况以及紫盛的内部团队情况调查一下。

在获取资讯方面沈桥的效率向来奇高，第二天下午便将调查结果给沈靳带过来了。

当年软宸破产后，紫盛收购了整个软宸，宋乾带着软宸的产品线和技术团队、营销团队加入紫盛，目前任紫盛的营销总监，兼管设计部。但设计部真正有实权的是周少辉，曾经的软宸集团设计总监。

沈靳记得这个人，有点小才华，好长篇大论讲大道理，没什么主见和判断力，容易被鼓动。

沈靳拿过签字笔，将周少辉的名字圈了出来。

沈桥就在一边看着，没看明白沈靳的意思："二哥，这是要干吗？"

"设计部虽然实质不是宋乾在管，但他能在紫盛做到这个位置，靠的就是他带过去的设计团队和营销团队。懂营销的人千千万万，但对我们这行来说，好的设计师和工艺师却是几年难遇一个。当初软宸的设计团队很大一部分是我亲手培养起来的，专业能力我还是信得过的，如果我把这支队伍挖了，宋乾在紫盛也就没了立足之地。"

沈桥皱眉："挖一两个人还行，挖一整个团队有点难吧？"

沈靳抬头看他："你别小看周少辉这个人，虽然墙头草了些，但鼓动起人来还是挺有一套的，而且他底下那批人从软宸集团时期就跟着他了，他在他们中间还是有些威信力的。等我们首批产品推出去了，下一个目标就是他。"

夏言刚好推门进来："什么下一个目标？"

沈靳抬头看她："怎么过来了？不是让你今天先在家休息？"

夏言道："我没事。在家也没什么事，不如来公司和大家一起忙。"

沈桥转头看她："怎么了？"

夏言手臂上已经拆了绷带，又穿着长袖，外表看不出什么问题。

"没事，就是手臂受了点伤。"夏言说着看向沈靳，"我好像有听到你们在聊宋乾，他又怎么了？”

想起昨天沈靳扭了他的手臂的事，夏言当下有些担心：“不会是因为昨天的事找你的麻烦了吧？”

她看宋乾这人不是什么善茬，沈靳昨天对他算是故意伤害了，他要是拿这事大肆发挥，夏言还真有点担心沈靳又得进去关几天。

沈桥不知道昨天的事，一看夏言的面色不对也跟着忐忑起来：“昨天宋乾怎么了？”

夏言迟疑地看了眼沈靳：“他折了宋乾一只手。”

沈桥：“……”

嘴以“O”形张了两秒后，沈桥小心地看向沈靳：“二哥，真的假的？”他当下拍桌子，“怎么不叫上我，要不是你拦着，我早就揍他一顿了。”

沈靳瞥了他一眼：“揍完了你是痛快了，你让老五怎么做人，是抓你，还是不抓？”

沈桥没了声音，又忍不住嘀咕：“那你还折了人家一只手……”

沈靳搁下手中的文件，平静地看他：“谁说的？谁看见了？有证据吗？信不信我能反告他诽谤？”

沈桥：“……”

偷偷地看夏言，见夏言眼观鼻鼻观心不说话了，沈桥手习惯性地偷偷去拽她。

他的手刚伸到一半便被沈靳拍了下来：“别乱动，她的手臂伤着呢。”

沈桥心思一动，当下明白过来，冲沈靳挤眉弄眼：“二哥，二嫂受伤和宋乾有关？”

夏言手肘不动声色地往他手臂上一撞：“别乱认亲戚。”

沈桥嬉皮笑脸地躲开：“是或不是咱心知肚明就好，我手机里还存着照片呢。”他说着利落地收起桌上的资料，笑道，“好啦，我不打扰你们了。二哥，还要查什么你尽管吩咐就是，我先去忙了。”

说完他一转身溜出了办公室，还不忘体贴地把门关上。

夏言手指了指身后，看向沈靳：“你……是不是该澄清一下？”

“怎么澄清？”沈靳抬头看她，一只手拿过手机，手指在屏幕上随便划了几下，把手机屏幕转向她。

夏言看了眼，怔了下。

屏幕上是沈靳抱她的照片，就在这个办公室。照片里全然依赖他的她是陌生的，他抱着她的样子、他的神色、他的眼神也都是陌生的。

照片是沈桥偷拍的那张，沈桥发给了他。

沈靳收回手机，换了话题：“手臂好些了吗？”

夏言迟疑地点了点头，人犹陷在那张照片的冲击中，犹豫了下，手伸向他：“能不能……把那张照片删了？”

沈靳倏地看向她。

夏言不大自在地扯了扯唇：“这张照片留着……是挺容易让人误会的。”

沈靳没说话，转身在办公椅上坐了下来，从抽屉里拿出了个红本本，指尖压着缓缓推向她。

夏言看清那个小红本的样子时，大脑一下空白。

沈靳看着她，一字一句缓缓地开口：“名正言顺。”

夏言：“……”

办公室的门在这时被人从外面推开，沈桥的粗嗓门传来：“对了二哥，楼下有几个自称是陈家村的手工艺师傅，说是你让他们来找——”

“你”字在看到桌上的结婚证时卡在了喉咙里。沈桥惊讶地看了看沈靳，又扭头看夏言。

夏言大脑再次呈现空白，但这次反应很快：“沈总，我昨天就说了，你拿陈伯他们什么东西不好，非得拿人家的结婚证当凭据。”

上前一把抽走了结婚证，夏言面色自若地看向沈桥：“老六，你刚刚说陈家村的手工艺师傅已经在楼下了是吧？来了几个人，都让人接待了吗？”

“啊？哦，嗯……”沈桥脑子也一下跟着混乱了，“有五六个吧，已经让前台接待了。”

好奇地瞥了眼她手中的结婚证，沈桥困惑地挠了挠头：“别人的结婚证啊？”

“对啊。”夏言回以一脸从容，看了眼沈靳，“我只见过别人收身份证、收钱当抵押凭据的，还没见过谁连别人的结婚证也要的。”

沈桥附和地点头：“我也没见过。”

沈靳手压下电脑，站起身，目光朝夏言平静地扫去：“夏小姐说了算。”说完他举步往门外走。

夏言也跟着一块儿出去。

沈桥本来也要跟上，夏言阻止了他：“老六，你先帮我找点紫盛最近两年的爆款产品可以吗？我右手伤着用不了电脑，怕一会儿来不及。”

沈桥爽快地点头：“没问题。”

沈靳和她一块儿进了电梯。

电梯门关上，他转身便抽走了她手上的结婚证：“看不出来，你脑瓜子转得还挺利索。”

“没沈总坑人利索。”夏言手伸向他，想将东西拿回来。

沈靳手一偏，把东西塞入了西装口袋：“你还真想拿去还陈伯？”

他的话提醒了她，她没带包，这东西总不能堂而皇之地拿在手上。

电梯门很快打开，前台大厅坐了五六号人，全是陈家村的人，除了村长陈伯，还有揍人的陈四。程让也还在，正诧异地看着拘谨地坐在沙发上的众人。

看到沈靳和夏言过来，程让站起身，朝沈靳走了过来，压低了声音：“沈哥，这都是来干吗的？”

陈伯也看到了沈靳，局促地站起身，打了声招呼：“沈总。”

沈靳扫了众人一眼：“这是做什么？”

陈伯声音低低地道：“昨天的事实在对不住，是陈四冲动了。昨天你不是说希望大家能到公司上班吗？我们就是想来问问你，这事还算吗？”

沈靳面色平静：“大家愿意加入公司我自然是欢迎的，不过对比大家昨天的态度和今天的态度……”沈靳看向陈伯，“我能知道发生什么事了吗？”

“陈伯昨晚给我打了电话。”说话的是沈遇，刚从电梯下来。

夏言回头看他，沈遇和沈靳一样，面色沉稳平静。

安城宗族观念重，对于“族长”这一略古早的头衔有种莫名的敬重，沈遇是当地人推出来的族长，以前是个警察，为民办事，在安城声望很高。

夏言估摸着陈伯给沈遇打电话是求证沈靳的事，以及公司的真实情况的。

有了沈遇打包票，众人自然也就放下了成见过来了。

沈靳也瞬间了然：“谢谢大家信任我。我很认可大家的手艺，也很能理解大家昨天的心情。从公司经营的角度以及我个人对传统手工艺的执着角度来说，我很欢迎大家加入公司，但从我个人情感的角度来说，我的人受了伤，没有得到一句道歉，我没办法接受这样的结果。在我看来，作为一个手艺人，除了有技艺，有匠心精神，人品也是我同样看重的地方。一个好的作品必须是凝结着创作者的情怀和胸怀的。”

现场的几人一下面面相觑。

陈四面上有些尴尬，也不是刁钻的人，迟疑着上前，局促地道歉：“沈总，昨天是我冲动了，实在对不住。”

沈靳面色是平静而温和的：“陈四，你不用和我道歉，就是你真打在我身上了也不用和我道歉，换成我站在你的立场，我也可能会做出那样的失控行为。那件事即使主要责任不在我，也是和我脱不了干系的，我欠你们的，我会给你们交代。”

陈四茫然地抬头，有些不明白沈靳的话。

陈伯到底是历事多的，一下明白了过来，轻轻扯了扯陈四，让他给夏言道歉。

陈四也明白了过来，诚心地向夏言道了个歉。

沈靳也没刁难，他们都是朴实的人，只是脾气暴了点。要进公司，规矩还是要立起来的，以后才好管理，因此道过歉后全都留了下来。

程让看着这一切，一下全明白过来，两天前沈靳去罗良镇是去招人的。

程让想起那天的忙里忙外，隐隐生出股被沈靳耍了的念头，心里憋屈，但也不敢找沈靳理论。

晚上和程谦吃饭时程让就和他吐槽起了这件事。

宋乾也在，昨天被沈靳折了的胳膊还隐隐作痛着，闻言搁下了筷子：“这倒像沈二的作风。他那公司也成立有一阵了吧，但一直没产品，干养闲人，这不太像他的行事风格。”他说着看向程让，“程让，你现在不是在沈二的公司吗，有没有听到什么风声？”

程让看他：“什么风声？”

宋乾道：“沈二打算推什么产品，怎么推？公司内部都招了哪些人？我听说古巷的老王让他给笼络了去？”

程让嘴角一弯，笑了：“宋哥，你这是把我当探子使唤呢。”

宋乾也跟着笑：“什么探子不探子的，要不然你以为商业间谍怎么来的？这沈二要是起来了，威胁的可是你哥和你家。”

程谦正在看报纸，闻言头抬都没抬地道：“别扯我。”

宋乾身体稍稍靠向程让，声音稍稍压低：“程让，那个和沈靳同进同出的女孩是你的大学同学吧？她在公司应该是负责设计类的工作，你看能不能和她聊聊，打听一下他们公司主推什么产品，什么主题，什么方向？”

程让歪着头看他：“然后呢？”

宋乾道：“最好是从她手上拿到设计图稿。刚毕业的年轻小姑娘，对商业机密保密意识不强，你们又是同学，随便套个话就出来了。”

程让嘴角微微弯起，手肘撑着桌面，缓缓倾向他，在他耳边低低地道：“宋哥，你给我家打工，却指望我去给你当枪使，想什么呢？”

宋乾面色一下变得难看。

程让面上依然挂着笑：“再说了，其实说实话，我特别不齿你们这种出卖兄弟的下三烂……”

程谦抬头看了他一眼：“程让！”

程让冷笑着靠坐回了座椅上，拿过筷子，夹了块排骨，自顾自啃骨头，没理会两人。

程谦看向宋乾：“宋总，程让年轻不懂事，有得罪的地方还望别往心里去。”

宋乾干笑："怎么会！"

宋乾陪着吃了顿饭后，这才悻然离去。

程谦看着宋乾离开，也收了脸色，把手中的报纸一卷，啪的一下拍在了程让的脑袋上："到底有没有脑子？"

程让摸着被拍疼的地方："哥，干吗呢？"

"宋乾是什么人，他这种连兄弟都出卖的货色，你当面给他小鞋穿，这不是上赶着让他背后给你捅刀？"

程让轻嗤："我和他既没利益关系也没合作关系，我要是乐意，去公司了他还得毕恭毕敬地叫我一声程总，他能捅我什么刀？"

程谦看了他一眼："当年他能拿沈二怎么样？结果呢？沈二还不是一样让他整进去坐了两年牢？"

提到这个程让还有些气："哥，既然你也知道他是什么货色，怎么还留这种人在身边？"

"我自有我的用处。"程谦站起身，招了服务员过来买单，"宋乾这种人就是心比天高、命比纸薄，没几分真本事，心气高气量小，善妒，伪善，又虚荣异常，能忍常人不能忍的事。对这种人，把他的虚荣心养住了就够了。你别给我扯后腿。"

买完单，两人一道出了门，程谦边走边道："你还打算在沈二的公司混到什么时候？"

程让晃着车钥匙："想回来再说。"

程谦皱眉："真看上你那同学了？什么家庭背景调查清楚没有，别又——"

"哪能真看上？"程让轻笑着打断他的话，"夏言人是挺不错，性格温婉，长得也漂亮，宜家宜室，但就是太宜家宜室了，玩不起。"

他说完脑袋又挨了一记敲。

"玩得起的你一个都别给我带回家。"程谦说。

程让摸着脑袋："你想多了。你都没成家，我还比你小好几岁，更没影儿了。"

"我就是想进沈哥的公司。"程让看向他，"沈哥是行家，专业的。

他干的是挖掘的事，你就是个商人，干的挣钱的活儿，咱家又不缺钱，在公司没劲，不如跟着沈哥一起干，有趣多了。可惜沈哥防我防得厉害，除了前台大厅、洗手间和食堂，我哪儿都去不了。”

程谦笑道：“连宋乾都知道找你去打探他公司的机密，沈二会想不到？他不防你防谁？”

程让摸着鼻子不说话了。

程谦远程遥控开了车门：“我先去古巷走走，你先回去。”

走到车门前，程谦又回头警告他：“别又去花天酒地，你年纪不小了，该学着收敛了。”

“知道了知道了。”程让不耐烦地冲他摆手，上了自己的车，走了。

年龄差的关系，程谦对于这个弟弟向来是纵容的，只要不过火，他一般不会理会，顶多在旁边提点几下。

程让对他这个哥哥还是带着几分敬重的，他提点过的话程让还是会放在心上的，因此对于程让，程谦一向放心。

看着程让离开后，程谦也上了车，去了安城古巷。

做民俗工艺相关产业的，平日里都爱来这里。

但就像程让说的，他只是个商人，是个外行，他喜爱这些东西，只是单纯地喜欢，并不懂得从专业角度鉴赏，这点他是比不上沈靳的，程谦一向承认。但在对人性的把控上，程谦自认沈靳还比不上自己，如若不然，沈靳的公司也不会落到他的手上。

他到古巷时已经是晚上九点多，古巷里人不多，昏暗的街道里，只有稀稀拉拉几个人。

除了游客和真心爱好手工艺和传统文化的人，这条古巷一向少有人涉足，也因此才保留了它与外面繁华的都市截然相反的古韵和幽静。

程谦也不是要去做什么，只是人在巷子里走，原本浮躁的心思也会跟着外边的宁静慢慢沉淀下来。

经过王叔的铺面时，程谦习惯性地往里看了眼：铺面还开着，不算明亮的灯透着晕黄，王叔正坐在八仙桌前忙活，右手拿着编织到一半的花篮，左手捏着藤条熟练地穿梭。

他的左手边是正单手托腮看他忙活的夏言。

昨天刚在医院见过，程谦一眼便认出了她。

那一次约夏言吃饭，他是以帮程让把关的心态看她，因此不动声色地把她打量得彻底。

他对夏言的印象不差，人虽然纤瘦了些，但气质清新干净，长得楚楚可怜的，很讨喜，看着有些拘谨，不太爱说话。

她看着王叔忙活时也一直没出过声，只是单手托腮，眼睛盯着王叔的手在看，但没有什么焦距，面色很平静，也有些空，似乎走神得厉害。

程谦说不上是什么感觉，她那种茫然又略带忧伤的神色抓住了他的脚步。

他迟疑了下，走了进去。

“王叔。”程谦客气地打招呼。

王叔扶着黑框眼镜缓缓抬头，看清了来人后，他嘴角已咧开笑，搁下手中的东西，笑着站起身：“程总怎么过来了，吃过饭了吗？”

“刚吃过了。”程谦也微笑着回，寒暄着拉过了张凳子，在夏言对面坐了下来，看向王叔刚搁下的花篮，笑道，“王叔在忙什么？”

王叔笑道：“就是一些小玩意儿，打发打发时间。”

阴影和压迫感随着程谦的落座压下来时，夏言终于从刚才的放空中回过神。

她和程谦不熟，也不是很擅交际的人，程谦一坐下来她显得有些拘谨，不大自在地冲程谦打了声招呼：“程总。”

程谦也客气地颔首，找了个话题：“夏小姐似乎很喜欢来这边逛？”

夏言愣了下，没想到程谦会主动聊起这些无关紧要的话题，但很快反应过来：“也没有，就是偶尔有空才过来逛逛。”

以前是来得多一些，最近工作忙，她已经好一阵没时间过来。今晚也是因为心情烦闷才过来散散心，沈靳手机那张照片里的他……让她有些无所适从。

她认识沈靳那么多年，从没在他脸上看到过那样的神色，像失而复得般的……小心翼翼。

“夏小姐？”程谦的声音打断了她的走神。

夏言赧颜笑了笑，看向他：“程总今晚怎么有空过来了？”

程谦道：“就是随便逛逛，走着走着就到这边了。”

夏言了然地点头，没接话，也不知道该接什么话，她和程谦就像两个世界的人，没什么共同话题。

“听说程让最近常骚扰你？”还是程谦先开了口，很随意地闲聊道。

夏言却是拘谨地赶紧摇头：“没有。他就是爱闹了些而已，人挺好的。”

程谦似是笑了下：“你不用替他说话，他什么性子我还能不了解？”

夏言尴尬地笑了笑，不说话了，除了和特别熟的人，她大概是属于那种一开口就把天聊死的人。

程谦也没再多言，人已转向王叔，和他探讨藤编上的技艺。

夏言不好插话，和程谦不熟，一起待着也拘谨，她拿起手机看了眼，起身告别，人还没走到门口，突然有阴影从门外逼近。

夏言下意识地抬头，一眼便看到了相伴进屋的两个瘦高男人，面色看着不太善，都叼着烟，流里流气的。

那两人也看到了她，高个的嘴角朝一边勾起：“看什么看？没见过帅哥吗？”

“不好意思。”低低地道了声歉后，夏言很识趣地转开了视线。

安城地痞多，治安一向不是很好，尤其是这前面几年，街头偷盗、抢劫、斗殴也多。后面几年就业机会多了，政府又重点整肃过后，才慢慢好了起来。

夏言平时虽然不常出门，但这种街头地痞流氓寻衅滋事的事也听了不少，自知势弱，也不敢随便得罪这些人，怕给王叔惹麻烦。

只是她不想惹事，人家偏摆明了是上门闹事的。

她刚转开脸，高个男人已突然一把捏住她的下巴：“你那是什么眼神，瞧不起老子是不是？”

王叔和程谦同时起身。

王叔对这种事早已是见怪不怪，面上堆着笑容道歉：“不好意思，小姑娘不懂事，两位别放在心上。”

他一把拉过夏言，不动声色地把人推到身后，笑着道：“两位看看想买点什么，都是最近刚上的新品，满意的话给你们打五折。”

高个男人扫了眼他身后的夏言，也没再挑事。手伸向货柜，从一排排整齐摆放的小摆件前扫过，随手拿起了一个藤编笔筒，手腕刚翻起，突然唑了声，变了脸：“你卖的什么东西……”

笔筒一下被狠狠地摔在了地上，他翻举起的手上，食指多了道浅浅的血口，正往外渗着血珠。

男人一脸狂暴：“看看，看看，你这都是什么玩意儿，碰一下就把手给割了，这种东西能拿出来吗？”

夏言视线扫向摔落在地的笔筒，笔筒用料光滑细腻，都是经过打磨抛光的，根本不可能存在有倒刺的情况。

她没说话，一声不吭地掏出手机，编辑了条短信报警。

王叔估摸着这是来讹钱的，也不想生事，连连道歉，想着赔钱打发了事，没想到刚提到钱高个男人更沉了脸。

“谁要你的钱？看不起老子是不？”粗声吼完，他手突然往货架上狠狠一扫，“老子诚心来买东西，结果你整一劣质货出来，我看这堆劣质货也别留着害人了。”

话落，货架也跟着轰然倒地，王叔下意识地扑过去扶，被男人狠狠地推开。

他年纪大，身子弱，一下被推得失衡撞向一边的八仙桌。

一切发生得太快且突然，夏言的手本能地伸向王叔，忘记了手还伤着，刚抬起手臂，剧痛传来，阻滞了她的动作。她眼睁睁地看着王叔一头栽在了桌角上，鲜血很快涌出。

“王叔。”夏言急忙弯身扶住他。

那两人也愣了下，看王叔还能动，高个男人又冷笑着倾身：“做什么？我在你们这儿受伤了还不能给自己出口鸟气了？”

他的手伸向夏言，半途被程谦扣住。

“你们是什么人？”他问，很冷静。

高个男人冷笑着看程谦："你又是谁？想逞英雄是吧？"

他用力一抽手臂，抬腿就朝程谦踹去。程谦拽住了他的脚腕，用力一掀，高个男人被掀翻在地。另一个男人撩起袖子从后面上。

"小心！"失声提醒，夏言反应极快地抓过储物架上的瓶装黄豆，用力一倾，黄豆满地滚落。

那男人一脚踩在了黄豆上，身体一下失衡，砰的一声倒在了地上。

程谦回头看了眼夏言，夏言正握着手机，气有些喘，手有些抖，但声音还算清晰冷静："喂，你好，110吗？这里是古巷八号王记藤艺铺，有人寻衅——"

她未尽的话被突然进入的警察打断，稍早前发出的报警短信生了效。

夏言当下便松了口气，胸口的窒闷和伤臂的剧痛也随着松下的那口气袭来，呼吸开始变得急促。

程谦一眼便看出了她的不对劲，简单地和警察交代了下经过后，把她和王叔一起送去了医院。

王叔头上撞破了个口子，有轻微的脑震荡，加之年纪大了，又受了惊吓，整个人看着不太好，要留院观察。

夏言的情况也好不到哪儿去，手臂本来就伤着，惊吓也刺激到了她本就不健康的心脏，她不得不跟着留院观察。

程谦大概没想到她会这么严重，帮忙办理完住院手续后便一直以一种若有所思的眼神看她。

那样的眼神让夏言尴尬，她并不喜欢这种力不从心感，但她对自己的身体无力控制。

"今晚谢谢你。"她诚心地道谢，打破了屋里尴尬的沉默。

"不用客气，我也没做什么。"程谦收回视线，对于她的情况也没兴趣多追问。他和夏言不熟，也没有太多可聊的话题，夏言的母亲一到他便先回去了。

程谦一路上想着的却是医生对于她的身体的叮嘱，他第一次知道，这个看似病弱的女孩是真的病弱。她的情况，寿命可长可短，稍微剧烈点的情绪起伏都可能要了她的命，但人活一世，哪可能一辈子平心静气？

程谦想起程让要追夏言的赌气话，虽然他下午一再保证只是开个玩笑，夏言不是他喜欢的类型，但程谦还真担心他闹着闹着就上了心，一个可能活不长的女孩并不适合他。可以预料到的生离死别，程谦并不希望程让陷太深，心里惦记着找个机会和程让谈谈。

第二天，想起前一晚的夏言和王叔，也不知道两人到底是个什么情况，到底是放心不下，程谦一大早又去了趟医院。

沈靳第二天早上才知道王叔的店被砸的事。小城市消息传得快，尤其是有沈桥这么个万事通在，他刚到公司沈桥便神色凝重地推门进来了。

"二哥，王叔的店昨晚让人给砸了。"

沈靳正脱了外套往衣帽架上挂，闻言回头看他："什么情况？"

沈桥道："具体我也不太清楚，听说是两个小混混去闹事，王叔受了伤，人现在正在医院。"

沈靳道："哪家医院？伤得重吗？"

沈桥道："这个倒不清楚，听说流了不少血。在市人民医院呢。"

沈靳把刚挂上的外套又取了下来："我过去看看。一会儿夏言要是过来了，和她说一下我出去的事。她的手还伤着，能回去休息就让她先回去休息，工作不急在一时。"

叮嘱完，他离开了办公室。

这里离医院不远，没一会儿他就到了。

王叔刚醒来，精神状态还好，但经过昨晚的事，整个人看着似乎虚弱了不少。

展会在即，他这段时间原是要入职的，全权负责展会主推产品，突然出了这么个事，现在王叔别说入职，就连基本生活起居都得人照顾着。

这事让王叔有些自责，自觉对不住沈靳。

沈靳劝他放宽心好好养身体，产品的事不急。

"这也没几天了，这事哪能真不急啊？"王叔叹气，"本来还想着就算我这把老骨头撑不住了，还能指望一下言言那丫头，没承想她也受了伤——”

沈靳耳尖，一下捕捉到后半句，打断了他的话：“她也受了伤？”他眉心当下拧起，“昨晚她也在你那儿？”

“可不是。”王叔叹气，“伤倒是没怎么伤着她，但她的身体你是知道的，心脏——”

“她现在在哪儿？”他的话语再次被打断，沈靳已倏然起身。

王叔手指了指窗户的方向：“走廊尽头那间。”

“我先去看看她。王叔您先好好休息，一会儿我再过来看您。”叮嘱完，沈靳离开了病房。

夏言的病房离这儿不远，沈靳很快找到。

病房的门虚掩着，沈靳从门缝里看到了病床上的夏言，似乎还在睡，他原本欲敲门的手改为轻轻推。

病房里就她一个人，睡得正沉。

沈靳在床头坐了下来，看向她。

也不知道是不舒服还是怎的，她睡得并不安稳，眉心微蹙着，脸颊也比以往要苍白一些。

她睡觉不太老实，半截手臂露在了被子外。

沈靳伸手想替她将被子掖好，手刚碰到她她便被惊醒。

夏言一睁眼看到近在咫尺的俊脸，惊得握住了被子，一下坐起身。

罪魁祸首却像没事人般，平静地看向她：“身体好些了吗？”

夏言刚清醒的脑袋还带着几分混沌，她下意识地点了点头，这才迟疑地看他：“你怎么会在这儿？”

沈靳看着她，没直接回答：“怎么没通知我？”

夏言脑子一下子没转过来，茫然地看他。

沈靳也没再追问，手掌突然贴向她的额头。掌心微凉，夏言一下僵住，反应过来时本能地想退开，被沈靳另一只手扣住了后脑勺。

“医生怎么说？”他看向她，问。

他不同以往的声音让夏言的声音也不自觉地软了下来：“他说没什么事，

休息一下就好。”

“哪个庸医说的？你替我把他叫过来。”说话的却不是沈靳，而是推门而入、一身白大褂的纪沉。

昨晚他没值班，不知道夏言出事了，没想到今天刚到科室，她就给他准备了这么份大礼，心里恼着她，连带着脸上也是没有表情的。

沈靳站起身，看向他：“她怎么样？”

纪沉看都没看沈靳：“没事，还死不了。”

他把手中的病历本一收，人已经在夏言面前站定，弯身，拿过听诊器便往夏言的胸口贴。

冰凉的触感传来时，夏言本能地瑟缩了下，被纪沉冷冷的一个眼神扫了下，人也不敢乱动了，乖得像猫。

纪沉一看她这副敢怒不敢言的可怜模样，心头的气消了大半。又有几分不甘，收回听诊器时，手掌又发狠地把她的一头乱发揉得更凌乱，一副想宰了她，又拿她无可奈何的样子。

沈靳视线在两人身上停了停，又转开。

复诊完的纪沉很快离去，病房里短暂地陷入沉默。

夏言不是很能找话题的人，沈靳也不是，两人都不是爱说话的人。

在和沈靳的五年婚姻里，大多时候两人都是处于这种相对无言的状态，或者也不叫相对无言，只是她嘴拙不会活跃气氛而已。

“昨晚你怎么会在那里？”沈靳先出声，打破了沉默。

“就过去散散心。”夏言轻声回道，想起昨晚那两人，还是觉得蹊跷，“我感觉那两人有点奇怪，明显是故意来找事的。而且王叔在古巷开店都几十年了，谁不知道他啊？安城的地痞流氓虽然多，但哪个闹事的敢找本地人？”

沈靳看向她：“昨晚是怎么个情况？”

夏言把昨晚的情况和他大致提了下。

沈靳沉吟了会儿，没出声。

夏言担心地看向他：“怎么了？”

沈靳摇摇头：“没事，回头我找老五问问，先看看那边怎么说。”

警方的审讯结果很快出来，那两人承认是受人指使，收钱闹事，至于指使的那人，他们只能提供个大致的体态特征，并不知道对方的真实姓名。

闹事的目的很简单，搞垮王叔。

王叔平时从不与人结怨，几十年来也从未遇到过这样的事，反倒是在他即将入职沈靳的公司前夕出了事。沈靳很难不去怀疑宋乾，但也没有证据证明是宋乾指使的。

宋乾这人行事向来谨慎，从不会授人以柄。

找证据还是其次，王叔这一倒下，所有计划都跟着发生变数。

展会的主推产品还是其次，量不多，沈靳一人就可以应付，问题在于展会后的订单。面对沈靳五千万元订单额的目标，没有手艺过硬的主管在，单靠沈靳一人，很难分身兼顾，但时间紧迫，短时间内也很难找到符合要求的人选。

会议上，当所有人为这个问题一筹莫展时，夏言迟疑地举了手。

“或者我试试？”她说，“我外公、我爷爷和我爸都是做这行的，我又从小跟着王叔——”

“你不行。”沈靳一个眼神扫过来，当场否决了她，“身体吃不消。”

“人选的事暂时搁下。”两只手臂往桌上一撑，沈靳很快做了决定，“原计划不变，我们目前的重点还是怎么让我们的品牌——安城实业‘遇鉴’，在展会上一炮打响。”

他看向徐菲、程剑：“徐菲、程剑，你们的线上造势方案我看过了，重点错了。”

徐菲和程剑互看了眼，困惑地看向沈靳。

沈靳随手拿起桌上的马克笔，转身在白板上写下“国际家装展”几个字，又转身问两人：“你们身边有几个人知道这个展会？”

两人迟疑了下，然后缓缓摇头：“好像没有几个人知道。”

沈靳道：“有人讨论过吗？”

两人还是摇头。

沈靳视线转向夏言，夏言也迟疑地摇头。

沈靳道："百度指数多少，PV(页面浏览量)多少，网上热度多高？"

没人敢吱声。

沈靳啪的一下扔下笔，很清脆的一声响，也不说话。

众人噤若寒蝉，办公室里的气氛一下陷入低压。

夏言刚出院，对这种低压会议模式并不是很受得住，气氛过于紧张，她的神经也不自觉地跟着紧绷，压迫着心脏。

沈靳一眼便瞥见她发白的脸色，声音缓和了下来："夏言，你先出去。"

众人的目光一下全落在夏言身上。

夏言也一头雾水，忐忑地看向沈靳："怎么了？"

沈桥偷偷踢她，嘴唇微动着道："特赦令。夏言，你不能跑啊，你跑了我们更惨。"

夏言看了他一眼，又偷偷看了眼沈靳。

沈靳也正看着她，等着她出去。

沈桥眼角死死地盯着夏言，她稍微一动，他干脆拽住了她的衣角，拉着她共沉沦。

他的小动作落入沈靳眼中。

沈靳双臂缓缓交叉环胸，看向沈桥："老六，你也想出去？"

沈桥不敢点头，领导请他出去的意义和请夏言出去的意义不同，直白点，他那叫滚，夏言那叫好好休息。

夏言看沈桥胆战心惊的，怪可怜，硬着头皮看向沈靳："我觉得……这么重要的会议，我还是留下比较好。"

沈靳眼神扫过，夏言又觉得呼吸发紧。哪怕是曾经同床共枕五年的夫妻，会议中的沈靳还是让她很有压力。

"休会十分钟。"沈靳突然出声，"该喝水的喝水，该上厕所的上厕所。"

他的指令一下，紧绷的气氛顿时轻松。

沈靳看向夏言："你过来一下。"

夏言跟着沈靳进了办公室。

沈靳递了杯温水给她："没事吧？"

夏言喝了口水，轻轻摇头："没事。"

"不舒服就别逞强。"沈靳顺手拿过她手中的空杯，"我以为你在我面前早已经有恃无恐。"

有吗？夏言抬头看他："什么时候的事？"

沈靳没回她，反问："吃过药了吗？"

夏言点头，这样有人性的沈靳让她有些不习惯。

沈靳两手缓缓插入口袋，看向她："你是我亲自招来的，出了什么事我可对你的生命负不了责。"

夏言若有所思地点点头："所以沈总是打算劝退我吗？"

"没有。"他从没有过这个想法，和她共事很愉快。

夏言微笑道："沈总少施点压，我会长命百岁的。"

她总觉得，她的人生已经走到尽头了，这段人生于她像偷来的一样。她很喜欢现在这样，真真切切地活着、努力着的感觉。

沈靳没有再说话。

众人重新回到会议室里时，大概因为这十分钟的休整，会议室里的气氛轻松了些，但也还是绷着的。

沈靳并没有发脾气，他也从不发脾气，仅是无声地施压。也可能是他本身气场强，淡淡的一个眼神扫下便让人压迫感十足。

沈靳并没有继续刚才的话题，只是两手撑着桌面，缓缓俯下身，看向众人："我们开了几次会？"

有人迟疑地列出了会议次数。

"哪一次会议你们是真的认真准备了？"沈靳问，声音很平静。

但没有人敢吱声。

"你们以为我们在做什么？"

还是没人吱声。

沈靳直接点名："程剑，你说。"

程剑小声支吾道："做……做产品……"

沈靳道："做什么产品？我们为什么要做产品？"

程剑没了声音。

沈靳道："最后一个问题，我们这个团队要做什么？"他再一次点名，

“程剑，你说。”

程剑道：“家……家居……”

沈靳道：“徐菲。”

徐菲道：“传统……手工艺？”

沈靳道：“沈桥。”

沈桥声音响亮：“赚钱。”

沈靳：“……”

沈靳又道：“哪个行业不能赚钱，为什么非得这个行业？”

沈桥：“……”

他答不上来。

沈靳转向夏言：“你说。”

夏言道：“我觉得是……尽我们自己所能，把濒临失传的传统手工艺盘活做大。”

他当初找她的时候有提过，他们喜爱这些文化，更愿意将这些渐渐被遗忘的文化和手艺通过市场手段，让更多的人喜欢和继承。

沈靳看着她不动：“怎么做？”

同样是他和她讨论过的问题。做成品牌，做出名气，做出身份地位。

商人逐利，一个品牌的崛起代表着一个行业的潜力，人力资源和资本更愿意流入一个有潜力的市场。

沈靳要的，就是把这块蛋糕做大，吸引更多人分食。

沈靳重新拿起笔，沉默了会儿，抬头看向众人：“老六说得对，我们就是要赚钱，先解决面包问题，再谈追求。但同样是赚钱，赚什么样的钱，赚完钱后的意义，我们可以自己掌控。我们要做的事很简单，就是利用传统与现代间的市场空白，把我们身边的、肉眼可见的、正在消失的传统手工艺文化整合包装，推向市场，做成我们自己的品牌，让这座城市、这个国家、这个世界清楚地看到它们的价值。我们不与人争，但别人不见得愿意看到我们好。王叔的事不是意外。别人想要扼杀，我们就非得自己坐以待毙？”

程剑先低了头："对不起沈总，是我们做方案时没有考虑周全。"

"没怪你们的意思，你们的方案很好，只是更适用于中后期。"沈靳重新回到白板前，"同样是秀场，一个万众瞩目的大秀场，和一个名不见经传的小秀场，哪一个的传播效应更大？"

众人互看了一眼，瞬间明白。

徐菲和程剑的方案针对的只是品牌和产品本身，但如果设计展没有高关注度，能达到的效果同样有限。

沈靳的意思是：集中资源推高这次展会的公众关注度，然后在高关注度下，让公司的品牌一炮而红。但不能为别人做了嫁衣，推高展会关注度的同时，江熠作为知名家装设计师，他以及他的作品同样需要被包装后推到公众面前。

程剑和徐菲都是营销方面的高手，沈靳明确了方向后，两人很快将势头在网上造了起来，从家装风格到家装设计展再到家装设计师江熠，步步为营，全走的是高格调路线，热度极高。江熠的参展作品也成为本届国际家装设计展最受期待的作品之一，并在展会最后一天，不负众望地以最高票拿下本届设计展最受欢迎作品。

江熠亲自上了领奖台，解释自己的作品的创作理念时，他特地提了夏言设计的那套已经融入其中的"家·天空"配套藤艺沙发和配饰，以实际效果图展示了传统手工艺与新型家居的碰撞效果。夏言连同她背后的安城实业，以及安城实业旗下的首款家居品牌——"遇鉴"如沈靳的预期般，以冲击的速度进入公众的视线，加之搭载江熠品牌的效应，主打的文化情怀，订单如纸片般飞来。

宋乾和程谦也受邀参展。

江熠上台发言前并没有人将江熠与沈靳、安城实业和"遇鉴"联系到一起。

当江熠推出夏言和"遇鉴"时，宋乾当场黑了脸。

程谦面色看着与往常无异，视线却是不自觉地转向不远处坐着的夏言。

外行看热闹，内行看门道，当所有人被江熠的设计风格惊艳时，程谦作为行内人，注意力却全落在了那套“家·天空”藤艺沙发上。他没想到，设计师会是夏言。

程让当初向他推荐夏言时，他只想着一个刚毕业的大学生，阅历不足，能有多少能耐，一个设计师助理的工作已经是对她最好的安排。

她的作品让他意外于他的看走眼。

夏言在江熠的邀约下被主持人请上舞台。

前一世也好，这一世也好，她都没有在人群中、在聚光灯下的经验，加之性子内敛，台上的夏言是紧张而拘谨的。但她的年轻、她的漂亮、她的干净气质以及她的纯良无害，为她吸引了诸多掌声和关注。

程谦看着舞台上笑得拘谨的夏言，不得不再一次承认，这个女孩是柔弱漂亮的，除了健康问题，她的外表、她的气质和她的性格与才华是完全契合程家媳妇的标准的。

他也好，程让也好，对于妻子的人选，挑的不是情投意合，而是门当户对。不一定非得有多显赫的家世，他们需要的也不是一个会持家的妻子，而是一个她的能力对家族企业发展有助益的妻子。

有那么一瞬间，程谦萌生出笼络夏言的心思。

他也向来是行动力极强的男人，颁奖结束，程谦主动上前与夏言打招呼。一声“夏小姐，恭喜”将刚下台的夏言的注意力从刚才的紧张中拉回。

她一眼便认出程谦，程谦那一晚的反应，让她更倾向于相信程谦并没有参与其中。

她并没有任何值得程谦在她面前逞英雄的价值，也因此，对于那一晚的事，她对程谦是心存感激的，只是这几天一直在忙工作，她也一直没找到机会谢他。这会儿看到程谦过来，很自然地和他打了声招呼：“程总，那天晚上的事真的谢谢您，一直想找个机会向您当面道谢，没想到最近太忙了，实在对不住。”

“不用客气，应该的。”程谦淡淡地应道，看向她，“身体好些了吗？”

夏言点点头：“嗯嗯，已经好了。”

“手臂呢？”程谦问，他记得她的手臂也受了伤。

夏言微笑着点头：“也差不多了，谢谢程总关心。”

程谦道：“不用客气。”他抬腕看了眼表，“夏小姐晚上方便一起吃个饭吗？”

夏言愣住。

程谦道：“夏小姐不方便就算了，没事的。”

夏言脸皮薄，程谦救了她和王叔，她还没答谢，他这么一说她反倒不好意思，下意识地道：“方便的。程总救了我和王叔，一直想请您吃个饭表示谢意的，只是怕打扰了您。”

程谦似是笑了一下：“我也没那么忙。”

沈靳就在不远处和下订单的客户聊，程谦去找夏言他是看到了的，原以为只是礼貌性地打个招呼，没想到聊了这么久。看夏言的神色透着些许尴尬，他担心程谦为难她，走了过去。

程谦先看到了沈靳，伸出手：“沈总，恭喜。”

沈靳也客气地伸手与他交握：“谢谢。”

沈靳扭头低声对夏言说：“老六他们在那边等你，说是晚上要一起庆祝一下，等着你过去做决定。”

他原是要替她解围，没想到话音落便见夏言一脸迟疑，欲言又止。

老六和徐菲、程剑几个这会儿也走了过来。

老六嗓门大，远远地便和夏言打招呼：“夏言，晚上的庆功宴，二哥说吃啥由你决定。”

夏言一下有些为难：“我已经约了——”

她的话还没说完，程谦温声打断了她：“没事，你先忙你的，改天你有空了再约。”

他的体贴反倒让夏言不好意思，但庆功宴也不好带上程谦，也就顺势点头：“好。实在不好意思，那我改天再给程总打电话。”

程谦点点头，寒暄了几句便先行离开了。

沈靳看着程谦的背影远去，扭头看她：“你晚上约了程谦吃饭？”

夏言点点头：“嗯。那天晚上多亏了程总，一直没机会谢他。”

两人的对话一字不漏地落入沈桥耳中，他当下皱了皱眉：“又来一个？”

沈靳抬眸看他：“什么？”

沈桥挤眉弄眼，看夏言的注意力转向别处，低声在沈靳耳边道："情敌啊。"

沈靳看了他一眼。

沈桥下巴往在展区的大本营正忙碌的程让点了点："一个。"他下巴往程谦离去的方向再一点，"两个。"他下巴再往夏言家的方向一点，"家里的表哥，三个。"

数完，沈桥脑袋挨了一记轻拍，他一抬头，沈靳已经走了。

晚上的庆功宴很顺利，第一仗旗开得胜，打得漂亮，不负这一阵的努力，大伙儿心里高兴，聚得久了些。

饭后沈靳顺路送夏言回家，回她爸妈的家。

夏言原不想让她爸妈看到，没想到她母亲徐佳玉耳尖，沈靳的车子刚停下，徐佳玉已经从窗户探出头来。认出了沈靳的车，马上开门相迎，又是丈母娘迎女婿的心态，拉着沈靳嘘寒问暖，看天色不早了，又要开口把人留下，惊得夏言一下拉开了徐佳玉握着沈靳的手。

"妈，沈……他公司里还有事，今天公司订单多，得回去加班处理，改天吧。"

徐佳玉眼一瞪，看过来："你这孩子，平时老推说工作忙不肯带沈靳回来，现在人都回来了，还使劲把人往外赶。也不看看这都几点了，还让人回去忙工作，你就看不得自己的老公好好休息吗？"

夏言被堵住，徐佳玉已经拽着她的女婿往屋里走了。

夏言的父亲也看到了沈靳，起身相迎。

夏晓直接一声"姐夫"，也迎了上来。

新姑爷上门，除了夏言，一家人都很开心。

应付完一屋子人的嘘寒问暖后，新姑爷自然而然又被留了下来。

关上的房门里，夏言和沈靳各据一角，大眼瞪小眼。

严格说也不叫大眼瞪小眼，只是夏言一个人倚在电脑桌前，鼓着眼睛看向对面沙发上悠闲看书的沈靳而已。

沈靳已经很能适应夏言父母的热情，从被推进房后，便很自然地从她的书架上抽了本书，径自在沙发上坐了下来，漫不经心地翻看着。

“你这个新姑爷当得越来越顺手了。”夏言出声，有些悻然地拿过桌前的绘图本，有一下没一下地翻着。

沈靳抬头看她，瞥了眼门口：“你有更好的解决办法？”

夏言看了他一眼，没说话。

她没有，就是离婚了也同样天下大乱，光是为什么离婚这个问题就够她喝一壶的。

嘴微微一抿，夏言没再搭理沈靳，顺手拿过笔筒里的铅笔，转身在辟开的工作间办公桌前坐了下来，翻开绘图本。没一会儿，铅笔划过纸页的窸窸窣窣声在静谧的空间响起。

沈靳回头看她。

她已进入自己的世界，侧脸平静而专注。

工作间只开了落地台灯，淡淡的光影落在眉眼间，她本就柔和的五官更显柔软。光晕圈出的方寸之地里，静谧美好得如画一般，让人心境也不自觉地跟着平和下来。

沈靳注意力重新落回书上，但并没有看进去。

他搁下书，又回头看了眼正在绘图本上写写画画的夏言，起身走向她。

他的脚步轻，她也过于专注，他的靠近并没有惊动她。

他站在她身后，视线落向她涂鸦的画本，都是一些藤编家居设计稿。

今天的家居设计展很成功，“家·天空”作为“遇鉴”品牌的首款主打产品很受经销商欢迎，现场的订单远超预期。线上造势的后续效应正在发酵，一切都在依着预期目标走。

但这只是第一步。市场需求多样，公司不可能只卖一款产品，趁着首款产品的热度，第二款、第三款都得有计划地跟上。不能泛，但也不能没有，忙碌只是刚刚开始。

夏言正在尝试设计第二款产品。

“我们要做的不是局限于某种家居风格，而是适用于各类家居风格。”盯着夏言的设计图稿看了会儿，沈靳突然出声。

夏言正专注在自己的世界里，冷不丁插入的声音惊得她手一颤，笔从指间滑落，砰的一下落在桌上，又滚落在地。

夏言手压着被惊得急跳的心脏，回头看他："你走路怎么没声音的？"

"抱歉。"低沉的嗓音响起，沈靳弯身替她捡起笔。

夏言视线绕过他的身体，看向他身后搁下的书："你不看书了？"

"嗯。"淡淡地应了声，沈靳已翻转手中的笔，倾下身，笔尖落在她刚画完的草图上，"我们的目标群体是高端时尚的年轻人，这一群体在家装选择上，更倾向于简约大气的北欧现代风，即便是选择中式风格，也多倾向于将经典传统元素简化过后的新中式风，追求的都是一种简单。"

"元素简单，线条简单……"笔尖随着沈靳低缓的话语将图纸上的瑕疵部分一一圈出。

夏言就坐在桌前，沈靳倾身的动作，将她困在了他的胸膛和办公桌间。他的气息因为他的靠近变得清晰，她能清楚地感觉到他胸膛的起伏，某些与他有关的旖旎画面随之出现在她脑海中。

夏言小心地偏开头，身体小幅移动，一寸寸往里缩，试图拉开与沈靳的距离。

沈靳说了半天没人应，修图的动作停了下来，垂眸看她，发现她已半猫下身，整个身体都快贴到桌子上了，还在一点点往里缩。

沈靳轻咳了声。

夏言困惑地回头看他。

"你不累？"沈靳问。

夏言："……"

她一下没反应过来。

沈靳瞥了眼对面墙上的镜子。

夏言下意识地跟着往镜子看去，看到自己快弓成一团的身体，很平静地、缓缓地……坐直了身体，然后很平静地问沈靳："你觉得应该怎么改？"

沈靳身体重新俯下，笔尖在图纸上勾勾点点。夏言自始至终坐得都很端正，注意力全在他的笔尖和话上，思路很快跟上他的，也跟着提了些自己的见解，谈到高兴处时干脆抢了沈靳手里的笔，重新画了草图。整个人慢慢进入设计图稿的兴奋中，还边画边不时问一句：

“这样会不会更好点？”

“这样呢？”

“或者加点原木元素？”

……

沈靳注意力慢慢从她的图纸转到她的脸上。

她的脸颊因为兴奋透着淡淡的晕红；眼神专注异常，眼睛里都透着光；随意别在耳后的长发垂下了几缕，有些凌乱，有些……性感。

“性感”两个字落入脑中时，沈靳怔了下。

久未听到沈靳回应的夏言终于从画稿的世界里回来，下意识地回头看他。

两人因讨论而在无意识中靠得异常近，她回头时，嘴唇几乎蹭过他的脸颊。她僵住。

他的身体似乎也微僵，黑眸看向她。

“不……不好意思……”不大自在地牵了牵嘴角，夏言身体稍稍后仰，本能地拉开和他的距离。

沈靳看着她不动。

“那个……图纸我大概画好了……”夏言试图让声调变得轻松正常，人也后仰着慢慢站起身，“我先去洗漱一下，你看看有没有哪里需要修稿的。”

未及转身，她的手臂突然被握住。

夏言垂眸，看向手臂上的手掌：白皙修长，骨节分明，正在一点点地收紧，勒得她有点疼。

挽起袖口的白衬衫下，她看到了他手臂上隐隐浮起的青筋。

她的视线顺着他的手臂往上，落在他的脸上。

他正在看她，眼睛一眨不眨的，深浓的眸色里是她看不懂的东西，被他扣握住的手臂一点点地泛疼。他似乎毫无所觉，放任着自己的手不断收紧。

“你……怎么了？”她迟疑了下，轻声问。没有换来沈靳的回应。

他紧紧地拽着她，几乎将她拽到了身前，近在咫尺的距离。她惊惧地仰头，他垂头看她，鼻息交融，她的心脏鼓噪着。

“姐，妈做了些点心，问你们——”

突然闯入的清脆女声，伴着被推开的房门，一下冲散了空气里的紧张，贴靠在一起的两个人一下子弹开。

不小心看到这一幕的夏晓尴尬地摸鼻子，也忘了没说完的下半句话，干笑着道："那个……我什么也没看见，什么也没看见，姐和姐夫你们先忙……先忙……"

门被重重带上。

夏言一手撑着桌面，一手默默地拨开头发，觉得异常尴尬。

沈靳像什么事也没发生，单手撑在桌上，看向她的设计图稿，淡淡地道："你先去洗漱，我再看看。"

夏言："……"

她偷偷看了他一眼，哦了声，取了衣服去洗澡。

她从洗手间出来时沈靳已忙完，人已回到沙发上，两条大长腿交叠着，正在看书，面色一如往常，平静淡然。

他上次穿过的睡衣和用过的洗漱用品还在，夏言的母亲把睡衣洗好收在了衣柜里。

"那个……"夏言叫了他一声，"你那些东西都在衣柜左侧的格子里，我妈给你洗过了。"

"好，谢谢。"沈靳搁下书，站起身，从衣柜里取出衣服，神色和动作自始至终很自然。

夏言目光也自始至终没从他身上移开过，一直在偷偷盯着他看，原以为被盯的人没留意到，没想到取完衣服的沈靳动作突然顿住，看向她。

"怎么了？"他问。

夏言不大自在地收回视线："没什么。"想了想又忍不住，她看向他，"你刚刚是不是被附身了？"

沈靳视线在她脸上定了定："没有。"目光又很平静地移开，"我先去洗漱，你早点睡。"

沈靳洗完澡出来时夏言已经躺在床上。床上搁了两床被子，她一床，沈靳一床。

床很大，她抱着被子只占了很小一个角落，将大半的床让给了沈靳。

她并没有睡，只是裹在被子里，直挺挺地躺着。

沈靳掀被上床时，明显地感觉到她的紧张和僵硬。

“我觉得……”夏言轻声开口，“你以后还是不要随便送我回家了。”

回来一次被逮一次，她都怕了她母亲。

床的另一侧传来沈靳含糊的一声“嗯”，不知道是答应，还是不答应。

夏言稍稍侧头看他，沈靳已伸手关了灯。房间瞬间陷入黑暗，一起陷进去的，还有沉默。

夏言没睡，直挺挺地躺着，睁眼到天明。

她和沈靳一夜相安无事。